所有的风只向她们吹

刘汀　著

中信出版集团 | 北京

图书在版编目（CIP）数据

所有的风只向她们吹 / 刘汀著. -- 北京 : 中信出版社, 2021.10
ISBN 978-7-5217-3203-0

Ⅰ. ①所… Ⅱ. ①刘… Ⅲ. ①中篇小说－小说集－中国－当代 Ⅳ. ①I247.5

中国版本图书馆CIP数据核字（2021）第104346号

所有的风只向她们吹

著　　者：刘汀
出版发行：中信出版集团股份有限公司
（北京市朝阳区惠新东街甲4号富盛大厦2座　邮编　100029）
承 印 者：北京盛通印刷股份有限公司

开　　本：787mm × 1092mm　1/32　　印　　张：11　　字　　数：190千字
版　　次：2021年10月第1版　　印　　次：2021年10月第1次印刷
书　　号：ISBN 978－7－5217－3203－0
定　　价：58.00元

四姐妹

海子

荒凉的山冈上站着四姐妹，
所有的风只向她们吹，
所有的日子都为她们破碎。
空气中的一棵麦子，
高举到我的头顶
我身在这荒凉的山冈
怀念我空空的房间，落满灰尘。

我爱过的这糊涂的四姐妹啊！
光芒四射的四姐妹，
夜里我头枕卷册和神州。
想起蓝色远方的四姐妹，
我爱过的这糊涂的四姐妹啊！
像爱着我亲手写下的四首诗，
我的美丽的结伴而行的四姐妹，

比命运女神还要多出一个，

赶着美丽苍白的奶牛，走向月亮形的山峰！

到了二月，你是从哪里来的？

天上滚过春天的雷，你是从哪里来的？

不和陌生人一起来，

不和运货马车一起来，

不和鸟群一起来，

四姐妹抱着这一棵，

一棵空气中的麦子。

抱着昨天的大雪，今天的雨水。

明天的粮食与灰烬，

这是绝望的麦子，

请告诉四姐妹：这是绝望的麦子，

永远是这样，

风后面是风，

天空上面是天空，

道路前面还是道路。

目录

人人都爱尹雪梅

1

人人都爱尹雪梅。

谁能不爱她呢，那么热情、活泼、善良，对所有事物都充满照顾的欲望；又那么勤快、能干、心灵手巧，随便做个菜和小吃，都能让人把舌头吞掉。不爱她的人，也只能说根本就不爱生活了。

尹雪梅是东北人，老家在辽宁省的葫芦岛，六岁时随父母迁到吉林长春郊区的一个小镇。说是镇子，其实也还是农村，只因毗邻城郊几家整日冒黑烟的工厂，比一般的村子繁华些，多了几条街、几家商店和小饭馆。她就在那儿长大，再后来就在附近嫁了人。尹雪梅生了两个儿子一个女儿，当年算超生，为这个没少受折腾。大儿子是长春铁路局的列车司机，现在大部分列车都改动车、高铁了，他这种过时的内燃机司机摆弄不了新玩意，内部调整了工作，每天站在检票口检票：旅客朋友们好，通往北京的D26次列车开始检票了……二儿子也在长春，东北师范大学研究生毕业，现在是长春师范大学的老师，教马列主义邓小平理论。大儿子生了女儿，还想再生，可不管怎么努力，媳妇就是怀不上了；二儿子也生了女儿，有条件继续生，但坚决不生二胎。两个孙女，尹雪梅都帮忙带到了上小学的年纪，有那么几年，她觉得自己比吉林省省长还忙。一大早，在大儿子家把大孙女喊起来，吃口东西送到幼儿园，就赶紧骑电动车到二儿子家，让二儿媳妇上班，她看二孙女。晚上，二儿子回来替她，她又赶紧去接大孙女放学。几年来，这样的日子循环往复，让尹雪梅像个高速旋转的陀螺，忙得顾不得自己是谁了。

尹雪梅的头发就是这么白的，先是一两根，后来不知不觉也就满脑袋了；先是发根薄薄的一层白，后来不知不觉也就整根白了。每次梳头看到白头发的时候，尹雪梅就想起几十年前，父亲临死前说的话：雪梅雪梅，踏雪寻梅。这是她父亲会的唯一一句成语，是跟村里的老中医学的。老中医和父亲是酒友，尹雪梅八岁时，发过一次癫痫，是老中医把她救下来的，她给老中医的手腕子咬了上下两条疤。老中医不光会看病，还会算命，跟她父亲说：雪梅这孩子吧……一辈子操心的命，好在她心大，啥事最后都能想开。想起这些话，她开始觉得，满头白发就是满头的雪，可好看的梅花在哪儿呢？她稀罕花，但从来没见过梅花，对她来说，那就是一个摸不着的念想。

二孙女在堆她的乐高城堡，尹雪梅得空把屋子里乱七八糟的衣服归拢归拢。坐在沙发上，她想把满头的白雪扎成辫子。她梳得仔细，心里头想，白归白，好在没掉，染一下就成黑的了。头发才梳到一半，北京的小女儿晶晶的电话就打过来了。

"妈，我怀孕了。"晶晶在电话里兴奋地尖叫。

这会儿得知小女儿怀孕，尹雪梅刚刚放松点儿的身体，一下子又绷紧了。郝晶晶说，妈，你帮我哥带孩子，可不能不帮我呀，我工作可比他们忙多了，北京的生活节奏比长春快好几倍。小孙更是，他爸妈都有病，自己照顾自己都难。小孙一年有半年都在外面，这个家对他来说跟旅馆一样。

哦，尹雪梅说。手一松，没扎紧的头发立刻散下来，像瀑布，遮住了大半张脸。

小孙是女婿，在一家银行上班。这家银行在非洲有项目，员工都要轮流到非洲去出长差，工资比国内高三倍。女儿去年买了个小房子，一大半首付是借的，还欠了银行两百万贷款。

为了多赚点儿补贴，女婿恨不得留在非洲不回来。

尹雪梅算了算日子，小孙就春节时回来一趟，郝晶晶就怀上了，心里喊一声，咋就那么准呢？再一算，二孙女上小学不到十天就是晶晶的预产期，俩孩子商量好了一样，无缝对接，一点儿休息时间也没给她留。带吧带吧，自己生的儿女自己造的业，一碗水得端平，三碗水就更得端平了。她活动活动胳膊腿，觉得身子骨还成，把头发染一下，换一身新衣裳，看起来也没那么老。她心里也不想老，总觉得自己还没年轻过呢。

站好最后一班岗，她还是有信心的，可最不放心的就是老伴儿郝胜利。郝胜利比她小两岁，前年退休后，二儿子把他接到了市里，找关系在一家厂子里看大门。老头有高血压，犯过一次脑出血，幸好抢救及时，但留下了腿脚不利索的后遗症。犯病后，人家厂子怕担责任，不敢再用。他又不愿意住在城里，拧着劲跑回郊区的老家去了。眼下自己还能做口热的吃，可再过一两年呢？再犯病呢？老头见天跟邻居念叨：养了三个儿女，活得像孤寡老人一样。

去北京前，尹雪梅回了一趟家，看着屋里屋外那个脏、那个乱，心里真不是滋味。她尹雪梅当年是多干净的一个人呀，甭管屋子院子，她都收拾得比楼房还干净，苍蝇站在桌上都能摔一跤。这会儿呢，锅里是几天没洗的碗，冰箱里各种咸菜馒头，还有几头蒜，已经长出了一指头长的蒜苗。老郝整日拖着一条没知觉的腿进进出出，院子中间已经犁出了一条沟，磨坏的破鞋就扔在边上，都是右脚。幸好老郝的血压维持得还算平稳，也可能是一个人过了一年多，什么都得自己操持，又戒了酒，活动得多了，身体状态反而不错。

尹雪梅想在家多待几天，帮老郝收拾收拾，洗洗涮涮，给他包点饺子冻上，但郝晶晶肚子里的孩子可不管这些。这小家伙就跟故意的一样，提前把他妈催到了医院里，说是随时可能生。尹雪梅只在家住了一个晚上，第二天一大早就急忙忙赶去火车站。真是无缝对接，这边还没检票呢，那边已经传来了消息，生了。让尹雪梅重新打起精神来的，是郝晶晶生了个男孩，小名嘟嘟。她虽然没什么重男轻女的观念，但老大生女儿，老二生女儿，如果郝晶晶还是女儿，总觉得美中不足。这回好了，终于来了一个带把儿的，外孙子也是孙子嘛。

2

尹雪梅成了成千上万在北京带娃的外地人中的一员。刚来的时候，女儿的新房子还没装修完，他们租住在西五环外的一个小区，环境挺好，宽敞，门前就是一大片空地，能抱着孩子溜达，晒太阳，南腔北调说点儿闲话。不远处还有一个小花园，各类花花草草不少。尹雪梅喜欢花，在乡下时就摆弄，没好花种，她就把山上的野花挖回来栽上。干一天农活回到家里，她不喂猪不喂鸡，先看看自己的花渴不渴、花骨朵开没开。小区花园里一大片红红粉粉，看着就让人高兴，她得空就跑到小花园里去松松土、浇浇水，惹得好些人以为她是物业雇来的花匠呢。尹雪梅找外孙嘟嘟用过的奶粉罐，移了五六棵花苗，摆在家里养，没多久，一棵棵都开花了，屋子里四季都有花香。嘟嘟睡午觉，她难得休息一会儿，就看着这些花，心里头想，踏雪寻梅，梅花寻不着，别的花也成呀。

嘟嘟一岁生日那天，也是他们搬进新房子的日子，双喜临门。尹雪梅千叮咛万嘱咐，搬家公司的小伙子还是摔了她两盆花，一盆是月季，一盆是牡丹。尹雪梅心里头难受坏了，可看着他们背着冰箱、柜子、床板楼上楼下跑，一脸汗，眼睛憋得跟嘟嘟的小拳头似的，也不忍心叫他们赔，等东西全搬上楼，还把嘟嘟的生日蛋糕拿出来几块给他们吃。她想着，到这边找地方再移几棵，几个月又能开起来。

新房子其实是老房子，还是八十年代建的，属于国家某部委的自建房。之前不允许上市销售，这两年才放开。老归老，位置好，就在三环边上，离地铁很近。只是这种自建房小区没什么规划，正式的大门都没有，地上到处是车，路边的板房开满各类理发店、小菜摊、小商店，还有卖猪头肉的、卖豆腐丝的、卖爆米花的、修裤脚的，像一个混杂的大市场。尹雪梅转了一圈，整个小区里别说花园，连树都没几棵。她攒下来的奶粉罐，一直空在杂物间。

嘟嘟开始学走路，走得歪歪扭扭，可老想自己走。这时候的孩子最难看，不能背不能抱，得老母鸡一样奓着手在身后紧跟，一不留神孩子就摔个跟头。很快，尹雪梅才染了一个月的头发，又贴着根儿生出一层雪，洗头的时候，洗脸池里还漂着一大把。她心里一咯噔，前一段时间还自豪不掉头发呢，这点儿自豪也快保不住了。不过让她高兴的是，新小区虽然闹腾、挤，也没有赏心悦目的花花草草，却比原来的小区热闹。她很快找到了一群朋友。说是朋友，其实就是另一些看孩子的老太太，有七八个。

一开始，尹雪梅带着嘟嘟下楼，到小广场上玩，发现有几个老太太总在一块儿。她上去搭话，她们嗯嗯呀呀地回答，臊眉耷眼的，不怎么热情。尹雪梅也不在意，碰见了还是主动打招呼。有一天，她们商量着带孩子去附近的公园玩，尹雪梅听见了，就说，我能跟你们一起去吗？这儿我还不太熟，也不敢一个人带孩子出去。人家也不好拒绝，就随口说去就去呗，公园谁都能去，也没人拦着你。尹雪梅就乐呵呵地推着婴儿车跟着，一队老老小小，走出了浩浩荡荡的气势。玩了一会儿，孩子们有点儿饿，要吃零食，各家分别把自己带的吃食拿出来。尹雪梅从包里掏出一个乐扣饭盒，里面是她做的小面龙，小巧可爱，栩栩如生，连龙的眼睛都不含糊，是两颗亮晶晶的红小豆。小面龙一亮相，一群孩子眼睛都放光，自家的面包水果鱼肉肠都不香了，张着小手，嘴里不清不楚地嚷：要，要。尹雪梅笑眯眯地给每个孩子发一个，孩子们捧在小手里，一开始舍不得吃，左看右看，过了一会儿又比着赛吃，各位姥姥奶奶赶紧把水壶递过去，怕噎着了。

吃完了，这群里领头的多多姥姥，在自己孙子嘴边捻了一点儿渣渣放嘴里尝了一下，问：你这哪儿买的呀，真好看，味也挺好。我自己做的，尹雪梅说。一群人一惊，自己做的？尹雪梅拢拢头发，轻描淡写地说，是呀，这不算啥，我能用面捏十二生肖，哪天我给孩子们做，你属啥，我就给你捏个啥。老太太们都围过来说，哎哟，你不会以前是饭店的白案厨子吧？尹雪梅说，啥饭店，我一辈子就是个家庭妇女，伺候老头儿女，伺候孙子孙女。

尹雪梅很快就融入这个小团体了，在她的建议下，这个宝宝团还接受了两个新的成员，顶峰期人数达到十个。尹雪梅说，咱们都是抛家舍业来看孩子的，都是一样的人，得互相帮助不是？再说咱们一群人互相照应着，有个大事小情也方便，又热闹又安全。大家都说，雪梅说得是。这个小团体以前不这样，虽然放松，但是保守封闭，除了一起带孩子，其他方面几乎没交流。但尹雪梅一来，就不一样了，她有这个能耐，几句话就把气氛带得活泼热闹。尹雪梅做这些的时候，能让人感觉到她的真诚和热情，她说话是笑，不说话也是笑，而且提任何想法你听着都觉得她是真心的，都觉得要不这么办简直是罪过。尹雪梅也不是光有一腔热情，分寸掌握得也恰到好处，跟谁说什么样的话，她清楚得很。她早就看出来了，这一群里的领头是多多姥姥，老太太退休前是街道的干部，喜欢冒充个领导，其实没什么主见。尹雪梅不管说什么，最后都跟着一句，你说是吧多多姥姥？多多姥姥就点点头，说，可不是，我就这么想的。

时间再长一点儿，老太太们发现自己离不开尹雪梅了，一旦哪天尹雪梅不参与集体活动，她们就有点儿魂不守舍，互相问，雪梅呢？

“雪梅她们带孩子打预防针去了。”

“哎呀，我还想问问她上次那个面皮咋做的呢，我做了半袋子面，都成糨糊了。”

“是呢，我蒸的面龙，放锅里时还像模像样的，可一出锅就成面疙瘩了。”

孩子们更是离不开嘟嘟姥姥的各种小吃，一样的东西，尹雪梅做的就比别人的精致，哪怕是切苹果，她也能多切出一个花来。尹雪梅还会唱二人转，调起得高，边唱边跳，如果刚好手头有块手绢，她一抖就转起来了，像模像样。大年初一头一天呀，家家团圆会呀，少的给老的拜年呀……孩子们玩得安静的时候，她经常来上一段，听着让人心里透亮、舒服。很快，老太太们的接触就从白天往黄昏延伸，看了一天孩子，儿子女儿回来，终于交班，她们就凑到小广场去跳广场舞。尹雪梅跳舞有天赋，年轻时参加过村里的秧歌队，不管什么动作，不管是上海传过来的广场舞还是西安传过来的广场舞，四五遍准学会了，她也就顺理成章地成了领舞。预备，开始，走，对，摆臂，然后转个弯，对对，你是我的小呀小苹果，怎么爱你都不嫌多……

尹雪梅那么热心肠，那么敞亮，有时候，哪个老太太抱怨超市卖的馒头太难吃了，尹雪梅就说，别买呀，我给你蒸一锅。蒸起来就不是一锅了，至少两锅三锅，大伙一人一塑料袋拎着回去当晚饭了。谁弄的十字绣出了点儿问题，尹雪梅说，拿来我看看。用不了多久，十字绣就挂在墙上了。时间一久，大家对尹雪梅的一切都已习以为常。不管尹雪梅做什么，也不会引来更多的惊叹和赞扬了，应该的嘛，反正尹雪梅什么都会做，什么都能做好。人人都离不开尹雪梅，人人都爱尹雪梅。

坏了，尹雪梅要回趟家，老太太们听了这个消息，简直有点儿手足无措。前一段，郝胜利打电话来，说让尹雪梅回去一趟。尹雪梅问啥事，郝胜利说你回来就知道了。尹雪梅跟女儿说得回趟家，晶晶很不乐意。小孙在非洲回不来，尹雪梅一走，她就得请假带孩子。尹雪梅说，你爸肯定有事，要不然不会让我回去的，他半个废人了，你得体谅。郝晶晶只好给她买票，说，家里没啥事就赶紧回来，我把你返程票也买了吧。尹雪梅张了张嘴，又把话咽到了肚子里。

尹雪梅一回家，宝宝团都快散了。大伙下楼，推着娃娃们去公园，路上就说：雪梅呢，咋还不回来？一个说，昨天才走的。又一个说，不会不回来了吧？大伙都沉默着，然后互相宽慰说，不能吧，嘟嘟还那么小。她要真不回来，怎么也得跟咱们正式告个别呀。

三天后尹雪梅就回来了，带着一大堆东北特产，每个姐妹都有份。老郝叫她回去，是他们家那一片要拆迁，让尹雪梅回来签一个意向书。老郝暂时不想让儿女知道这事，否则哥儿几个可能就有想法，弄得鸡犬不宁。尹雪梅一边给他测血压，一边埋怨他，这事打个电话不就行了？老郝说，你个老娘们，真是在外面跑野了，让你回趟家咋这么磨叽？老郝的血压高压一百三，低压九十，还成。收血压计的时候，尹雪梅把自己胳膊也伸进去测了一下，高压一百四十五，低压一百。她吓了一跳，赶紧关上，没敢让老郝瞧见。她转头，发现老郝正盯着自己看，尹雪梅转念一想，非让自己回来，是老郝想自己了，又不好意思说。她心里一暖，说，回去咋跟晶晶说？咋说？老郝喊了一嗓子，就说她爹又犯病了！你卖给她了是咋的？尹雪梅说行行行，你有理，我给你包饺子去。尹雪梅出了里屋，听见老郝在身后喊：我要酸菜馅的，你给我多包点儿冻冰箱里。

不一会儿，尹雪梅当当当地剁开了酸菜。

尹雪梅回到北京就跟女儿说，自己手机摔坏了，想换一个。郝晶晶说妈你想换啥样的。尹雪梅说，我就要那个智能机，就是能用微信、能上网啥的那个。尹雪梅原来用的是二儿子多年前退休的诺基亚，只能打电话发短信，还经常信号不好。女儿说妈你行呀，回去几天，都知道智能机了。尹雪梅坐火车的时候，看见邻座一个老太太用的智能机，小团体里也有几个人用，简直是个百宝箱啊，能上网，能听歌，还能视频，她早就心痒痒了。

网上购买，手机第二天就送到了，女儿给她连上家里的无线网，尹雪梅抱着手机一晚上没出卧室门。第二天吃早饭的时候，女儿看见她眼睛红红的，问是不是没睡好。尹雪梅兴奋地说，我就没睡，我研究了这个手机一宿，发现这东西太厉害了，啥都有。女儿说，你疯了啊妈，你还得跟嘟嘟折腾一个白天呢，可不敢不睡觉。尹雪梅说没事，我们有组织呢。

这天组织开小会的时候，尹雪梅跟大伙提议，说咱们建一个微信群吧。多多姥姥一听，惊讶地说：嘟嘟姥姥，你够潮的呀。尹雪梅说，啥，你咋骂人呢。多多姥姥说，我这是夸你。尹雪梅笑了，在我们东北，潮是骂人的。我琢磨了，建一个群，咱们能随时打招呼，分享点儿啥好玩东西，再约着出来也方便，是不是？然后就建了群，群的名字叫宝宝天团。有几个没开上网功能和没用智能机的，都说回去就让儿子女儿弄，绝不能拖组织的后腿。尹雪梅说了句昨天晚上从手机上看到的话：咱们人老了，可是得使出最后一点劲儿，抓住这个时代的尾巴。尾巴这俩字，尹雪梅老是念成“以巴”。老太太们听了都笑，说：“抓，抓得死死的。”

3

自从用上了智能手机，尹雪梅的睡眠时间严重缩减了。她第一次发现，这个世界有那么多她不知道的事儿，朝鲜在鼓捣核武器，离东北老近了；有幼儿园老师竟然拿针扎孩子，这得多缺德；原来韭菜也算是荤腥，跟吃肉一样；晚上是身体排毒的时间……尹雪梅从微信上读到了各种各样的东西，看到了稀奇古怪的视频，她转发也评论，对那些看不惯的破口大骂，为那些感人的泪流满面，给那些讲人生道理的“鸡汤”点赞。尹雪梅像是刚刚发现新大陆的哥伦布，一个全新的世界敞开在她面前，她一寸一寸地往前摸索着，今天找到一棵树，明天摸到一块石头，永远有新东西在不远处等着。

尹雪梅这次回老家，收拾东西翻箱倒柜时，把自己年轻时不多的十几张照片都找出来了。看着那时候的自己，有些旧事像春天时田里的土一样，又被犁给翻到了阳光下。她把照片带到北京，用新手机翻拍，又用软件弄了一下，把自己的照片和两个孙女一个外孙的照片拼到一张图上，做成了手机屏保。每次摁亮手机，看着三个小宝贝，她都会告诉自己，这一辈子受的累，也值。

尹雪梅最喜欢自己三十岁那年照的一张相：她蹲在秋天一望无际的金色稻田里，戴着草帽，手里拿着一把稻穗，笑着。她觉得自己真好看呀，那是她最饱满最成熟的时候。好看是次要的，她喜欢这张照片，主要是因为在那一年，生活的压力让她有过一个不大不小的梦想——这个词也是在微信上学来的，她不喜欢，她更愿意说自己当年一心要“干点儿啥”。她想开一家小吃店，几乎一切都准备好的时候，却发现意外怀上了晶晶。本来是超生，老郝要把孩子打掉，尹雪梅哭着喊着没让，交了罚款才保住。晶晶很不省心，三天两头把她折腾到医院去，小吃店还没开张就关了门。后来的几十年岁月里，这个念头不时从心底浮上来，但杂七杂八的事很快把它又压了下去，越压越深，但从没彻底消失过。

到现在，尹雪梅还能想起自己每天张罗着开店的情形。那时候她真有心气儿，觉得只要自己干，就一定能干成。老郝其实不支持她，家里的其他人也不支持，但尹雪梅就是想干，她喜欢小饭馆里的那种热闹，那种热气腾腾人来人往，她觉得那些叫嚷喧闹是水，而自己是一条鱼，鱼在水里的时候才是最自在的。可惜，最后功亏一篑了。那一年，她请小镇上的照相师傅给自己照相，照了十几张，后来洗照片的时候底片出了问题，只有这一张洗出来了。如果能重新回到三十岁的话，尹雪梅一定会把小店开起来的，哪怕挺着大肚子切菜做饭，她也得把那把火点着了。

周末的时候，宝宝天团的团员们约着一起去附近的大集买东西，据说那儿老年人的衣服特别多，还便宜。尹雪梅去了，挑了半天什么也没买，倒不是觉得贵，是觉得贵得不合算。小区附近也有高档商场，尹雪梅偶尔路过，看着橱窗里的衣服想，那件大衣如果我穿上，是不是能年轻十来岁？还有那件裙子，裙子上的白花据说就是梅花，挺像老家的杏花的……她只能想想，应该永远都不会走进去，就算她有这笔钱了，大半辈子养成的勤俭的生活习惯，还是不允许她对自己这么奢侈。

尹雪梅的想法是怎么一点点改变的，她自己也没注意到。如果非要找一个起点的话，可能就是那次所谓的同学聚会闹的。中秋节之后，气温一天比一天低了，尹雪梅突然被人拉进了高中同学群，那些快四十年没有任何音信和联系的人，重新被聚集在一个虚拟空间里，每天怀念当年的青春岁月。尹雪梅被谈论得最多，好几个已经过了六十的老头说，尹雪梅呀，你是班花校花，当年我们都暗恋你。尹雪梅发了一连串惊讶的表情，说你们别瞎说，老不正经。接着就有人说，是真的，我能证明。虽然关着灯，尹雪梅感到自己脸竟然红了，原来当年那么多人喜欢我呀，她想。班长在群里说，今年过年都回当年读书的中学，咱们搞一个毕业四十周年大聚会，谁也不能请假。同意，同意，几乎所有人都举手同意，说：人生能有几个四十年？再不疯狂就老了。

班长说，尹雪梅你一定要来。

同桌说，梅姐你不来我和你绝交。

尹雪梅说，我一定来。

这成了尹雪梅心里最大的一件事。

尹雪梅跟女儿说，丫头，过年小孙会回国吧？郝晶晶说，应该回的，他去了四个月，回来能休一个月呢，带薪的。尹雪梅说，好，那我就回老家过年了。郝晶晶说，行，你先回去，等我放假，我们带孩子一起回去陪你和爸。尹雪梅想跟女儿说一下同学聚会的事，但想了半天没张嘴。

等到腊月，小孙突然在视频连线中说，自己过年回不去了，得年后。年后回去的话，不但可以多休息十天，还能多拿三万块钱。郝晶晶说，那也行，年在哪儿都能过，钱可不是哪儿都能多拿的。但尹雪梅心里不痛快，小孙不回来，她就回不去老家。回不去老家，她就参加不了同学聚会。她可是答应了同学们，一定回去的，怎么跟女儿女婿说呢？她找不到合适的理由。

尹雪梅只能在同学群里说，我可能回不去了，群里立刻就炸了。班长说，尹雪梅我知道你现在在首都北京呢，北京人了，瞧不起我们。那几个号称暗恋过她的老头说，尹雪梅你是故意的吧？你伤害了四十年的同学感情你知道不？这次你不回来，咱们就只能下辈子见了。尹雪梅说，我真没办法，我在北京给女儿带孩子，走不开。班长说我号召大家每人一个大红包，捐钱找一个保姆替你，实在不行就让我老伴儿去北京帮你带孩子。没有尹雪梅，我们还聚个什么劲呢？我们还等着看你扭秧歌，听你给我们唱二人转呢。

尹雪梅心里十分难过，她甚至悄悄退了一次群，但又被班长拉了回去，同学们对这种行为一通批斗，直到她道歉，说自己一定想办法再争取争取，他们才饶了她。

宝宝天团这几天发现尹雪梅眼窝深陷，情绪低落，都关心地问是不是生病了。尹雪梅摇摇头，说我没事，就是有点儿累，有点儿烦。哎呀，你尹雪梅还有烦的时候，不能够。是人都有，我又不是神仙。烦什么说说呗，看大伙能不能帮你。尹雪梅摇头，不说话，可又想跟谁聊聊，终于忍不住了，扯开了话头。同学聚会的事第一次让宝宝天团分裂了，一派以多多姥姥为首，说这种同学聚会最没意思，就是一群退休的老头老太，闲着没事，聚到一起，看似是交流多年的同学感情，其实是在交流多年的同学病情。你血压多少？一百八，我最高的时候都两百。啥，你心脏都支了两个架了？那算什么呀，我这起搏器都装上了，别惹我啊，惹我心脏骤停。四十几个病秧子，饭还没吃呢，先得让服务员倒白开水。干吗不喝茶？吃药啊，得白开水。

另一派是以果果奶奶为首，说去，干吗不去。你不是为别人去的，你这是为自己去的。我告诉你嘟嘟姥姥，我们这一辈人啊，最亏了，小时候穷，吃了上顿没下顿，长大了呢都是为老公孩子活着，老了刚要清闲几天，又得看孙子，等孙子大一点儿，咱们这一辈子也就交代了。啥时候为自己活过？没有，一天都没有，一个小时都没有。去见见老同学，不能整天都是家里孩子孩子家里，然后两眼一闭就完了，你能甘心？说着说着，果果奶奶眼圈都红了。

尹雪梅觉得脑仁疼，这两派似乎把她脑袋给切开了，听着都那么有道理，谁也说服不了谁。尹雪梅的头疼在这天晚上严重了，她拿脑袋直撞墙，结果把嘟嘟惊醒了，嘟嘟的哭声又吵醒了郝晶晶。女儿发现尹雪梅情况不太对劲，赶紧给她测血压，上两百了，直接打电话叫救护车。嘟嘟没人看，只能用被子裹了抱着一起去。

躺在救护车的小床上，尹雪梅想，我不会要死了吧？死就死，可千万别瘫了，瘫了怎么办呀？嘟嘟还那么小，老郝也照顾不了自己。救护车的笛声刺耳，但并不能缓解去医院路上的焦虑，郝晶晶在旁边啜泣着，紧紧抱着孩子。郝晶晶说，妈，你没事吧妈？血压啥时候这么高的啊，我就知道我爸高血压，你咋也高血压呢？妈你别吓唬我，你从来不生病的，这回是咋了？不一会儿，汽笛声和车的摇晃把嘟嘟也吵醒了，他大哭起来。尹雪梅心里充满了悲伤，这似乎是她从未有过的一种情绪，她想我绝对不能死，更不能成了一个半身不遂的人，我还有事要做呢。挺住，尹雪梅，你还得带孩子、照顾老郝，你还得去参加同学聚会呢，你还得……

救护车终于到了医院，几个穿白大褂的年轻人，帮着把尹雪梅用小床拉到急救室，各种仪器上来一通检测，还好就是血压高，没有脑出血或脑梗，不至于太危险。打上了点滴，或许是药里掺了点儿麻药，或许是累了，尹雪梅竟然沉沉地睡着了。她做了一个梦，在梦里，她回到了三十一岁。村子里刚刚实行单干没几年，二儿子已经会跑了，闺女郝晶晶在肚子里九个多月，她仍然扛着锄头去锄地。那时候的人们都这样，只要人能下地，就都得干活。她锄了一下午，太阳快落山了，只剩下半条垄，她想着一口气锄完，明天就不用再来。却突然感到肚子下坠，心想坏了，小三可能着急出来，就往回走。等她翻上一个小土坡的时候，已经来不及了，只能躺在草坡上。她把自己的褂子铺在身下，毕竟是第三个，经验已经很足，一个人花了二十几分钟就把孩子生下来了。这时候，夕阳刚好在西山顶上往下落，田野一片辉煌静谧。小三哇的一声哭出来，尹雪梅长长地呼出一口气，掰开孩子两条腿一看，是个女儿，笑了。村里有人从山里回来，赶着一辆马车，看见了尹雪梅，帮着把她和孩子抱上车，直接拉到了村里的小诊所。

就算在梦里，尹雪梅也觉得这段不像梦，像回忆。接下来，她想起有一年，她跟几个相好的姐妹坐着大卡车，去附近的矿山上打零工，半个月赚了五百多块钱。她们到集市上，每个人买了一件新衣服，欢天喜地地回去。她穿了衣服给老郝看，却被喝醉酒的老郝骂了一顿，说她抛家舍业不顾男人孩子，说她乱花钱，仨孩子的学费还没着落，她竟然给自己买了八十块钱的衣服。说前天老二从墙头上掉了下来，眼角划了一条手指长的疤瘌，差点儿瞎了一只眼。尹雪梅哭着把那件衣服压在了箱子的最底下，再也没穿过。

这梦怎么没完没了呢？尹雪梅想醒过来，可就是睁不开眼睛。她又梦见第一次到长春的情形，她娘家、婆家离长春都不远，可竟然从来没去过长春。这一次，是去给老大看孩子的。从火车站出来，她有点儿吃惊。在尹雪梅的想象里，长春好歹也是吉林省会，是个大城市，街道怎么那么破旧啊，那儿的人说话，跟自己也差不多。她不是瞧不起长春，只是有些吃惊，吃惊的背后是自己有点儿不甘心：既然这样，我为啥就在村里过一辈子呢？我也可以到城市过日子。到了大城市，并没有过上城市的日子，她的日子只有孩子的尿布衣服奶粉，只有一日三餐洗洗涮涮，只有跟儿媳妇不撕破脸皮的互相争斗。然后是二儿子家，又是三四年。近十年下来，尹雪梅的头发白了，皱纹多了，背也驼了，整个人的精气神都泄掉了一半。在老二家时，她偶尔也跑到小区的广场跳跳广场舞，可不久她们被警察给驱散了，说有人报警投诉，扰民。再后来呢，尹雪梅就偷偷在家里跳，孩子睡的时候，她就到客厅，也没有音乐，她就自己哼唱自己跳，也挺开心。

这个梦可真长啊，好像把尹雪梅的大半生都打乱了，又重新拼凑了一遍。一些事接着另一些事，一些人覆盖了另一些人，一种情绪抵消了另一种情绪。

4

尹雪梅终于醒了过来，也许她根本不是睡着，只是陷入了杂乱的回忆中。

醒过来后，她觉得头脑清爽很多，一转头，看见嘟嘟睡在旁边，小手还紧紧地抓着自己的衣角。尹雪梅心头一酸，又一暖，轻轻摸了摸嘟嘟的脑袋。门开了，郝晶晶手里攥着一堆单子进来，看见她醒了，高兴地说：妈，头还疼吗？尹雪梅摇摇头，轻轻坐起来，说：三儿，妈没事了，咱们回去吧。

郝晶晶说，我刚跟大夫去问了，可能得拍个片子。尹雪梅说不用，我现在头不疼也不晕，眼睛也不花，我刚动了动手脚都没问题，妈的脑袋没事，没有脑出血。真的？郝晶晶说。真的，妈还能糊弄你。郝晶晶还是有点儿疑惑，说，那你下来动动我看看。尹雪梅从病床上下来，活动着胳膊腿，确实没事。郝晶晶说，行，那咱们回去吧，天都快亮了。尹雪梅要去抱嘟嘟，郝晶晶抢在前面说，还是我来吧，出门能打车。

这次生病之后，尹雪梅并未留下任何后遗症，但她的心思开始慢慢变了。第二天，宝宝天团再开会的时候，尹雪梅说，姐妹们，我决定了，回去参加同学会。大家伙说，想通了？尹雪梅点点头，说我那天差点儿一觉睡过去，想明白了，人这一辈子总得随自己的心意做两件事，总得干点儿啥。尹雪梅的话，不小心把每个人的心事给勾了出来，一个个开始诉说自己年轻时的……梦想，她们找不准怎么说，只能借用从网上、电视上听来的这个词。多多姥姥说，她当年想当模特的，众人都说你就是个模特。老太太六十多岁了，还有近一米七的个头呢，而且据说在家天天练瑜伽，身材保持得很好。瓜瓜奶奶说，她倒没什么大梦想，就是想坐飞机，到现在也没坐过飞机，看看云彩。小雨姥姥说，她就想回到二十岁，然后谈一场轰轰烈烈的恋爱，如果那时候有《非诚勿扰》节目就好了，她肯定报名参加。大伙都笑，说你这不还是相亲吗。小雨姥姥说，那不一样，在《非诚勿扰》上咱有选择权啊，亮灯，灭灯。你呢尹雪梅？多多姥姥问。我？尹雪梅引起的话题，到她这儿却有点儿心虚了，这么多年她从未认真想过这个问题。好像隐隐约约有过，我年轻时想过开个饭馆，这个算吗？我们说的是梦想，多多姥姥说，开饭馆不还是为了赚钱吗，不能算。那我没啥具体的想法，只是这些天我多少明白了，谁都不是生孩子做饭看孩子的机器人，除了这个，谁都能追求点儿别的东西。

问题是你到底想干啥事嘛，小雨姥姥说。

对呀，干啥？一时半会儿还想不出来。想不出来就不想，尹雪梅毕竟不是一个叽叽歪歪的人，她干脆利落，跟她干活一样。哎呀，该给孩子们吃水果了，尹雪梅的话音还没落在地上，手里已经打开了一盒火龙果。老太太们纷纷把自家准备的水果拿出来，瓜瓜的不用看就知道，肯定是苹果，他们家的水果永远是苹果。七八个孩子坐在婴儿车里，红红绿绿的一排，一个个小脸红扑扑的，好看极了。老太太们一人端着一盒水果，手里拿着一根牙签，排着队从第一个孩子那儿喂过去，一人一块。每天每个孩子至少能吃到五种水果，营养丰富，富含维生素 ABCDE。孩子们吃得一嘴果汁，这个张着手要猕猴桃，那个叫嚷着吃哈密瓜，老太太们比最繁忙的饭店的服务员还忙，刚才那些所谓的梦想，早就不知道哪里去了。水果吃完，各自掏出湿纸巾来擦手擦脸，临了忍不住在小脸蛋上亲一口，有的使劲大了，小家伙不乐意，含混不清地说，奶奶你咬我。一阵嘻嘻哈哈，说咱们再转转吧，溜达一圈，就该回去做午饭了。

别人不知道，尹雪梅心里留了一件事：如果让我随便选，我到底该干点儿啥呢？

尹雪梅跟女儿吵了一架，准确地说是尹雪梅跟自己吵了一架。等嘟嘟睡了，尹雪梅说：晶晶，我跟你说点儿事。晶晶说，妈我开了一天会累得不行了，明天还要早起。尹雪梅说就几分钟。两人到了客厅，尹雪梅说，晶晶，你让小孙过年回来吧，我……想回去参加同学聚会。郝晶晶愣了一下，说，妈……这一下损失多少钱呀，你想想，就算这一个月咱们全家出去打工也赚不了这些钱。尹雪梅突然火了，说：郝晶晶，合着你们眼里就只有钱是吧？算账是吧？那我跟你算一算，你别以为我不知道，现在北京随便找一个保姆就得七八千，好的一万多呢。我在这儿给你看孩子做饭洗衣服，你给我一分钱了吗？郝晶晶没想到母亲突然生气，更没想到她心里还有这么一笔账。话说回来，尹雪梅算得没错，就算你花一万块钱请保姆，哪个保姆能比孩子的姥姥更放心呢？但也没听说谁家给孩子姥姥或奶奶看孩子钱呀。

郝晶晶想起前几天母亲生病的事，千万不敢气着老太太，说妈你别生气，我明天就和小孙视频，让他过年回来。你放心，一定让你参加上同学会，你告诉我日期，我给你买回去的火车票。女儿同意了，可尹雪梅心里并没有十分痛快，她有点儿后悔说保姆和钱的事了，那不是她本意。她就是想说，你们考虑事情的时候不能光考虑自己，能不能想想我呢？我不是一个木头人，我也有我自己的想法呀。

尹雪梅的想法越来越多了。既然要参加同学会，总得有件像样的衣服吧，就算不给那几个当年暗恋自己的人看，也不能在女同学那里丢面子，她可是从北京回去的。她的衣服都是小摊上淘来的，郝晶晶带她去过几次商场，她都嫌贵，没买。其实她自己手里有一千多块钱，是大儿子二儿子女婿小孙过年过节发的红包，她都攒着，一分没花。现在，是这点儿钱派上用场的时候了。

周六，郝晶晶带嘟嘟去参加早教机构的亲子班，尹雪梅拒绝了宝宝天团老太太们逛大集的邀请，独自一人去了附近的商场。在三楼女装区转了一个多小时，相中了一件大衣，好家伙，一千二，还不打折。但是吧，她穿在身上往镜子前一站，就有点儿想哭。原来我尹雪梅没那么老，原来我尹雪梅还有点儿姿色呢，原来我缺的不是别的，就是一件像样的衣服呀。左看右看，怎么看都好看，舍不得脱下来。卖衣服的说，阿姨您穿这件年轻二十岁。尹雪梅点点头，说，能不能便宜点儿？卖衣服的摇头说，真不行，这是新款，而且我们店里 L 号的就这一件了。尹雪梅始终下不了决心，一千二啊，大衣好是好，可平常根本没机会穿，就穿一天，怎么想都有点儿不合算。她恋恋不舍地脱了下来。

又去别的地方转，又试了几件，都不满意，心里还是惦记着那件大衣，只好回那家店又试了一遍，仍然下不了决心。尹雪梅心里老想着，有一年仨孩子一起开学，家里没学费了，就差两百块，交了这个就交不了那个，跑到一个有钱的亲戚家去借，人家给了她二十块钱打发了。她路上哭了一鼻子，刚好碰见一个收头发的，一狠心把自己养了几十年的大辫子剪了，卖了两百块钱。一米多长，油黑发亮的辫子。从此之后，她的头发就再也没留起来，后来就开始白，开始掉。她舍得一头秀发，可舍不得一千二。

尹雪梅夜不成寐，买还是不买，这个问题纠缠着她。早晨起来，脑袋有点儿疼，她心里一跳，想血压可别再上来。想起那次犯病，就觉得自己有点儿磨叽了，买，一辈子总得放纵一回。她又去那家店，尽管试过好几回了，还是忍不住又穿上试。这时候，商场人多，这家店还有三个人在试衣服。卖衣服的说阿姨你帮我瞅一眼，我去库房拿件衣服。尹雪梅说去吧去吧，我肯定帮你看好了。等店员回来，其他三个人都走了，就剩尹雪梅了。尹雪梅说姑娘我买了。店员却脸色大变，说阿姨我真没想到啊，我那么信任你，你竟然坑我。

咋了？尹雪梅不明白。

店员说，原来你跟他们是一伙的，骗子小偷。

尹雪梅说姑娘你可别瞎说，说这话可是要负责的。

店员说，刚才那仨人呢？

尹雪梅说，他们说衣服不合适，走了。

店员说，那他们试的衣服呢？

尹雪梅脑袋嗡一下，说：衣服……衣服……

店员说，我看明白了，你就是他们的托儿。昨天你在这儿试衣服，我们就丢了一件，今天好家伙，丢了两件。我说呢，你老在这儿试就是不买，敢情是为了打掩护。

尹雪梅说姑娘你冤枉我了，真的，我跟他们不是一伙。

店员说你甭狡辩了，走，咱们去找保安，看监控。

监控室的录像显示，确实是在尹雪梅试衣服的时候，几个人拿着衣服跑了，走之前，那个女的还和尹雪梅打了个手势。尹雪梅以为就是打招呼呢，跟她笑了一下。尹雪梅一屁股坐在地上，她想自己真说不清了。

店员说，我也不为难你，赔我钱，要不然咱们就去派出所。

尹雪梅说，姑娘我真不是他们一伙的，我怎么说你也不信，我想赔你，可我就一千多块钱。

后来监控室的人说，这事要说是一伙也行，要说不是也行，很难判断。店员说，行，一千二，就你试的衣服的价儿，我就当这两天白干了。

尹雪梅身无分文了，她最喜欢的那件大衣却没穿回去，她觉得自己这辈子也不会再买新衣服了。

5

小孙气冲冲回到北京，他搞不明白，为什么放着好几万块钱不要，非得把他叫回来。后来，他弄明白是岳母尹雪梅想回去参加高中毕业四十周年聚会，心里更是不满，但已经回来了，也不好再说什么。他从非洲给所有人都带了礼物，是一个树根，被少数族群雕刻成非常厚重的工艺品。郝晶晶对此已经没什么感觉，每年回来都是这些东西，看着好，不堪用更不值钱。尹雪梅收到一个动物雕塑，是角马，她看动物世界的时候看到过，她非常喜欢这种动物，老觉得自己跟角马有点儿像。

小孙既然回来了，尹雪梅也没必要在北京待太久，很快就买票回家。回家前需要到长春大儿子和二儿子那里一趟，主要是看看两个孙女，半年没见了还挺想她们。

老二去长春站接她，两个人在车站外绕了一个小时，愣是没找见彼此。后来终于发现，他们一个在北广场，一个在南广场，而尹雪梅把南北搞混了。二儿子说，妈，你在晶晶那儿是不是太辛苦了，都把你累傻了。哪个孩子也不好看，都一样，尹雪梅说，你们家莉莉更闹人。在老二家住了一晚上，尹雪梅本想跟莉莉睡一个屋，亲热一会儿，可莉莉说她现在想自己睡。尹雪梅没办法，只能在沙发上将就了一宿。第二天一大早给他们烙了饼，做了羊肉汤，自己也没吃，就用保温饭盒装了一份坐公交去老大家。

没想到老大三口人早就出门了，今天大孙女要去上美术课，上课的地方远，走得早。尹雪梅记得门前的垫子下，有一把备用钥匙，可找来找去也没找到，也不知道是丢了，还是她走之后他们就换了地方。

尹雪梅只能拎着烙饼羊肉汤在小区里溜达。她在这个小区住过好几年，挺熟悉的，但现在看起来，却又很陌生。她知道怎么回事，因为这里不是她的家。如果是自己家，就算过了十年再回去，也一样不会感到陌生。她发现小区旁边有好几个早餐摊，卖什么的都有，就找了个看起来还干净的小摊坐下，要了一个馅饼，一碗鸡蛋汤。馅饼刚一下嘴她就后悔了，东西做得实在难吃，旁边的人吃得还挺来劲。鸡蛋汤更是清汤寡水，只能吃出味精味。这么难吃都有人吃，尹雪梅想，嘴上的钱可真好赚。等一结账，要七块钱，她吓一跳，啥时候早餐都这么贵了。要是我自己开个早餐店，就卖发面饼羊肉汤，肯定比这好吃，比这赚钱。这个念头一闪而过。

快中午了，老大一家才回来。这时候尹雪梅手里拎着一兜菜和保温饭盒，在门口睡着了。大孙女跑上来把她摇醒：奶奶，我想你了。尹雪梅差点儿掉下眼泪，还是有人惦记自己的。一通忙，快吃午饭的时候，老二一家也来了。一大家子人坐在屋子里吃饭，俩孩子闹腾，被赶到了里屋。饭吃到快结束的时候，尹雪梅咳嗽一声，没人注意，她又咳嗽了两声。大儿媳说，妈你是不是感冒了？没有，尹雪梅说，是有个事，想跟你们商量一下。

尹雪梅说，高中同学毕业四十周年聚会，她想参加一下。

好事，老大说。

好事，老二也说。

可……我就怕你爸不同意。尹雪梅说出了自己的担心。

二儿媳扑哧乐了，说我爸这么大岁数还爱吃醋啊。

不是不是，尹雪梅脸红了，她没想到自己竟然又脸红了。那几个号称追过自己的男同学，她都记不清他们长什么样了，而且自己要参加同学会，其实跟他们没多少关系。她就是想去，让老同学们帮她回忆回忆，当年都发生过什么事。高中的事情，她现在还能清清楚楚记得的已经不多了。她害怕忘掉，一旦忘掉，就好像自己没有年轻过一样。

你爸那人你们还不知道，他才不会吃醋，他就是会觉得我这是瞎折腾。让他说啊，什么同学，什么聚会，什么年轻，都既没用也没意思。这么多年，凡是我特别想做的事，他都不支持，都觉得那是我在胡闹呢。

没事，妈，我们支持你，儿子媳妇们说。你为了这个家忙了大半辈子，去参加个聚会有什么呀，是不是需要凑份子钱，我们给你出。

听儿子这么说，尹雪梅心情好起来，说：你们啥时候跟你爸爸也说说，也不用他支持我，就让他别因为这个跟我板着脸生气就行了。

第二天下午，老大开车送尹雪梅去的车站，她还得坐一个小时汽车才到家。

到车站附近，老大说妈我不下车了，你东西也不多，这儿不好停车。尹雪梅说，你把我放下就行。老大掏出五百块钱给尹雪梅，说妈你拿着。我有钱，尹雪梅说。你拿着，不是要同学聚会吗，到时候得交点份子钱吧，不够再跟我说。尹雪梅笑了一下，说，那不用现金，你要给我就发红包吧。我们班长说了，收现金太麻烦，都微信收钱了。老大有些吃惊，说你还会用微信？尹雪梅说别瞧不起你妈，你妈就是生错了时代，我要赶上好时候，我比你们强。

就是就是，老大敷衍着，条件允许，我妈能去联合国。

但最后，尹雪梅心心念念的同学聚会没去成，不是老伴儿不让她去，是她自己决定不去的。他们的聚会日期定在腊月二十三小年那天，之前好几天，她就心绪不宁。大儿子二儿子都给老郝打了电话，说了她要去参加聚会的事。老郝没说同意也没说不同意，就说知道了。后来尹雪梅又问他到底啥意见，他说你想去就去呗。尹雪梅说谢谢你老郝。老郝不说话，拖着一条腿走了出去，当啷一声，不知道碰掉了个啥东西。

到了腊月二十二晚上，尹雪梅失眠了，一晚上都在炕头烙饼，翻过来翻过去。她犹豫了，不怕见了面物是人非，也不怕没什么聊的，她主要是预感到了聚会之后，自己可能会陷入一种困境。她很担心这么个聚会，把年轻时有过的那点心气儿再给点着了。几十年生儿育女，几十年伺候老郝，再加上这几年看孩子，尹雪梅当年的那点劲儿早就被消耗光了。不管干什么，她都风风火火，是一把好手，可只有她自己知道，这背后都是累，都是疲惫，全靠那股劲儿撑着呢。她已经认了。这辈子其实挺好的，老郝本本分分，没闹出什么出格的事，对她虽然冷眉冷眼，但真有事的时候也知道心疼人。儿子女儿也算有出息，孙子孙女都有了，自己的身体呢，也就是血压突然高起来，别的都还成；再说了，这年头没点儿病还叫人吗？她没啥不满意的，她已经是镇子里最让人羡慕的老太太了。

现在让她把顶了几十年的一口气撤了，换上年轻时那口气，她还能喘匀吗？她怕，怕辛苦了这么多年建立起来的生活和心理上的平衡被打破，怕年轻时的那个自己借着这口气活过来。再有就是老郝的那句话，老郝也不是第一次说这句话了，可在这个节骨眼上，这句话就不一样。班长在微信群里“艾特”所有人，说马上交份子钱，每人六百，包吃包住包唱歌。尹雪梅的手机零钱里只有五百八，还差二十块钱。她就跟老郝说，我得让晶晶给我微信里转二十块钱。老郝弄明白了她要干吗，说了句：真行，一辈子不挣工资，花钱倒挺大方。尹雪梅听了一愣，心里头特别不是滋味。除了在粮油公司那几年和跑出去的时候打过两段短工，尹雪梅确实一辈子没拿过一分钱工资。她整天都是围着家里转，下地种田，回家做饭，伺候完公婆伺候老郝，顺带养大三个孩子，然后是孩子的孩子。这么多年，谁给她算过工作量、开过工钱呢？

尹雪梅就觉得这聚会挺没意思了，算了，不去了。

真不去了？老郝说，我就那么随口一说。

就因为是随口一说的，才是你的真实想法，老郝，你是不是特瞧不起我？是，你一辈子都挣工钱，儿子媳妇也有，你们都有，全家就我一个吃白饭的。尹雪梅差点儿哭出来，可随即想到不能哭，一旦哭了，可能就收不住，老郝一准得笑话她。这人永远这样，永远体会不到女人的心思。

老了，尹雪梅想，容易多愁善感了。

尹雪梅年轻的时候，可是不一样呢。

6

尹雪梅三十五岁的时候，老大郝春阳十岁，老二郝春辉七岁，老三郝晶晶马上五岁。那年夏天，尹雪梅失踪了。老郝找遍了镇子，问遍了亲朋好友，没人知道她去哪儿了。找了三天，老郝觉得她肯定被人贩子拐跑了，正要去派出所报案的时候，镇子中心台球厅老板胡二让他去接电话。那是镇子上唯一一部电话。

老郝到台球厅时，尹雪梅已经是第三遍打来了。电话通了，尹雪梅说老郝，孩子咋样。老郝已经快疯了，说尹雪梅你是不是被拐卖了？尹雪梅说老郝，我没被拐卖，我出来打工了。老郝对着电话咆哮：你有病吧？你是不是脑子有病啊，一声不响就跑了，扔下仨孩子。尹雪梅说我给你留了个纸条，你没看见啊？坏了，可能被老三给吃了，我放在老三衣服兜里，想着你晚上给孩子一脱衣服就能看见的。

尹雪梅你看你回来我不打断你的腿，老郝一激动，猛地扯电话线，把电话线扯断了。胡二的台球杆子甩了过来，就在快抽到老郝脑袋的瞬间停住了。操，看你是个被老婆甩了的人，这账不跟你算了。

尹雪梅是跟着同村一个妇女跑出来的。家里的日子不好过，仨孩子要吃要穿，公公婆婆那时都活着，每个月要吃药。大冬天的，婆婆还说：我口淡呀，我想吃黄桃罐头。老郝是个孝子，听妈这么说，就骑摩托车跑七八十里地去买，回来的时候刮大风，把腿给吹坏了，一变天就疼。我这腿里好像有一根大冰溜子，冻得我脊髓都疼，老郝哀号。尹雪梅来例假，连贵点的卫生巾都不舍得买，只能用一大沓厚厚的卫生纸垫着。她早就想出去了，也知道自己跟老郝说，老郝肯定不同意，还得发脾气。出去打工的事，尹雪梅提过不止一次，每一次老郝都气急败坏，说：尹雪梅你就是说我没能耐是吧？尹雪梅说，我不是这个意思，我就是想……你啥也别想，我不会让你出去的，老郝喊。

其实老郝冻坏的不只是腿，还有他作为男人的根本，从那次以后，他跟尹雪梅再也没有过亲热。孩子都好几个了，还亲热个什么劲？外头人不知道，尹雪梅从三十五岁就守活寡了。她那么年轻，也有自己的欲望，但尹雪梅不会离婚，更不会做出什么伤风败俗的事。她想的是，改变点儿什么，哪怕只是改变点儿家里的状况也好。

尹雪梅的打工生涯只进行了半个月，就带着一身伤回来了。村里的那个人搞的其实是传销，到那儿第二天，尹雪梅就觉出不对劲了，她热情，好说话，就跟组织上的人聊。话一多，人家就不对她设防，很快就搞明白怎么回事了。

尹雪梅还是机灵，半夜瞅着一个机会跑了出来，磕磕绊绊地摔了好多跤。

回到家的尹雪梅，抱着三个孩子哭了一通，老郝竟没为难她。那年冬天，领她去打工的那个同村妇女也回来了，不过回来的是尸体。她出殡那天，尹雪梅也去送行，葬礼现场被一群亲戚闹翻了天，骨灰盒都碎了，骨灰让风吹得到处都是。这个女人骗了几十个人，好多人把一辈子的辛苦钱都搭了进去，还有一个精神出问题，成了疯子。

打那以后，尹雪梅再也没出去过。

可是再往回倒十年的话，尹雪梅二十五岁，刚跟老郝结婚。两个人是自由恋爱，二十五岁的年纪结婚刚刚好，再过一年，就成老姑娘了，再年轻一点儿呢，又显得不成熟不稳重。尹雪梅十八岁高中毕业之后，就在镇上的粮油加工厂当编外工，工资不高，但还能过日子。五年后，粮油加工厂倒闭，尹雪梅失业在家。那时候，小镇根本没有发廊，只有一个很小的剃头铺。尹雪梅想开一个小发廊，她说干就干，到市里学了三个月，回来就开了一家发廊，地址就是之前粮油加工厂的靠街的一间厂房。镇上开小发廊很简单，刷一下门脸，贴上“剪发”“烫发”几个美术字，门口再支一个架子，架子上随时搭着湿毛巾。有钱的，再放两只红红绿绿的灯箱。尹雪梅的发廊开业后，生意很一般，刚开始是因为大家还不习惯花十五块钱去那儿剃个头，在剃头铺五块钱就解决了。等大家慢慢习惯起来的时候，发廊一下子冒出四五个来，还一个比一个装修豪华，不光能剪发，还能染发烫发，甚至有的都开始做水疗按摩了。尹雪梅这个一个人的小作坊就不行了，只能关门大吉。尹雪梅彻底成了农民。

发廊刚开那年，老郝还是小郝，在汽配厂修车，是尹雪梅最稳定的顾客。他每两个月肯定来一次，理发的要求也一直没变过：寸头，短点儿。小郝一直坚持到尹雪梅的发廊倒闭，他又去找她，说：你不开了，我以后想剃头怎么办？那么多理发店呢，尹雪梅说，哪儿不能剃啊。不行，我就找你剃，要不，你跟我结婚吧。尹雪梅一愣，说开玩笑。不开玩笑，小郝说，我喜欢你，要不我干吗老到你这里来剃头啊。他俩谈起了恋爱，一年左右就结婚了。然后就怀孕生孩子，再怀孕再生孩子，成了三十五岁的尹雪梅，成了现在的尹雪梅。

十五岁的尹雪梅刚上高中，学习成绩一般，可她活泼，会唱歌，也会跳舞，尽管唱得不一定在调上，跳得不一定在点上，可在那个普普通通的北方小镇中学，谁在乎这个呢？特别是每年的元旦晚会，那是尹雪梅最风光的时刻，她是组织委员，要组织大家排练节目，要准备自己的歌舞，还要当主持人，那几乎是尹雪梅一个人的元旦晚会。她并不是多么享受被人鼓掌的虚荣感，她就是喜欢那种忙碌的热闹，要是按她的想法，就应该整天都办晚会。高中的时候，她在图书馆的角落里发现了一本外国书，封皮都没了，那里面写的俄国人，每天不是舞会就是舞会。过了几十年，她才从老二那里得知，那是本俄国人写的书，叫《安娜·卡列尼娜》。

好几个男生对尹雪梅有好感，还有的跟她表白过。尹雪梅心里头暗自高兴，但她不想谈恋爱，老师家长不允许不说，她主要是瞧不上那些男生一个个窝窝囊囊，没志向。要说十五六岁的尹雪梅对谁都没动过心也不对，有一个，是插班生张灏。张灏是从另一个镇上转学来的，成绩中等，来这儿第一天，他就说：我的梦想就是考清华，而且我一定能考上清华。满堂哄笑，他们学校还没有考到清华的。可是随着一次又一次的考试，人们渐渐发现这个张灏还真不是说说的，每次考试他的排名都往前走，不知不觉就成了班级第一、年级第一了。

尹雪梅觉得这样的人才是牛人,才是值得喜欢的人。当然，她更清楚这样的人不会喜欢自己，他为了考清华，绝不可能谈恋爱的。尹雪梅也不想去跟他表白，她只是觉得，自己的学校里能有这样一个男生，本身就是很幸运的事儿。她以为自己跟他其实挺像的，都是有想法的人，只不过张灏的想法很明确，而尹雪梅的想法不是很模糊，就是隔一段时间就变。

高中毕业，张灏真考上清华了，尹雪梅连地区的专科都没考上。看到学校张贴的大红榜上打头的张灏，她心里特别高兴，就跟自己考上了一样。对她来说，张灏是一个有力的证明。证明什么呢？证明就算是在这样一个小镇里，也有人能做出惊天动地的大事。这种可能性对尹雪梅来说多么重要，只要还存在，她就还有希望。

所以呢，二十三岁的那个小发廊，可能是她想干的事儿。三十五岁出去打工赚钱，也可能是她想干的事儿。结婚后，特别是生孩子之后，就忙了，只能勤勤恳恳地干必须干的事儿，一干就到了现在。

7

春天来了，护城河岸边的草一点一点地从泥土下往上绿，树叶一片一片地从芽苞里往外抽。尹雪梅扎了条花围巾，带着嘟嘟去跟宝宝天团会合。过完年之后，好几个宝宝接连感冒，她们已经挺长时间没集体行动了。天气转暖，尹雪梅熬不住在群里吆喝，今天公园见，她用电饼铛烤了很多动物小饼干给孩子们。

宝宝天团人员没法齐了，有两个满三岁的，上了幼儿园，还有两个租的房子到期，搬到了其他小区，剩下的就五六个人。五六个也是一个组织，尹雪梅很珍惜这个组织。后来，有一个新成员加入进来，但相处得不太好。大家都觉得新来那个好像挺事儿，整天显摆自己的儿子媳妇在大公司工作，一个月挣四五万；要么就说，自家孩子的鞋几千块、衣服几千块，让别人很不舒服。她们就商量好，把她踢出群去，不带她玩。

五一假的时候，几个搬走的老太太约好了回来，要聚一聚。而且都各自安排好，一整天不需要带孩子，就她们一群老太太，先去逛逛街，然后去聚餐，再然后去看个电影，彻底放松地享受一天。

她们逛街的时候，又路过尹雪梅试衣服那家店了，她借故上厕所，没进去。尹雪梅有点儿难受，比那天还难受，那天主要是气愤。吃饭本来要AA制的，后来是多多姥姥出的钱，说咱们不学外国人，A什么A，又没多少钱。看电影的时候，是尹雪梅买的票。我会团购，电影票团购很便宜，还送爆米花。尹雪梅觉得自己挺厉害，用一百多块的电影票钱，起到了跟多多姥姥五百块钱的饭钱一样的效果。

吃饭的时候，小雨奶奶说，尹雪梅，我要是像你做饭那么好吃，我就开个小饭馆。尹雪梅说，在北京开饭馆，办手续老麻烦了。小雨奶奶说，麻烦啥，我儿子就在工商局呢，办执照找他。多多姥姥说，开饭店事儿还是挺多的，你就跟人家卖鸡蛋饼的一样，开一个小摊就行。尹雪梅说，都是空想，我女儿女婿能让我干？那倒是，几个人又都点头。

晚上，嘟嘟在看动画片，尹雪梅在厨房里做晚饭。当那条鲤鱼滋啦一声滑进油锅时，小雨奶奶的话顺着油烟钻进了她脑袋里。开个饭馆？再不济支一个小摊？忘了是哪天了，尹雪梅在微信上看到过一条消息，说一个卖早餐的大妈，月入三万。三万是啥概念？比女儿女婿的工资还高呢。论手艺，尹雪梅自信比大街上的早餐摊好太多了。鱼在锅里颤抖着叫，渐渐变得金黄，尹雪梅暗笑自己可笑，多大岁数了，还想着下海创业？

马上要六一了，尹雪梅想给远在长春的两个孙女买点儿礼物寄过去。商场里的东西太贵了，她学着在网上购物，淘宝有很多便宜货。尹雪梅挑了两套裙子，就把微信里的钱花光了。她还想给她们再买一双小皮鞋，可没钱了。这天她去买菜，从餐厅的抽屉里拿零用钱。零用钱是郝晶晶或小孙放的，每次三百五百不等，没了就再放。小孙昨天结了一个项目，拿到了分成，多放了一些，差不多有一千块。尹雪梅也没数，拿着信封，挎着小包出门。

到了平常去的小菜摊，却发现关门了，不但关了，连门也没有了。墙上贴着一纸通告，说这种扒墙凿洞弄出来的小门脸，都是不合法的，近期都将整顿。尹雪梅茫然了半天，心里想，卖个菜都不行？来到这儿这一年多，几乎每天都在这里买菜，买水果，还有馒头豆沙包等。全没了，买根香菜都只能去商场的超市。

超市里人山人海。超市的菜价本来就贵，又趁机涨了一些，一把小白菜都得五块钱。但你也得吃呀，方圆几里地就这一个卖菜的地方。尹雪梅看排队的人实在太多，做饭也不着急，就忍不住又往服装部转过去了。商场里的裙子就是不一样，比淘宝上的好看，就是贵，贵好几倍。尹雪梅一边感叹一边走，不远处摆着甩卖的牌子，全是儿童鞋。尹雪梅大喜，赶紧冲过去。

尹雪梅花了四百块钱，买了两双小皮鞋。再回到超市，发现人少了一些，她挑了几样菜，一结账竟然要七八十。到家的时候，郝晶晶和嘟嘟已经回来了，嘟嘟正在吃火龙果，吃得满嘴粉嘟嘟的。尹雪梅刚把菜洗好，小孙就回来了，直接奔厨房，翻抽屉。

找啥？尹雪梅说。

零花钱呢？我刚打车回来的，身上没带钱，那个师傅也刷不了微信。

尹雪梅犹豫了一下，把信封从身上掏出来，递给小孙：我买菜拿走了。

小孙接过去，就下楼送车钱了。

这天晚上，尹雪梅就快睡着时，郝晶晶进她这屋里来。

咋了？她问。

没事，郝晶晶说，嘟嘟睡了，陪你待一会儿。

她们母女俩已经很久没有这样独处过了，最后一次两个人躺在一张床上，漫无目的地闲聊，还是郝晶晶怀孕不久，尹雪梅来看她的时候。那时候，她们说得最多的是孩子。现在呢，说得最多的还是孩子，只是感觉完全不一样。郝晶晶问尹雪梅，你们那个宝宝天团，最近好像活动少了呀。人不齐了，尹雪梅说。然后又说买菜不方便，得跑到超市去排队。不但是买菜，干洗个衣服，修个鞋，洗个照片，似乎干什么都不方便了。那些小门脸已经被统统堵死，刷了一层水泥，很难看。尹雪梅有点儿犯困了，但郝晶晶似乎有说不完的话。

晶晶，你是不是有啥事？尹雪梅心里头一凛，问。

郝晶晶沉默了一下，说，妈，你今天去超市，除了买菜，还买别的没？

别的？尹雪梅明白了，是零花钱的事。买了，我给嘟嘟的姐姐买了两双鞋，商场里在甩卖，打折的。

您回来咋不跟我说一声。郝晶晶有点儿埋怨地说道。

晶晶，我是正巧碰见，就用买菜的钱买了。钱赶明儿我还给你，是不是小孙说什么了？

没有没有，郝晶晶连忙否认，说哪儿是钱的事。我就是说，您跟我说一声，小孙问起来，我就能说明白，要不然稀里糊涂的，怕误会。

行了，我困了。尹雪梅明白过来，心里头一阵泛酸。

那我回去睡了。妈，你别多想哈，真没事。

尹雪梅躺在床上翻来覆去，脑子里纠纠缠缠，既埋怨自己不该拿买菜的钱去买鞋，又觉得他们小题大做。其实呢，小孙不是小气的人，经常跟郝晶晶说，晶晶，你带着妈去买件毛衣去，天冷了。但他喜欢一切都在自己的掌握之中，丁是丁卯是卯，他可以给你钱花，但你不能背着他拿钱花。

我就应该有自己的钱，尹雪梅最后得出这样一个结论，那样我想怎么花就怎么花。就是在这会儿，尹雪梅突然又想干点什么了。心底那口气，终于缓缓地喘了上来。

再有半年，嘟嘟上幼儿园小班，她就能彻底脱身了。

8

半年后，尹雪梅失踪了。

尹雪梅回家一个多月后，郝晶晶和老郝及全家人才发现这件事。

九月的时候，嘟嘟上幼儿园小班，他适应得很快，一周左右就解决了分离焦虑问题。尹雪梅跟郝晶晶说，丫头，嘟嘟上幼儿园哩，今年你和小孙工作也没那么忙，我想回去。

郝晶晶说，妈，你再待一段时间吧。嘟嘟上学，白天没什么事，你也好歇歇。

妈是累了，妈想回家歇着。尹雪梅态度很坚决，郝晶晶只好同意。她能感觉出，自从那天她跟母亲夜谈了一次之后，尹雪梅开始跟她和小孙有所疏离。倒不是闹矛盾，而是尹雪梅变得客客气气，不像是孩子姥姥，倒像是请来的一个保姆。郝晶晶想可能是那次谈话伤到母亲的自尊了，但又不敢再提这事，怕越说越起反作用。她想尽办法对母亲好，给她零花钱，给她买吃的穿的，但尹雪梅什么都不需要。

她给母亲买了火车票，让小孙送她去火车站，尹雪梅死活不同意，说自己能去。他俩没办法，就给她打了一辆车。四十分钟后，尹雪梅打来电话，说到车站了。又过了半个小时，说上车了，十分钟后发车。

母亲一走，郝晶晶才知道自己有多忙。早晨得准点起床，洗脸刷牙，然后叫嘟嘟起床，这个过程就得半个多小时。给嘟嘟穿好衣服，送到幼儿园去，就得赶紧坐地铁往单位去。下午呢，四点钟她必须下班，才能赶上接嘟嘟。过了半个月，郝晶晶眼睛就黑了一圈，她忍不住跟小孙念叨：妈这些年真是太辛苦了。

十一后，二哥来北京出差，跟郝晶晶见面。小孙请他吃饭。

到了饭店包间，菜快上齐了，老二问：妈呢？

妈？郝晶晶疑惑着，妈在家呢。

咋不叫妈过来一起吃饭？

小孙也愣了，说二哥，妈在老家呢，回去一个月了。

老二大惊：啥？不可能，我前天还给爸打电话，爸还问妈啥时候回去，要不要跟我一起呢。

郝晶晶和小孙面面相觑，赶紧掏出电话来打给尹雪梅，可始终无人接听。三个人也顾不上吃饭了，开始四处联络亲戚们，问最近有没有尹雪梅的消息。答案全是没有。

郝晶晶哇的一声哭出来，说，我把妈给弄丢了。

小孙说，不对啊，那天妈明明坐上了回家的火车啊，她发的消息还在呢。

他们想过了各种可能性，被绑架了，走丢了，甚至……出了大事。五点钟接了孩子，郝晶晶抱着嘟嘟，又忍不住哭出来：宝宝，姥姥找不见了。嘟嘟还不明白这句话的意思，说，妈妈你是不是想姥姥了呀。郝晶晶使劲抱着嘟嘟，突然想起了什么，急匆匆冲出幼儿园，去找多多姥姥。她想，也许她们这个宝宝团的人会知道点消息。

多多姥姥说，她们最近也没尹雪梅的消息，还以为她回老家了呢。郝晶晶准备离开的时候，多多姥姥突然说，我想起个事情来，两个多月前，嘟嘟姥姥在她们群里问，哪儿能买小板车。

她买小板车干吗？郝晶晶不解。

多多姥姥说，我也不清楚，她就问了一句，大伙都不知道，也就没信儿了。我帮你在群里问问，看她还联系过谁。

郝晶晶点点头，说谢谢。

老二把回去的车票退了，老大也连夜坐车赶来，第二天一大早到北京。

兄妹三个人坐在麦当劳商量来商量去，最后决定，报警吧。郝晶晶已经拿出了手机，按完了 11，就差 0 了。突然有一个电话打了进来，是多多姥姥。

多多姥姥说：晶晶，你看你妈的朋友圈了没？

朋友圈？我妈有朋友圈？

你看看能不能看，我刚在群里说了你妈的事，后来已经搬走的瓜瓜奶奶说，她前几天还看尹雪梅发朋友圈了。我手机里看不到，其他人也看不到，我估计是尹雪梅屏蔽人的时候，忘了瓜瓜奶奶了。

我妈发的啥，您能发给我吗？

你加我微信，多多姥姥说，微信号就是宝贝多多的拼音。

郝晶晶放下电话，老大老二都问说了什么。妈可能有消息了，郝晶晶说，然后赶紧加多多姥姥的微信。多多姥姥传过来一张截屏图，上面是一个早餐摊，写着几个字：只要手艺好，赚钱跑不了。多多姥姥说，瓜瓜奶奶之前看到，也没当回事，就以为是尹雪梅出去吃早餐，随便拍的呢。后来又一翻之前的朋友圈，好像没那么简单。接着，多多姥姥又发来几张截屏图。一张是看起来半新的平板车，一张是地下室阴暗的室内，还有一张是条大街。老大眼尖，在第三张图上看到了一个垃圾桶，垃圾桶上写着朝阳门外大街环卫。

在朝阳，妈在朝阳区。老大看了看表，说咱们马上赶过去。

妈会不会是……老二不太确定地说，摆了个早餐摊？可她为什么呀？

三个人打了一辆车，在朝阳门外大街四处转，寻找着尹雪梅。

尹雪梅并不难找，他们没用半个小时就找到了，因为在朝外大街的一个十字路口，排着长长的一队人。兄妹三个，远远地就看见了尹雪梅，天气还没那么冷，她穿着一件紫色的罩衣，正在给买早餐的人盛东西，眼睛里的笑意像夏天的泉水一样，叮叮咚咚地流淌着。今天羊汤免费，其他的全部半价。她高声喊着。最后一天了，明天你们可就吃不到这么好吃的早餐了。

三个人互相看了看，默默排在了队伍里，跟着往前挪。他们看见那些买了早餐的人，拿着油饼、包子和羊汤从身边走过，一边感慨着：太可惜了，这么好吃的早餐。一个中年女人说，就是啊，这是我在北京路边吃过的最好吃的早餐，又干净又便宜。

一个穿着西装的人排到尹雪梅前面。尹雪梅说，还是老三样？西装男说，是，大妈，你是不是遇到什么困难了，咋不干了呢？

尹雪梅说，也不算啥困难，我租的那个地下室，不让住了。我也犯不着去租个楼房住，一个月得多少钱。西装男说，阿姨，你要想做大，我给你投资，咱们合伙开一家店，咋样？尹雪梅笑了，说别瞎说，开店得多少钱呀。

西装男说，不开玩笑，我出钱，您出力，赚了钱对半分。

尹雪梅愣了一下，说谢谢你，不过不用了。

西装男拿了自己的早餐，放下一张名片，说您要改主意了给我打电话。

尹雪梅点点头。

尹雪梅看见老大老二和老三，没怎么吃惊，说：你们才来呀，还没吃早饭吧，先吃点儿东西。她给三个孩子各盛了一碗羊汤，三张发面饼，还有一碟自己腌的小咸菜，他们就坐在马路牙子上吃起来。一边吃，一边掉眼泪。

最后一点儿汤和最后一张饼都卖出去了，七八个没买到的年轻人依依不舍地离开。尹雪梅收拾东西。三个人上去帮助尹雪梅，他们心照不宣，谁也不问尹雪梅为什么在这儿卖早餐。然后推着平板车，进了附近的一个小区，找到地下室。尹雪梅已经把东西收拾好了，就是一些做饭的家伙什，一床很简单的被褥。

尹雪梅说，都放这儿吧，收废品的老冯下午自己过来拿，我都给他了。

尹雪梅只拎了一个蓝色的塑料袋，说：走，回去。

四个人打车回到郝晶晶家里。尹雪梅把塑料袋打开，稀里哗啦倒了一通，全是钱。最后数完了，竟然将近两万块。

几个人都吃惊：妈，你卖早餐就赚这么多？

尹雪梅说，得刨出去两千的本钱。

那也够多了。

尹雪梅掏出两片药，就着水吃下去，说：老大，老二，老三，不好意思，妈让你们担心了。

郝晶晶眼圈又红了，说：妈，是我对不起你。

老大老二接着说：是我们不孝。

尹雪梅说啥不孝，你们都挺好的，是妈自己有点儿不甘心，想试试。我就怕我这一辈子，啥也没干成，就是个废人。

试这一个月，妈满足了，妈也心安了。我尹雪梅不是个废人，要是给我机会，我能干成不小的事儿。只可惜，我年轻时没条件，现在想干，也没那么多力气了。

尹雪梅指着桌子上的钱，说：这点钱，我自己做主，行不？

三人连忙点头。

尹雪梅分成了四份，一份给老大，一份给老二，还有一份给老三，说这是给仨孩子的。尹雪梅还剩下一份，大概有四千块钱。她说，晶晶，你跟妈出去一趟。

郝晶晶和尹雪梅到了商场，尹雪梅到那家服装店，看见那件衣服还在，这会儿已经半价了，六百。她让买衣服的开票，还想解释一下自己当初真不是托，可卖衣服的换了人，她的冤情无处诉说了。又给老郝买了一块一千多的手表，剩下的钱，她要请宝宝天团的姐妹们去吃饭 K 歌。

饭吃得很热闹，歌也唱得很热闹。尹雪梅是焦点，老太太们都说，尹雪梅你太厉害了，你要是年轻五十岁，能当明星。尹雪梅说，那是。她们唱《二十年后再相会》，约好了只要还没死，每年都找机会聚一下。

来不及等待来不及沉醉

噢来不及沉醉

年轻的心迎着太阳

一同把那希望去追……

9

尹雪梅是跟老大老二一起坐火车离开的北京。这次是真离开。虽然跟姐妹们有约定，但她已经想好，自己可能不会再来。也不一定，如果嘟嘟想她，她还会来的。

尹雪梅在火车上睡着了。

老大老二给她买了一个商务座，可以躺着的那种。尹雪梅看着车票上的八百多块钱，心疼地想，这得卖多少碗汤、多少张饼啊。在高铁的轻微晃动中，尹雪梅睡着了，这一回，什么梦都没做。

何秀竹的生活战斗

1

对自己被踢出家长沟通群这件事，何秀竹早有预感。

当她冲动地把多多的成绩单发到群里，而且“艾特”了所有人之后——尽管她不是群主，操作无效——她就知道自己肯定要惹众怒。但是何秀竹必须这么干，也只能这么干。多多上学期期末成绩大爆发，考进了年级前五、班级第一，而且有两科满分，这无疑是老母亲最骄傲、最值得炫耀的事。收到老师发过来的电子成绩单时，她正跟丈夫马勋吵架。起因是何秀竹想再给多多报一个英文戏剧班，而马勋坚决反对。一开始，何秀竹发挥自己语速快而且善于重叠咏叹的本事，把马勋顶得节节败退。十五年的婚姻生活，早已让何秀竹和马勋之间的话语方式形成了固定套路，每一次交谈，最后都会落入同一个叙述循环里：不管是谁第一个聊起某件事，另一个立刻提出不同意见，接着试图互相举例子，或仅凭感叹词和语气词驳倒对方；到了第二阶段，何秀竹的火气燃烧到顶点，开始竹筒爆豆子、暑天下雹子一样朝敌军扔炸弹，一阵噼里啪啦、轰轰隆隆，马勋被炸得哑口无言，满脸死灰色；最后，何秀竹嫣然一笑，说，真理不辩不明，道理不讲不清。马勋做一个长长的深呼吸，耸耸肩，无奈地笑笑，说，真理常常掌握在弱者手里。

这一次的常规战役眼看就要按照套路结束，马勋突然拿出一摞打印好的A4纸，上面密密麻麻，有文字有图片。何秀竹好奇地接过来看了看，原来是马勋处心积虑搜集的有关反对孩子报课外班的各种文章，作者的名头一个个都很响，从著名教育专家到哈佛女孩她妈。说实话，她正打算宜将剩勇追穷寇呢，哪想到从来都是小米加步枪的马勋扔出个原子弹来。但是何秀竹战斗经验丰富，她不怕原子弹，就算你扔的是原子弹加上氢弹她也不怕，只是扔得这么突然，她毫无准备，有点儿招架不住。毕竟，何秀竹此前大部分争吵得胜是缘于她事实上的胜利——多多的数学成绩是不是提高了？所以报数学班很有必要。多多在英语演讲比赛里是不是得奖了？所以英语补课不能少……现在她面对的那一摞纸里摆出的也是事实，而且是超级事实，她没法用多多的事实去反驳哈佛耶鲁和马云马化腾的事实。

不过，多多的事实毕竟更相关一些。就在何秀竹准备忍气吞声高挂免战牌，让对手暂且攻下一座城池，等到合适时机再反攻时，手机微信叮咚一下响了。她拿起手机，本意是借此转移话题，把失败化于无形，让敌人来不及品尝胜利果实就转战其他战场。微信里跳出一张成绩单截图，多多班级第一、年级第五，两科满分，比期中考试进步了一大块；更关键的是，图片下面老师还附带了一句话：多多妈妈，你们的补课成效显著，再接再厉，再创辉煌。

何秀竹从脚跟底下泛起一种最后时刻翻盘甚至起死回生的酸爽感，微微一笑，把手机递给马勋，下巴颏一扬。马勋看了两眼，很快像上千米高空熄了火的热气球，先瘪了，继而急速下坠，最终的命运当然是球毁人亡。为了这一次战斗，他准备了两个多月的时间，还咨询了三四个家有小儿女的同事，本意是想给儿子争取更多的自由玩乐权利，没想到最后却被儿子自己给打败了。看到多多这么好的成绩，他心里五味杂陈，不知该高兴还是伤心。

马勋已经记不清是从哪一天开始，自己在家里的话语权就被悄然剥夺了。说剥夺也不准确，像是海边堆起来的沙堡，在不知不觉的潮起潮落间，堡没了，只剩下一堆细沙。刚谈恋爱那会儿，何秀竹跟她的名字很像，文秀如竹，有风轻轻摇动，无风静静伫立；骨子里很较劲，但做事很温和。就连结婚时挑婚纱这种女人最在意的事，何秀竹最后都心甘情愿地遵从了马勋的建议：她喜欢一套蕾丝花的，但马勋说这个看上去太不上档次了，给她选了一件模特穿起来很高级，可她穿起来有点儿不伦不类的婚纱。他俩去吃饭，从来都是马勋说吃什么就吃什么，尽管何秀竹不太吃辣，他们还是常去川菜湘菜馆，点一堆剁椒鱼头辣子鸡。如果非要找一个自己沦陷的时间点，只能是从何秀竹怀上多多时算起——这小家伙在他妈肚子里还没黄豆大，就已经成了家里的话语中心。或者再腹黑点儿想，何秀竹并不是真的愿意那么顺从马勋，她一直在等绝地反击的机会，她是一个隐忍的战略大师，非常清楚在什么时候采用什么战术。马勋一次次在微小的战役上取得胜利，某种程度上不过是何秀竹的战略撤退，诱敌深入腹地，然后一举歼灭之。

多多协助何秀竹掌控了家里大大小小的事，但凡马勋有不同意见，多多就会作为一个无解的撒手锏出现，他只能乖乖听令。当然更重要的一点是，何秀竹确实比马勋能干、会生活，多年的摸爬滚打让她深谙如今社会的游戏规则，对每一件事都能冷静客观地分析，然后找出最适合他们的那条路。比如买房，马勋最开始考虑去天通苑买一个大房子，住起来宽敞舒适，可何秀竹坚持在四环内，而且必须是“一公里生活圈”：一公里之内，有地铁站、医院、幼儿园、小学、商场。为了孩子上学，他们还换了一次房，现在住着五十平方米的小房子，也习惯了，如果这会儿让马勋从天通苑上下班，每天三个小时地铁公交通行，打死他也不愿意。再比如，多多三岁时上的幼儿园，何秀竹就在儿子的不情愿和马勋的反对声中，给他报了好几个课外班。然后幼升小，多多竟然凭借着弹钢琴拿到了重点班的最后一个名额——这年头，弹钢琴算什么特长呢？可人家多多除了钢琴，英文也很溜，重点班的班主任恰好是英语老师。

没错，我们可以说何秀竹是一个生活家，每天最多的心思都是用于怎么在有限的资源和可能之下，过好眼下和未来几十年的生活。对她来说，从一睁眼的早餐到晚上睡觉前的晚安都是战斗，都不能输，输也必须是战略上的撤退而不是溃败。两个人的工资和奖金，何秀竹都做了详细的规划，她精细的 Excel 表格让学计算机的马勋都搞不太清楚，比如家庭支出这一项下面就有十三小项，不多的理财产品又分了五种，长线短线、保底不保底、基金股票，月月做预算，月月做结算，结余怎么花，亏空怎么补，复杂程度不亚于一个大公司的预算结算财务。马勋觉得，只要给何秀竹一个支点，她的确可以撬起地球，要是从政，至少能当个管经济的副总理。

这个阶段，所有战役的重点当然是多多。

何秀竹之所以把多多的成绩单发到家长群里，还“艾特”了其他人，让别人也晒晒成绩单，不只是为了秀自己孩子有多优秀——她当然知道这么做让人讨厌。何秀竹其实是为了曲线救国，这个国是她自己个儿。她手机里有几十个群，其中有关多多班级、学校、老师、课外班的就有十二个，从整体上来看，多多只在其中的七个群里算是第一梯队，在三个群里是差生，两个群里是中等生。最近课外班形势比较严峻，从中等生退步为差生，五个群亮红灯了：奥数、绘画、小提琴、机器人、口才演讲，各有各的问题，各有各的状况。何秀竹接连受到暴击而无处发泄，她必须找一个靠得住的出口。就在这时候，多多的期末成绩单成了她收复失地的大杀器，管他呢，先投出去再说。

何秀竹没办法不把多多的成绩看得这么重，因为有自己的人生在那里做参照，她深刻地知道，对普通人来说，学习不好就没有尊严，就没有好出路。社会发展到现在，吃饱饭已经不是难事了，难的是你能轻松愉悦地吃饱饭，还能想吃什么吃什么。人人都说，学习不重要，活得快乐最重要，可你满大街去问问，那些刚刚温饱、感个冒都不舍得买一盒清热颗粒的人，能快乐吗？就算要烦恼，也要那种成功的烦恼、甜蜜的负担，因为你永远有退路有出路，而不是绝路。何秀竹用自己几十年的人生证明，绝大多数人天分都差不多，差的就是吃没吃苦，是不是敢趴在地上抵抗烈火，堵住生活的枪眼。

2019 年的春节，何秀竹打破了她跟马勋结婚后形成的一个惯例，不再一年一家地回老家过年，而是留在北京。留守的目的，不是要过个京味年，而是要把多多的课外班重整河山。经过前一段时间全面系统的调查研究，她发现自己在这件事上走了错路、弯路。错误不在于报课外班太多，而在于没有对课外班报名进行有针对性的设计。何秀竹跟绝大部分家长一样，选业内口碑最好的补习机构，选补习机构里的名师，但是忽略了另外一点，那就是对同在一个课外班的学生的选择。最近她才慢慢琢磨明白，仅仅把课外班当成查缺补漏、提高成绩的地方，实在太可惜了，这儿还有很多其他用处。

“我得下一盘大棋。”何秀竹挥舞着菜刀，一边剁冻得硬邦邦的土鸡，一边跟马勋说。

为了更好地开展工作，何秀竹重新加入了家长群。这个家长群的群主并不是班主任，也不是常年班级第一的孩子家长，而是一个班里最有钱的孩子的母亲，大家都叫她黄太太。黄太太是全职妈妈，生了孩子之后就没上班，她老公是一个大公司的独立董事，家里资产过亿。这所区重点小学去年规定，教师不能建家长群，更不能在群里发通知——可问题是老师有很多事情要通知，怎么办呢，只能把通知发给一个家长，再让这个家长在群里发给其他家长。黄太太现在扮演的就是这个二传手角色。

开学第一天，何秀竹就被教育了。她以为开学嘛，就是去送孩子上学，办手续，领教材。可还没进校门就发现了，学校门口的马路拥堵不堪，豪车无数，不亚于国际车展。等进了班级，那些女家长花枝招展地挎着名牌包，男家长们一身西装夹着公文包，互相递名片、扫微信、留电话，敢情这不只是开学报到，还是一个大型社交场所。黄太太声音尖细，皮肤白腻，头发烫着时髦卷，一进屋就自来熟地跟所有人打招呼："哎呀，今天紫外线好强哟。"

黄太太本来就建了一个家长群，但最初只有七个人，群名叫七仙女。这七个人都跟她是一个小区的，孩子们幼儿园就在一个地方上，划片的小学也是一个。开学那天，何秀竹知道了有这么个群，就想加入进去。对于何秀竹这种单纯因为学区房名额搬来，住着一个几十平方米小房子的人，黄太太一开始不想接收，但何秀竹自有她的办法。人不好打交道，她就走狗道。黄太太养狗，每天把孩子送到学校之后，必牵着狗出来跑步，有时候是狗牵着她跑步。何秀竹不养狗，但她知道搞定了狗，也就搞定了狗主人。何秀竹见黄太太的狗是一只纯种柯基，于是通过查资料和跑到宠物医院咨询，把这种狗的习性搞得门清，连它喜欢什么颜色、什么味道都掌握了。何秀竹也在同一时间去跑步，穿黄颜色的运动衣，喷了恰到好处的香水，那只狗果然对这个总是路过的人心生好感。何秀竹趁机夸狗，然后假装偶然地提起两家的孩子是一个班，继而对黄太太的儿子一通夸，侧重点是夸黄太太教育得好，两个人在这一点上迅速达成了共识。有了这个基础，一切就都水到渠成了。过了一段时间，她看似无意地跟黄太太说，学校不让老师建群，但班里其实应该有一个家长群，这样方便大家互相交流。黄太太便说自己建了一个群，何秀竹就说，这个群其实应该扩大，把所有家长都拉进来。黄太太觉得这违背了自己的初衷，有点儿犹豫。何秀竹说，你看孩子们在班里排名竞争，其实也是家长们的竞争，我知道你家里有钱，但学校毕竟主要看成绩不看收入。还有就是，看家长对老师和学校的影响力，咱们是群众，你这个群主如果能影响到一个班级的家长，也就等于是在一定程度上影响学校和班级，这对你家孩子有好处啊。三说两说，黄太太心动了，然后两个人就把所有家长都拉到了群里。

这个群后来做了两件事，让黄太太觉得这个决定做对了。第一个是，有一年春游，学校安排的线路非常无聊，她们就在家长群里商议家长们出钱自己安排，当然一切都不违反学校的规定，结果这次春游效果极好。有一个家长在报社当记者，趁机报道了一下学校的自然教育，校长很高兴，老在家长会上举这个例子。还有一次是，家长们群策群力，把国内一个非常著名的作家请到了班里去做讲座，结果这个作家人气太高了，一个班级的讲座最后成了全年级学生都参与的文化活动，让学校趁机上了一下热搜。全校都很高兴。

可是时间长了，何秀竹的一些做法却让黄太太有点儿不满，她后来一想，很多事都是别人出主意，自己执行，何秀竹好像是垂帘听政的慈禧，自己仿佛是光绪帝，于是趁着那次何秀竹秀多多成绩，把她给踢了出去。黄太太本来想，何秀竹来跟自己服个软，她再把她拉回来，就说不小心误删。哪承想，何秀竹一直没动静，她又不好意思主动去问，两个人一直这么尬着。就算在小区或学校碰见了，还是如常地点点头，聊聊孩子说说狗，不谈这个事。

一直到大年初二，何秀竹借着拜年的机会约黄太太。拜年当然是幌子，何秀竹是带着自己的一整套计划约黄太太的。黄太太在咖啡厅里正襟危坐，想矜持几分钟，可是何秀竹的计划说完，就问了她一句：你参不参加？这就跟问全中国的女人参不参加双十一疯狂购物一样，黄太太想都没想就说：必须参加。她心里挺佩服何秀竹的，觉得她真是有想法，而且有执行力，这一点自己赶不上，那就只能跟着走。接下来，何秀竹回群就成了顺理成章的事。

“当头炮打得不错。”何秀竹跟马勋说。第一颗棋子动起来了，这盘棋也就活了。

何秀竹和黄太太先是跟班级前十名的家长单独做了沟通，统计他们都报了什么班，都在哪个机构、哪个时间段上课。统计完心中有数了，两个数学最好的孩子报的奥数班（有时候不叫奥数班）跟多多是同一个机构，但是不同班；另两个报英语班的不是同一个机构，但反馈很好，主要好在他们那里的外教是来自真正的英美国家的，而不是很多英语培训机构那样，找的都是印度、多米尼加等其他英语国家的老师，多多得转过来。另一个方面，何秀竹对多多现有的课外班同学和家长做了一个统计分析，她发现，虽然都在同一个补习班，但孩子们和家庭的情况差别很大，何秀竹要做的就是有针对性地优化多多周围的同学。何秀竹和黄太太通过各种方法跟这些补习班的孩子的家长取得了联系，他们有的是企业高管，有的是大学教授，有的是政府公务员（处级以上），何秀竹单独拉了一个群，表明了自己的态度：我们应该强强联合，既让孩子们互相学习互相促进，也使他们在这里结交将来可以资源整合、互相合作的人脉。何秀竹说，我们花了大价钱、费了大力气进到重点小学，并不只是为了高质量的教学水平，更是为孩子的将来选择同学圈、朋友圈；在培训机构里也是一样，你的孩子跟什么水准的同学一起学习，决定了他将来是什么样的格局、视野和资源，因此我们必须好好利用这一点。何秀竹的想法得到了几乎全部家长的认同，然后大家就开始调整上课时间，争取把所有人凑到一个课外班里。

大年初六，新年度的补习班第一天开课，看着多多跟小伙伴们走进教室，何秀竹终于松了口气，这盘大棋算是步入正轨了。参与的家长都很满意，每个人都得到了相应的配置。何秀竹更满意，在所有这些人里，她可是资源最差的一个，多多不是超级学霸，她跟马勋顶多是小中产，既没有商业资源，也没有行政资源，但是最后多多却跟所有这些人的孩子们平起平坐，获得了同样的学习机会。

趁着多多在上课，何秀竹和马勋坐在新中关的一家餐厅里吃晚餐，难得的二人世界。何秀竹要了一瓶红酒，一边摇晃着杯子醒酒，一边得意地跟马勋说，咋样？你老婆厉害吧，服不服？马勋五体投地，赶紧举杯说，心服口服，向伟大的老婆大人致敬。

玻璃杯碰玻璃杯的声音清脆悠扬，叮叮如山中泉水，在何秀竹听来，宛如又一场战斗的凯旋之音。

2

二十五年前，她十六岁，即将初中毕业。

她成绩不错，但因为生活的地方太偏僻了，根本不了解社会状况，她和她的家人、老师、同学都不知道，那个年月，中国高等教育即将迎来大发展，教育市场化和扩招政策呼之欲出。在她们家乡那儿，人们还都在说，读中专好啊，上三年学，国家包分配，毕业就挣钱，一辈子铁饭碗。这句话是对那些想读高中考大学的人说的，他们还接着说，考大学得先读三年高中，绝大部分人都考不上，就算考上了，毕业了高不成低不就，反而找不到工作。这两句话她听了许多遍，但她自小的愿望就是考大学。她第一天去村里的小学上学，背着母亲用破旧衣服碎片给她缝的花书包，书包带有点儿长，一走路就啪嗒啪嗒拍屁股。她喜欢这种声响，每一声啪嗒里，都有书本纸页摩擦的细微声，一听到这个，她就开心，觉得自己能飞起来。村里的大人看见，都问：秀竹上学去啊？她骄傲地昂起小脑袋：嗯，我要考大学。大人们都笑，觉得一个孩子还真敢想，那时候他们十里八乡只有一个大学生，还是二十年前的。说多了，再加上她确实从一年级开始就始终第一名，人们也不免嘀咕：这小丫头，将来没准真能考上大学。毕竟，多年前那个唯一的大学生就出在他们家的院子，那家人搬走了，她父母结婚时没地方住，买了那几间没人要的土坯房。

从小学到初中，她所向披靡，成绩一直保持在班级前三，经常是第一名。等到了初二，班里突然来了几个转校生，听说还是从大城市来的，因为父母工作的原因，暂时到这里借读一年。那时候，乡镇的初中刚开始普及英语教育，何秀竹他们英语老师就是个中师毕业生，一口英语听起来满是山东腔，读课文像英文版的山东快板。但新来的几个学生，张嘴就是美国音，人家甚至能用小录音机直接听英文歌，边听边唱，还能跳很多高难度的动作。多年后她才反应过来，他们听的是迈克尔·杰克逊，全世界都有名。再一考试，她的排名一下子落到了班级的第五，她不服气，起早贪黑学习，可最后还是比人家差几分。有那么几次，拿到成绩单，看着那微弱但永远无法拉近的差距，她挺悲哀的，吃得比人家差、穿得比人家差，她都能接受，可成绩比人家差，她心里头不服气。但有什么办法呢？除了更加努力，她什么也做不了。

好在初三下学期不久，这几个人就都走了，何秀竹又回到了班级前三名。期中考试一过，就要报考了，班主任在班会上跟同学们说，班级前三名就俩选择，第一个是考中专，三年毕业，毕业就是国家干部，一辈子不愁。第二个就是考高中，读三年，不一定考得上大学，考上了，不一定能有工作。班级前十名，就看你能不能超常发挥，碰碰运气。剩下的同学，想参加的就考一下，给自己留个念想，不想参加的就别浪费报名费了。

她想都没想，说自己报高中。班主任说，别着急，好好考虑考虑，这么大的事更得跟家里商量一下。

那个周末，她步行二十里回家，肩上背着大书包，包里是一摞卷子和瘪了的干粮袋。此前她每周六下午回来，周日下午返校。返校时带着一口袋母亲蒸的戗面馒头，还有一罐子咸菜，这是她三天的口粮。另外三天用粮票在食堂吃，也主要是馒头和咸菜。

到家时太阳落山了，为了省电，屋里还没亮灯，父亲和母亲正摸着黑在地桌旁吃饭。不用看，只听父亲嘴里咀嚼的声音，何秀竹就知道他们吃的又是小米饭就咸萝卜，家里的面，主要给她和弟弟吃。母亲永远把小米饭做得黏黏糊糊，吃到嘴里时吧唧响。好在她特别会腌菜，不管什么蔬菜，只要让母亲细细致致地用水汆了，再给她足够的盐，她就能腌得特别好吃。黄瓜翠绿，萝卜清爽，白菜脆生，芥菜叶子有淡淡草香味。腌黄瓜在全家人的牙齿中咯吱咯吱响着，把黏糊糊的米饭顺利送到胃里去。

秀竹你咋回来了？

母亲看到她，有点儿吃惊。何秀竹两周没回家了，她说初三下学期，学习任务重，二十里路走来走去太耗时间。前两周，她的干粮和咸菜都是同村的一个同学给捎去的。

饿了吧，快吃饭吧。父亲说着，放下了碗，嘴里仍然是咯吱咯吱声。

我不饿，她说，我还剩一个馒头呢，路上吃了。

弟弟的碗空着，里面剩下不少饭粒，一看就是匆忙吃完，跑出去找伙伴们玩去了。

她知道，不晓得她要回家，母亲只做了三个人的饭，她吃的话，父亲就吃不饱了。

父亲坚持让她吃，她只好接过大半碗黄澄澄的饭，往嘴里缓慢地扒拉。

父亲找出烟口袋，把已经成了末子的烟叶揉进烟袋锅里，划了火柴点着，吸一口，吐出一股浓烟来。

这样的场景，几乎每一次她回家时都要重复一遍。接下来的台词也永远不变，但是每次说，她都像是第一次那么紧张和窘迫。

又要交啥钱？父亲小心翼翼地说，好像特别怕从她嘴里冒出一个他完全无法承担的数字。

资料费、伙食费、住宿费、报名费……她也小心翼翼地报出名目和数额。虽然她不是他的亲生女儿，可她念书从来没让他们操过心，而且每年都拿回红红黄黄的奖状，有时还有奖品，但每一次跟父亲讨钱时，她依然有种说不出的羞耻感，仿佛她讨这一点儿钱，是要去干什么见不得人的事。她知道这都是因为穷，因为她家的特殊情况。那些有钱人不会理解，穷人仅有的那点儿自尊，并不是针对他们的，而是针对自己最亲近的人。弟弟从来不这样，他每次跟父亲要钱，像是来讨债的债主。爸，学杂费一百三十，你给我一百五十。爸，报名费四十二，凑个整，五十吧。弟弟成绩也很好，所以父亲大多数时候都满足了他，尽管母亲老是念叨不该多给他。她有几次看见弟弟和他的狐朋狗友们，偷偷躲在牛圈里抽烟，而且是有过滤嘴的香烟。父亲这辈子都没抽过几次的。可是她不想去揭穿弟弟，她觉得他能享有这种奢侈，是家庭对自己的亏欠的平衡。她也想跟有钱的女孩子一样，买漂亮的裙子，抹最贵的雪花膏，甚至打个耳洞，戴上亮莹莹的水晶耳环。但这不可能，所以她愿意让弟弟在一定程度上替自己去实现这奢侈的放纵。她要把眼光放远一点儿，她知道只要自己考上好大学、找到好工作，这一切都能在后半生慢慢补偿回来。

就五十块钱报名费，她说，我回来是老师让跟家长商量，报考中专还是高中。

拾掇碗筷的母亲停下了手脚，父亲嘴里含着一口烟，半天才吐出来，那些烟雾在他脸上的皱纹里久久不散。他们心里当然清楚，她一门心思考大学，但还是问：你自己咋想的？

她说，我就是想读高中，将来考大学。

母亲重新坐在小板凳上，父亲又使劲儿吸一口烟，但那袋烟已经在他们沉默的空当里燃烧殆尽，他只吸了一嘴的烟油子味。父亲开始在凳子腿儿上磕烟袋，把里面的灰烬磕出来，烟油子味立刻扩散开了。

他放下烟袋，看着何秀竹说：秀竹，咱们家现在是这样，你弟弟出生时住院的钱，从你三爷家借的，还了这么多年，还欠两千。家里有一头牛，种地全靠它，卖了就得喝西北风。地呢，一共十三亩半，十亩山坡地，你也知道，收不了多少粮食，收了也卖不了多少钱。我想出去搞副业，找个工地打工，可你妈一个人在家里又忙不过来。我打听过了，读中专没学费，有的学校每个月还有七八十的补助呢，读高中三年的学费得好几千，还怕考不上，这钱就白花了。你弟弟也初一了，将来让他考高中吧。你是老大，又是女孩子，将来能有个工作，嫁个好人家，也就行了。

这些话，父亲不说她也清楚，她甚至也知道自己最后的选择是什么。但她总要挣扎一下才甘心，这是她注定要溃败的一场战斗，可是她必须放一枪，哪怕只是朝虚空放一枪也行。她嗯了一声，把脸埋在了那只瓷碗里，眼泪落在了黏糊糊的小米饭上，让那坨饭看起来像是糨糊。她不能对眼前这个被自己称作“爸爸”的人要求更多。作为一个重组家庭里的父亲，他对她甚至超过了很多亲生父亲对自己的儿女。她永远都会记得，七岁那年，母亲带着她第一次走进这个家门时，这个男人往她的手里塞他从山上采来的野果子，脸上笑着。野果子红彤彤，他的脸也笑得红红的，她是个孩子，也能感觉到他的真诚、和善。为了这个家，他真是起早贪黑，像牛一样干活，也像牛一样整日闷着头，唯一的放松就是抽几袋烟。下午的那些话，是这么多年他跟她说过的最多的话了。她们来了一年后，弟弟出生，他也并没有对她生分。有几次，她夜里醒来，听见隔壁屋子里的父母还没睡着，有一句没一句地聊天。母亲说，老何，真是谢谢你呀。父亲说，啥？母亲说，你对秀竹跟亲闺女一样，她是个好命。父亲说，这有什么啊，秀竹是个好孩子，我养了这么多年，就算是养一只小猫小狗，也有感情了，何况是人呢？然后她听见一些窸窸窣窣的声音，她知道他们悄悄地钻到了一个被窝里。她赶紧命令自己睡着，睡着，快睡着，可是却越来越清醒。她只好把头蒙进被子里，再用手捂住耳朵，她并不太清楚父母到底在干吗，但她却知道，那一定是一件不该被其他人听见的事。

第二天一大早，她匆匆赶回学校，还是带着母亲蒸的馒头和咸菜，再就是五十块钱报名费。其实她一夜没睡，她想了很多可能的回旋余地。她想，如果能够从哪里借到钱，自己读完高中，将来再还也行；又想要不要先去打一年工，挣到钱了，再回来读书；如果有人给她留住读大学的机会，她能为他做任何事，任何事，不打折扣的。太阳光从窗帘缝里照射进来，她知道第二天到底是来了。天还黑着的时候，父亲和母亲就起床，他们轻手轻脚。父亲说：让她多睡会儿，等下还得走几十里路。他们走出屋子。她躺在床上，脑海里全是父亲和母亲的身影：父亲在给那头牛添最后一遍草料，饮水；母亲烧火，和面，蒸馒头。闻到蒸锅里散出来的面香味，她终于不再去幻想读高中的事儿了，她清楚，自己此刻的命运，就像蒸锅里的馒头，已不再可能变成其他形状。

她报考了中专，那是九十年代中期最后几批中专生了。考试发挥正常，成绩出来后不久，她被离家几百公里的北方矿业专科学校录取。收到通知书时，全家人都很兴奋，她虽然因为没能读高中、上大学而遗憾，但自己十几年的书毕竟没白读，心中也是感到安慰。父亲想请亲戚朋友吃饭庆祝，被她拒绝了，她怕人家说他们是为了份子钱。她对村里的人，没有什么深切的情感，不管是亲戚还是邻居，就像她上学第一天就笃定自己将来要考大学一样，她也很早就知道自己肯定要离开这个地方。十六年来，她在此生活，可每天想的都是其他地方，现在，那张离开的车票拿到手了，她又怎么能在这里欠下一河滩的人情？

可是最后，父亲还是禁不住亲朋们的询问，你养了这么多年的外姓女儿，就不能让你风光一回？父亲心里不甘，只是不愿意强迫她，想着算了，却是母亲觉得应该办一场，也让人们知道，何秀竹是懂得感恩的。似乎就是这次请客之后，她和父亲的养父女关系，在村人眼里才变成了真正的父女。父亲端着烟袋巡行在村子的广场上，人们常常会问，老何，你家姑娘考的啥学校？是一个啥矿业学校，通知上说了，三年毕业，将来包分配的。离村子一百多里的地方，有一座金矿，是整个县里最有钱的地方。人们对所有矿业的想象，都是从那里来的。何秀竹的一个表哥就在这个矿上，做底层的矿工，每个月都能有五百多的收入，过年过节回来走亲戚，总是给大人发过滤嘴香烟，给孩子们一大把水果糖。何秀竹去读矿业学校，那将来肯定不是下井工人，是坐办公室的，噼里啪啦打着算盘，稀里哗啦看着报纸，每个月还发洗衣粉、卫生纸，过年过节发大桶的植物油、鸡蛋。将来呢，再找一个矿上的老公，双职工家庭，那得是啥生活啊？从这些想象和村里人七嘴八舌的假设中，老何得到了一种满足，连从肺部咳出来的烟雾都多了一种清凉之感，他几十年弯曲的颈背，也稍微挺直了些。

她坐在村后的谷子地里，那些大穗的谷子正从青转黄，她握着它们，沉甸甸的，心里说不上喜悦，也说不上伤感。她觉得自己完成了一个大任务，不满意，但能接受。就像这满地的庄稼，长得这么好，可从小的生活早就教会了她，几亩地的谷子，也换不来一台电视机，换不来一辆三轮车。粮食这东西，没有的时候，跟命一样金贵，够吃的时候，就不值钱。

但这毕竟是她生活里的一个秋天，她还是会憧憬读书生活和读书后的工作。她想无论如何，自己算是从泥土里，把扎得最深的那条根拔了出来。最大的概率是，她会成为某座矿的一个正式职工，有能每天洗澡的宿舍，有工资奖金，如果努力并且运气好的话，她还可能是在矿务局坐办公室的那种。花花绿绿的裙子，香喷喷的雪花膏，打着蝴蝶结的发卡都在向她招手。只是不是现在，现在她唯一可以马上实现的就是打两个耳洞。这个本来也不急切，有了耳洞她也没什么可戴的。但是那天，母亲悄悄把她叫到里屋，递给她一个灰色的小木盒。她打开一看，里面竟然是一对翡翠耳坠。因为年深日久，翡翠有些暗淡了，可那深沉的绿色里，仍然闪着它的价值。何秀竹惊喜不已。

母亲说，这是她姥姥给她的，也就是何秀竹的太姥姥。太姥姥家里当年是个不大不小的地主，有不少珍贵首饰，“文革”的时候破四旧，绝大多数都毁掉了。太姥姥冒着危险，偷偷给每个子女留了一件小首饰。这件东西，母亲本来是想留给弟弟将来的媳妇的，但因为何秀竹放弃高中读中专，她总觉得对不起她，就瞒着父亲和弟弟，给了她。

有了它，她再也等不及去打耳洞了。有钱的话，可以去镇上的理发店，有专门打耳洞的项目，一个耳洞十块，两个就是二十。但村里人都不会花这个钱，她们有自己的办法。从赤脚医生那里借一点儿酒精，用棉花蘸了给耳垂消消毒，把缝衣针在烛火上烤到发红。再从米缸里找两粒米，放在耳垂的两边不停地揉搓，米粒会把耳垂部分的皮肤和肌体变薄，而且由于持续的揉搓，这一块会因为失血而麻木。这时，再用最快的速度把烧红的缝衣针穿过耳垂，轻微的灼痛中，一个耳洞就成了。为了让耳洞不因血肉愈合而封闭，她们会找一根细细的小笤帚棍或小树枝穿进去，直到这个细小的耳洞真正形成。当然有失败的，有的是伤口发炎，不得不去医院里打针输液，还有的就是几天后耳洞长死了，把那根小棍裹进了肉里，就只能再撕心裂肺地生生拔出来，也还是要去医院。

她很幸运，除了伤口处稍微有点儿炎症发红，没出现其他情况。一周后，她的两个耳洞已经可以戴耳坠了。在镇子的长途汽车站，开往学校所在小城的长途车发车后，她从背包的底层找出那对翡翠耳环，戴在了耳朵上，那种轻微的下坠感，让她获得了特殊的满足。从此之后，她何秀竹再也不是一个单纯的农村女孩，她是一个中专生了，一个戴着翡翠耳坠的中专生。

3

何秀竹又做梦了。

在梦里，她跟镜子里的自己说话，她说什么，镜中人就说什么，像一个重复机器人。时间久了，何秀竹忍不住发怒大喊，镜中人竟然燃烧起来，烈火中发出咯咯咯的鸡叫一样的笑声。何秀竹颤抖着醒来，身边的马勋迷迷糊糊中知道她又做噩梦了，只是握了握她的手，翻个身继续睡去。他已经习惯了。

第一次做这个梦是什么时候？就是跟马勋确定关系那年。研究生二年级，有同学组织大家去五台山徒步加露营，他俩都报了名。两个人同级不同系，有几门公共课一起上，彼此都脸熟，但没怎么说过话。谈恋爱之后，他们细细回想，似乎有几次课堂上挨着坐过，马勋还借过何秀竹的笔，但交往也仅限于课堂。那时他们都没想过，两个人后来会成为一家人。

一路上山很顺利，到了五台山的大殿上，正赶上僧人做法事，不知道是在超度什么人还是常规法事。阵仗不大，但看起来严肃规整。一个僧人在香炉前，一边焚烧用黄纸写的祭文，一边大声念着经。看了这一幕，何秀竹突然脸色发白，双腿虚软，就在即将瘫坐在地的一刹那，一双手扶住了她。是她旁边的马勋。

你怎么了？马勋问。

没事，她说，可能是有点儿低血糖，虚脱，歇一会儿就好了。

他扶着她到旁边的台阶坐下，把水壶递给她。

她喝了两口水，说，我没事了，你去看吧。

马勋恍然大悟般说，我知道了，你肯定是身体……明白，我给你弄点儿热水去。

几分钟后，马勋不知从何处弄来半杯热水，兑在她的水壶里，水变得温热。她猛喝了几口，感觉好了些。何秀竹知道马勋是以为她大姨妈来了，她也不去说破，自己之所以如此，是猛然间想起了她最不愿意想的事。

考研那两年，她租不起北京的房子，只能躲在老家复习功课。父母不理解，既然拿到了同等学力的本科文凭，完全可以在县城里找个工作养活自己，干吗还非要考研？就算读了研究生，毕业后不是也一样找工作吗？而且，那会儿因为多年的扩招政策，研究生比本科生还难找工作。何秀竹跟父母吵了一架，说当年要不是他们逼着她读中专，自己也不用绕这么远的弯路了。吵完了，她又心虚愧疚，考中专说到底还是自己的决定，父母并没有真的“逼她”，是她自己逼自己。后来，父母知道打消不了她的想法，就想着换个方式，催她找对象结婚。他们三番五次地给她介绍镇子上的小伙子，创造机会让她和他们相中的人见面。为了能继续留在家里复习，何秀竹每一次都去配合演出，但一见面就告诉对方，她是不会结婚的，来这儿只是为了让家人放心。时间一久，家里人反而更担心了，因为在县城开修理铺的弟弟回来告诉父母，他有一个同学离家出走了，原因是，她是同性恋，跟父母坦白了自己的性取向，父母接受不了，她无奈之下离家出走，至今下落不明。

她对弟弟十分失望。她当时接受读中专的另一个想法，就是觉得将来弟弟会读高中，然后上大学，替自己完成这个梦想。可弟弟到了高中之后，跟镇上的一群同学混在一起，整天看录像、打台球，根本无心学习。他最后连高考都没参加，毕业了就在镇子上开了个摩托车维修部，勉强混口饭吃，对象谈了两三个，最后都没成。弟弟有意无意地说，她不结婚，他就谈不成对象。

弟弟本来当闲谈说起，不想听者有意，母亲私下里问弟弟，同性恋是啥样？弟弟说，没什么，看着跟其他人一样，就是男的不喜欢女的喜欢男的，女的不喜欢男的喜欢女的。她妈听了，捂住了胸口。他们不敢跟她当面提这个事，但是私下开小会，越说越觉得她像同性恋，想着该怎么办。

打听来打听去，终于从一个亲戚那里听到一个办法。在当地，流传着一个叫泰山奶奶的神灵，可以帮人免除灾祸。人们还说，可以去泰山奶奶那里换人，用一个新的人把旧的人换走，这样原来那些问题就都没有了。这些事，何秀竹一直被蒙在鼓里。

端午节刚过，天气开始热起来。何秀竹正在院子里的树下背单词，一阵咯咯咯的鸡鸣推开了院门，父亲拎着一只芦花母鸡走进来。母亲听见鸡叫，急匆匆自里屋奔出，瞧见父亲说，回来了？问准了没有啊，是不是头窝鸡蛋孵出来的老母鸡？还有蛋茬开了吧？

问了，父亲说，她二娘说这只老母鸡她记得最清楚，前年夏天孵出来的，头窝鸡蛋，刚入伏就出窝了。昨天开的蛋茬，这不是第一个蛋刚下出来，还热乎着。父亲另一只手里是一个白白的鸡蛋。

抓鸡干吗？要来客人？咱们家不是有鸡吗？她合上书问。

父亲看了她一眼，又看母亲，欲言又止，努努嘴，让母亲说。

母亲把手在围裙上搓了搓，说，秀竹啊，我跟你爸商量了，想去泰山奶奶那里给你换个人。

她的头嗡的一下，眼前恍惚，她听说过这种事。还是她小时候，村里有一个酒鬼，每天都喝得醉醺醺的，躺倒在马路上，狗撒一身尿都醒不过来。后来，他家里人就带他去泰山奶奶那里换了一个人，回来后，他滴酒不沾，性情大变，整个人都木木的，很少说话。她记得很清楚，换人之前，不喝酒的时候，他很会唱快板讲笑话，很得小孩子们的欢迎。换了人之后，他只会直愣愣盯着人看，看得人心里发毛。何秀竹生出一种隐隐的恐惧，读书这么多年，她当然不相信什么换了人的说法，可童年时村人大变样的事实和各种传说，还是让她不由自主地感到害怕。

我不去，她说，我好好的，干吗要去换个人。

父亲走上前，瞪着她：你必须去。你要不去，我绑也把你绑去。父亲很少如此决绝地跟她说话，她第一次觉得，这个男人的隐忍里藏着些坚硬的东西。

那只鸡被父亲拎着翅膀，两只爪子在空中弹抓着，但是毫无所获。豆子大的眼睛，警觉而绝望地看着何秀竹，她发现鸡的眼睛竟然这么亮、这么黑，像两颗珠子。小时候家里杀鸡，她总是跟弟弟抢着吃鸡眼睛，据说吃了这个，就不会得近视眼，看书过目不忘。煮熟的鸡眼睛是灰白色的，其实不好吃，像是面粉做的小豌豆。现在，她觉得自己吃过的所有鸡眼睛都变成了黑色，一颗颗密密麻麻挤在一起看着她。

她发出了一声尖叫，但是脚没有动，不知为什么，她觉得自己双腿没有知觉，不听使唤了。她一动也动不了。

母亲走过来说，秀竹，这只鸡就是你的替身妹妹，你得给她起个名字。

我不要，我不要替身妹妹，我就要我自己。她嗫嗫地嘟囔着。

做好这件事，我们就不再拦着你复习考研了。父亲说。

何秀竹听了心里一动，她知道自己在家的这段时间，他们也承受着压力。

好，你们说话算话。何秀竹说。

她给这只鸡起名何翠竹。

下午的时候，何秀竹遵从母亲的嘱咐，换了一身素净的衣服，跟着她去了村东的元君庙。这里供奉着泰山奶奶，全称天仙玉女泰山碧霞元君。小时候，每逢年节或泰山奶奶的诞辰，她们也经常到这庙里来玩，看大人们烧香磕头，祈祷平安。何秀竹从未想过，自己有一天会跟她产生这么复杂的联系。

跟她们一起来的，还有那只老母鸡——何翠竹。这会儿，何翠竹被关在藤条扎的笼子里，依然瞪着黑亮的眼睛，不时叫两声，咯咯，咯咯。它不知道自己成了一个女人的替身。

父亲母亲都在泰山奶奶像前跪下，让何秀竹也跪下，磕头上香。父亲起身，把何翠竹捉出来，另一只手里多了一把刀。他把何翠竹按在地上时，何秀竹也浑身哆嗦，尽管她知道那只是一只鸡，从小到大，她不知道看见过多少次父亲杀鸡了。可这一会儿，何秀竹突然有点儿担心那只鸡真的是自己的替身妹妹，是一个有着魂魄的人。但是她说不出话，也动不了，眼看着父亲手起刀落，剁掉了鸡头，一股黑色的血从鸡脖子的断口处喷涌而出，溅在她的白鞋子上。何翠竹的两只黑爪子，仍然在弹抓着，很快彻底伸直了。父亲放下何翠竹，从兜里掏出一张写满字的黄表纸来，开始念，念完掏出火柴，把纸烧了。他的声音出奇地大，像变了一个人，从此之后，这个场景就扎根在她脑海里了。

回到家，母亲把整只鸡用铁锅煮了，除了一点儿盐，没放任何其他调料。何翠竹被一只大瓷碗端上桌子，摆在何秀竹的面前。

吃了它，母亲说，一点儿都别剩，全吃了。

鸡肉虽不太老，但炖的时间不长，而且因为没有放佐料，有一股鸡毛水般的腥味。何秀竹硬着头皮撕咬那只鸡，撕咬着已经被煮熟的何翠竹。母亲说，吃完了，她就能是一个全新的人了，那个有着某些说不清的毛病的何秀竹，会跟着死去的何翠竹一起消失。

这件事，除了家里人，何秀竹再没让任何人知晓过。吃了那只鸡之后，她状态一直不太好，神情恍惚，导致那一年考试英语发挥失常。拿到成绩时，何秀竹才仿佛被泼了冷水一样清醒过来：神仙也靠不住，她最后能靠的还是自己个儿。何秀竹打算再复习一年，这一回，她心态平和，埋头苦干不问前程，终于考上了矿大的研究生。她读研时回想起来，有时候会觉得那一次换人确实有用。当然，她并不是说自己变了一个人，而是通过那次事件和它的后果，她确实放下了某些东西，重新认识了自己。有一些后来成为她性格里最核心元素的东西，就是在那段时间，一点点地从她身体里生根发芽的。

只是那只鸡被剁掉头的样子，元君庙里香火缭绕的阴暗氛围，那种燃烧的黄表纸和香烛的味道，父亲变了调儿的声音，一直深深地潜伏在她的意识之中。此后的很多年，她不进任何庙宇，不关心任何佛事，当然更不吃鸡肉。她以为这一切只要埋得够深够久，就能被生活本身降解，至少不会再次出现。这一次徒步五台山，出发前何秀竹心里有过犹豫，但最终还是决定要去。她觉得自己已经今非昔比了，想看看给这段记忆打造的笼子是不是足够坚韧。

按照行程，他们并没有在山上停留，而是连夜下山。走到半路，天降大雨，山路湿滑，有几个背包落到了悬崖之下。他们无奈找了一处略可以遮风避雨的山洞，燃起一堆火过夜。有几顶帐篷遗落了，他们几个人只能挤在最大的一个帐篷里，好在帐篷够大，能装下他们瑟瑟发抖的身体。

夜里雨停了，竟有猫头鹰的叫声从不远处传来。或许是这叫声进入了已经睡着的何秀竹的耳朵，把她层层叠叠藏起的记忆唤醒，于是她看见镜子、镜子里的另一个自己和燃烧的火焰，听见了黑眼珠发出的咯咯声。那是何翠竹，一个长着鸡脑袋的人，重复着她说的每一句话和所有的动作，她本来就是何秀竹的替身嘛。何翠竹问她：何秀竹，这么多年，你过得怎样了？你还记得我吗？我是你的替身妹妹何翠竹啊。你想干什么？她颤抖着问何翠竹。我什么也不干，何翠竹说，我就是想你了，想看看你过得怎么样。你过得很好啊，可是我在受苦，我在替你受苦，你知道吗？何翠竹说完这话，就燃烧起来，她的眼珠越变越小，越变越黑。

何秀竹从噩梦中惊醒，发现自己的手被旁边伸过来的一只手握着，是马勋。他们之间隔着一堆背包。两个人都醒了，透过帐篷的缝隙，他们能看见山洞外雨后的天空湛蓝无比。彻底的雨过天晴，晨雾和光亮达成完美的和谐。看了看手机，是凌晨五点钟，太阳就要升起了，因为是在山上，有一线金色的阳光已经穿云过雾而来。

做噩梦了吧？要不出去走一下？马勋小声说。

何秀竹点点头，她不敢再睡，也不可能睡着了。

他们坐在一块大石头上，晨曦渐渐显露，她第一次知道，阳光并不是突然而来的。其实从很早很早的时候，它们就在来到这里的路途上，这一路遥远而漫长，要经过许许多多的星星和虚无，要穿过厚厚的云层，要从海岸和山脉越过，才照到人们的脸上。让人感到高兴的是，尽管走了这么远的路，第一缕光仍然是明亮而欢快的，她的心也渐渐从回忆和噩梦的水面里浮出来。马勋的手再次悄悄伸了过来，握住她的手，她没有动。何秀竹能感觉到，他的手虽然瘦，但有一种淡淡的温暖和坚定。她转头看马勋，马勋仍在看那轮刚刚露出光芒边缘的太阳。突然有钟声从远处的庙宇中传来，声音空旷悠远，和光一样并没有疲惫之态。他们就这样恋爱了。

从梦里醒来，何秀竹看见马勋已经起床，厨房里有动静，他应该是在做早餐。自从孩子上小学，马勋就每天起来做早餐，然后再去上班。他有做饭的天赋，很多东西，在馆子吃过，回家琢磨琢磨就能做出来，味道一点儿不差。刚结婚那会儿，她就被他的手艺给拴住了，怀孕的时候更是，他还自己做了一本菜谱，打印出来足足有几百页厚。生完多多，何秀竹体重达到一百四十斤。马勋倒是没有嫌弃她胖了，但是她自己接受不了这件事。以前的衣服都穿不了，她天天感慨，马勋就说，咱们再买新的呗。她说，我叫啥名？马勋愣一下说，胖又不影响脑子，自己啥名还能忘了，何秀竹啊。她就说，那你说，有我这么粗的秀竹吗？就算为了配得上这个名字，我也得把这身肉减下去。

她真是一个说到做到的人，因为她现在很信奉网上的那句话：你如果连自己的体重都控制不了，怎么还能幻想着控制自己的人生？多少年来，她早已经习惯了以一种战斗的姿态面对所有事，不管是文斗还是武斗，不管是公开斗还是暗地斗，不管是跟别人斗还是跟自己斗，战斗，取得胜利，或者撤退等着将来取得胜利，就是她多年来唯一遵循的逻辑。那么，这身肥肉就是她的敌人，从孩子百天开始，她就坚持走路上班。从家到单位，大概有五公里，她要走一个小时左右，为了实现这一点，她需要比坐公交早起半个小时。对她来说，压缩时间，就是压缩肉体。

看看手机，已经六点半了，何秀竹得起来战斗了。

前天下午，马勋带着多多在小区附近的球场打球，上篮时碰倒了一个老大爷，结果被老大爷给讹上了。老头躺在医院里不出来，张口就要二十万。马勋一直自责，觉得确实是自己的责任，但何秀竹去医院看他时发现了破绽。那是个小医院，医生跟老头一家人都很熟，他们说话时，何秀竹听到了一句“这次待几天”，老头说“看情况”。她早就听说，现在碰瓷的人可不只是在路上，有很多老人还在公园或球场上碰瓷。何秀竹今天得去几个地方，老头的小区、篮球场、医院，好好调查一下他。马勋对这件事懊恼不已，但对何秀竹来说，这不是什么大事，只要让她找到证据——她相信她一定能找到证据，事情就会很好办，她甚至还能反过来起诉他们诈骗。一想到这里，何秀竹心里生出一些兴奋感，她喜欢这种状态。

4

二十世纪九十年代中期，是北方矿业专科学校几十年辉煌历程的最后光芒时刻。这所身处东北小城的专科学校，在七八十年代曾经很红火，据说当时国家的好几个大矿，都是这里的毕业生发现的，其中的一个老教授，还成了院士。那些年，它录取了很多优秀的中专生，但进入九十年代，随着综合性大学的发展，随着高校的市场化，随着整个国家产业的大升级，它也跟很多中等专科学校一样，走过了自己最好的时期。

这些情况，是她到了学校之后，才慢慢了解到的。

从老家的镇子，到北方矿业专科学校所在的小城，有一辆长途汽车。每天下午五点发车，第二天清晨五点左右到，路上会休息一个小时。她独自一人，拎着自己的行李和五百块钱，踏上了上学路。可能是因为远行的紧张，也可能是她从未坐过封闭的长途客车，车刚一启动她就开始晕车，头晕目眩、恶心，但是什么也吐不出来，只能干呕。她靠拼命喝水来压制自己的不适，脸色很快就变得蜡黄。过了几个小时，感觉终于舒服点时，又开始尿急，但汽车行驶在高速路上，还不到服务区，显然不可能停车，只好忍着。她第一次发现憋尿竟然是这么痛苦的事。

车窗外黑漆漆一片，只有偶尔对面来车时有灯光一闪而过。她不知道自己离家多远了，在陌生的黑夜中，她心里有种如释重负的失落感，未来虽然不如期许，但未来毕竟来了，又轻松又伤感，又激动又彷徨。

九月份的东北，清晨已经有了很深的凉意。汽车停在一个半旧半新的车站，地上铺的砖大部分已经被车轮轧碎，坑坑洼洼。一些老房子，墙上贴的瓷砖已经破败，刚刚盖起来的两层小楼，瓷砖还没贴上去，通体是水泥灰。走下车门的一刻，她被凉风吹得打了个哆嗦，那种凉好像是融化成空气的冰棍，带着一丝丝微甜的气息，一直从口腔顺着呼吸到了肺泡里。她跺了跺发麻的双脚，搓了搓手，抬头见东方露出金色的光晕，但太阳还没有升起，朝霞仍被薄薄厚厚的云彩挡着，天空如此冷艳、清冽。

这是平原，和她之前所在的山区不同，使劲看去，能看到很远很远处模糊的村庄。黑色的土地上升起淡淡的雾气，氤氲中，小城里早起的清洁工、卖早点的人，已经开始了一天的劳作。乘客都走光了，长途车也停车进站，只有她还站在马路边上。一个清洁工的扫帚，哗啦哗啦地从她脚边扫过，丝毫不在意飞扬的尘土落在了她放在地上的背包上。

太阳嘣的一下，从黑色的大地跃上空中，阳光把一切都照拂到了，也照在了她身上，只是同时给了她一个长而模糊的影子。这一刻，她有点儿想家。

报到后，她才发现这里并没有比老家的镇子繁华多少。虽然那个不繁华的镇子她也没去过几次，但她知道那里有十几栋四五层高的楼房，还有就是街边每隔十几米就有一个小商店、小吃店。镇上的女孩子，骑的都是女士自行车，不像她们村里，不管什么人，骑的都是那种高大的二八式自行车，因为结实牢靠，方便载人和各种东西。

她不太清楚从车站到学校该怎么坐公车，而且这个点公车还没发车，于是拎着行李去了一家刚刚打开门脸，还没把眼角的眼屎擦干净的包子铺老板那里问。

老板把眼屎揩下来，看了看，仿佛那里面藏着他什么时候遗忘的一枚硬币，又用中指弹到了门玻璃上，然后顺着中指的方向说：沿着这条路往西走，看见一个红绿灯，左拐，再走十分钟就到了。

她谢过了包子铺老板，步行去学校。路上，她遇见一个同样背着行李的男孩，他走在路左边，她走在路右边。他看见她，仿佛特别吃惊。一开始，她以为并不同路，但是红绿灯左拐之后，他们仍然走在同一条路上。他不断地看她，她被看得心里有些害怕。等两人都站在了北方矿业专科学校的牌子下，还是何秀竹先开口：你，也是来学校报到的？男孩点点头，她才略微放心了。男孩说，你什么专业？她说，通知书上写的是焊接技术与自动化。我是测绘专业，二年级了，男孩说，能……告诉我名字吗？

哦，我叫何秀竹。听他说是师兄，她放下了戒备。

我叫肖扬。

太早了，报到工作还没开始，肖扬把她领进一间教室，让她先休息会儿。教室里已经坐了十几个人，有男有女，都在抱着一只碗喝豆浆。学校食堂给提供了一大桶热豆浆，还有酸菜馅包子。她打了一碗豆浆，拿了两个包子，坐在一张空课桌旁吃起来。肖扬走出教室时，又认真地看了看她。

宿舍是八人间，四张铁架子床，靠窗有一张桌子，桌上的黄漆早已大部分剥落，露出牛皮癣一样的木质纹理。还不是木质，是那些菜汤、茶水、汗液等所有人类生活留下的痕迹。屋子里有一股霉味，因为在她们入住之前，为了防止夏季雨水倒灌，已经两个月没开窗子了。刚一进门，她还以为进了老家冬天储藏土豆和白菜的地窖，那种微微的发霉气息袭击着她的鼻翼，让她接连打了十几个喷嚏。她是第一个到的，坐在满是灰尘的木板床上发了好一会儿愣，一抬头看见了靠窗的上铺栏杆上，贴着自己的名字——何秀竹。

但是到了晚上，所有人都到齐，花花绿绿的被子褥子铺好，红红绿绿的暖壶脸盆摆满屋地，叽叽喳喳口音各异的话飘在空中，这间宿舍和这所学校就一瞬间活了过来。这些刚刚认识的朋友，分享着各自从老家带来的土特产，略带羞涩但是热烈地相约一起去食堂吃饭，很快就熟络起来。到了食堂，她一下发现自己尴尬了，别人都拿了饭盒，就她没有。原来当时和录取通知书一起的，还有一张入学须知，上面介绍了入学的各种注意事项，她看得匆忙，没注意到学校食堂不提供餐具，需要自备。好在她还算机灵，看见食堂里免费汤那里摆满了空碗，这是给喝汤的同学准备的，她走过去，拿了两只，到窗口买了一个馒头，一碗白菜炖豆腐。这里还是用饭票菜票，五百块钱交了一些学杂费，买了脸盆暖瓶，所剩不多了，餐饮补助要等一个月之后才发，她就买了一百块钱菜票、五十块钱米票，要靠它们撑一个月。

学校的生活新鲜而刻板，她按时上课下课做作业，按时起床睡觉进操作间，很快就适应了。一切都成了按部就班，唯一的意外是，半年后，她的身体开始疯狂地发育。读初中时，因为伙食差，也因为学习累，她一直瘦瘦小小，面色土灰。到了中专后，每个月都有伙食补助，不但能吃饱，甚至还可以隔三岔五改善一下，营养就上来了。再加上，她热衷参加各种体育活动，排球队、篮球队、长跑，她都报名。她骨子里喜欢那种竞争的感觉，但从小就有的自卑感让她不太善于去出头露面，不敢去竞选学生会或者社团干部，所以这些体育项目成了竞争的最好方式。特别是排球，她灵活敏捷，打自由人位置，一度成了校队的替补队员。到二年级开学的时候，她的身高已经蹿到了一米六，体重达到了一百斤，更关键的是，她的乳房不再是瘪瘪的了，而是像打足了气的排球一样鼓胀起来。还有她的臀部，穿瘦一点儿的裤子，就会非常翘。为了不让自己的乳房在略显瘦小的衣服包裹下过于坚挺，她不得不买小号的乳罩，好把它们收住。这常常造成她胸闷憋气，而她又经常运动，打完一场球或跑完三千米之后，她就要跑进厕所的隔间里，抻着胳膊解开身后的内衣扣子，那对乳房会像火山喷发一样喷涌出来。她大口大口地喘一会儿气，享受着身体放松的快感，等快上课或快回宿舍时，再重新把扣子扣上。时间久了，她的心脏承受了不该有的压力，以致在二年级下学期发生了一次骤停，被同学抬到校医院去做心电图。心律不齐，医生严肃地告诉她，如果再不注意，她的心脏会出大问题。她吓得够呛，在那儿之后，她忽然想开了，不愿意再束缚自己的身体，敞开了让它们去生长，去放松。真是奇怪，小心翼翼裹着的时候，她的乳房、她的臀部，都在拼命地扩张，可放开了，它们反而消停了，变得越来越紧致。

她开始明白，身体有它自己的心思，你无法左右它。该它长的时候，什么力量也阻止不了，该它美的时候，什么衣服也遮挡不住。既然阻止不了遮挡不住，那不如就尽情地去展示。这一年，她已满十七岁，在伙伴们的熏陶下，开始渐渐懂得了美，也明白了自己作为一个少女，跟男性、跟其他年龄段的女性之间的巨大差异。当然，就在发现自己身体的一瞬间，她也发现了自己和同宿舍同学的很多不同——她们的胸罩和内裤是蕾丝花边的，而她的是棉线的；她们的裙子露着光洁的肩膀和锁骨，甚至能看到乳房的轮廓，裙摆至少都是膝盖往上，而她仅有的两条裙子都是有袖的，长到脚踝，颜色单调；她们的头发烫了各种卷，有的还染了颜色，而她永远用一根胶皮筋扎着马尾辫。更重要的是，她发现她们都谈了男朋友。

她下铺的胡杏儿，已经分手三个男朋友了。现在，她又看上了班里的同学孙君。据说，孙君的爸爸是当地一个矿务局的副局长，他毕业就直接进矿务局，两年副科，三年正科，将来甚至可能是处级。胡杏儿常常在宿舍里摆弄着一件大衣，说是貂皮的，上一个男朋友送给她的，分手时想要回去，她没有给。她跟那个数控技术专业的师兄说，你前前后后亲了我五百四十七次，一次一块钱也要五百多，我留一件衣服是应该的。还是十月天，虽然身处北方，天气只是凉，还没那么冷，但胡杏儿也会穿着去上课。教室里人多，通风也差，胡杏儿很快就会一身大汗，然后散发出一种动物皮毛的臭味。胡杏儿骄傲地说，貂皮太保暖了，都是这种味。旁边的人也就信了，毕竟大家都没见过真正的貂皮。

熄灯后，她躺在床上，脑海里闪现过班级里的男孩子，甚至隔壁班的男生或师兄师弟们的身影。他们都不令她动心。真奇怪，其中有几个长得很好，高而白净，很像那个年代电视剧里的英俊少年，但完全激不起她的爱意。若干年后，当何秀竹只能通过爱意来勉强说服自己接受丈夫的性需求的时候，她会想起这些年月，也才会在生命的对比中明白，这些男生激不起的不是爱意，而是性的冲动。他们的身体，哪怕是赤裸着站在她面前，她也只能感觉到某种羞耻和尴尬，不是欲望。只有那些强壮勇武，并且眼神中带着坚毅神情的人，才会让她心动。比如，那个教田野调查课的老师。他已经四十岁了，听说当年曾是地质大学的高才生，研究生毕业后留校，但因为一件见不得人的事件被告发，不得已到了这个专科学校来任教。老天仿佛是故意的，他也姓何，学生们都叫他何教授。

她和同学们许多次看见何教授游荡在学校的体育场，他的身体可以在单杠、双杠上翻滚，即使隔着衣服，你也能感觉到那些肌肉绷紧的形状。特别是夏天，男生们大都穿着白色或蓝色的条背心，下身是运动短裤，露出的肌肉让被遮掩的部分变得充满神秘性和想象空间。这种想象让她的脑海里迸发电焊操作时的绚烂火花，仿佛真有一只电焊枪在点击她的心，让每一次绚丽都留下一个伤疤。女同学们窃窃私语，说何教授当年一定是因为不正经被下放的。为什么呢，因为大家看到他的身体，就是想跟他不正经啊。可是这个何教授，永远面色严峻，从来不对任何人笑。他上课的时候，写一手板板正正的板书，每行字都直得能当尺子，每个字的大小都完全一样。他给他们画田野调查的地形图，从来不用辅助工具，总是随手就成，要山有山，要水有水。她被他的身体和冷酷吸引，觉得他心里蕴藏着巨大的不为人知的故事，这个故事的真相可能会震惊世人。只是，她从未单独跟他说过一句话。有时候，他们会在运动场上碰见，他旁若无人地在器械上锻炼，而她的排球打得大多心猿意马，偷偷瞄着他的身影，接连被对手扣过来的球砸中。有人会大喊：何秀竹，你魂儿哪儿去啦？她想，也许他知道自己的偷看，但是不揭穿，也毫不在意。

她真正的朋友是肖扬，那个报到时碰到的师兄。他是学生会的副主席，但在这个小学校，学生会也没什么权力，副主席也不是什么响亮的名头。肖扬只不过是组织各级的学生办一些活动，组织各种技能大赛，或者邀请一些校外老师来讲座。他们第二次遇见是在食堂里。那个月，因为大姨妈来得凶猛，她买的卫生巾不够了，有一天就用卫生纸解决，但是卫生纸不卫生，导致身体发炎。她又跑到医院去看病，买消炎药，把零花钱一下子花完了。补助还没发下来，她好几天都是打了少而素的饭菜，不好意思跟舍友们一起坐。她们熟络之后不久，就经常一起吃饭，把所有的菜都摆在桌上，每个人都能尝到不一样的菜品。

她坐在角落里，他直接坐到了她的对面，还把一个鸡腿夹给她。她感到羞愧，甚至是有点儿受到了侮辱，赶紧给他夹回去。两人的推让之中，那个鸡腿掉在了地上，然后被一个路过的同学踩了一脚。鸡腿惨不忍睹，那个同学也摔了个跟头。肖扬似乎知道她生活的窘迫，学校里有勤工助学的机会，主要是在食堂帮厨或清扫校园，他总是给她留一个名额。她不想接受这无端的好意，可又需要那点儿钱来补贴自己慢慢增长的日常开销，所以每一次都是在纠结之后去了。只要有空，他会帮她一起干，削土豆、择菜，清理落叶和大风刮来的杂物。

不久之后，同学们都发现，肖扬对她的关心已经超出了一个师兄对师妹的关心，当然就顺理成章地猜测他喜欢她。她也这么觉得。只是肖扬始终没有表白，也就让她没有拒绝的机会，她总不能主动去问吧。她感念肖扬的所有帮助，对她有别人没有的亲切感，可这不是男女之间的喜欢。

有一次，拿到补贴，她提出请肖扬吃饭。肖扬答应了。两个人约在校外的小饭馆里，她点了鸡肉和蔬菜，还有一小瓶二锅头。肖扬进来，看见了酒，说，你会喝酒？她摇摇头说，不会，我给你点的。她知道肖扬喝酒，甚至有点儿爱喝酒，有好几次，她看见他摇晃着从校外回来，神情伤心落寞。他失恋了吗？但是也没有看见他有女朋友啊，更何况他生活里接触最多的女生就是她，所有人都传言他在追求她。难道是因为她？

肖扬倒了一杯酒，说，女孩子不喝酒好。他自己喝起来，一口菜都没有吃。她给他夹鸡腿，他又给她夹回来，她再夹给他，说，吃吧，要不又掉了。他们想起了那个被踩得惨不忍睹的鸡腿，笑了起来。他把那瓶酒喝完，已经醉了。这时候，她觉得自己可以问出那句话了。但是，没有等她问，肖扬自己讲起了这件事。

肖扬说，小竹，你……你知道吗，你长得特别像我妹妹。

何秀竹心想，这是什么话？要用这么老套的话来追求我或者做什么吗？

肖扬说，真的。他拿出钱包，打开，里面有一张旧照片，照片上的女孩子真的有点儿像何秀竹。

她吃了一惊，说，你妹妹？

肖扬点点头，双胞胎妹妹。

那这个孩子呢？你们的弟弟？

照片上的女孩子，怀里抱着一个一岁多的婴儿。

不，他痛苦地摇摇头，说，是我的外甥，我妹妹的孩子。

她惊讶得张大了嘴巴。

肖扬告诉她，几年前，他在镇子上读初中，有一次夜里，妹妹去给他送吃的，回去的路上被同村的一个年轻人强奸了，还怀了孕。那个坏小子是他的小学同学，那天晚上，他跟一群小混混在镇子上的录像厅看了黄色录像，回去的路上碰见了肖扬的妹妹。这个家伙精虫上脑，又喝了酒，就干了坏事。肖扬主张去公安局报案，把那个家伙抓起来，但是他的父母不同意，怕丢人，怕被村里人笑话。后来，眼看着妹妹的肚子大起来，有人给他们出了个主意，让他去那个同学家里说，只要结婚，就不去告发他。那个干了坏事的年轻人一直躲在外地，他的父母接受了这个提议，把他找回来，办了个简单的婚礼。他们还不到法定的结婚年龄，领不了结婚证，但在农村，只要你办婚礼了，也就算结婚了，证可以后补。结婚前一天晚上，他去找那个小学同学，狠狠地打了他一拳。婚礼后几个月，妹妹就生了一个男孩，因为没有结婚证，上不了户口。

他一直觉得是自己害了妹妹，可又没有赎罪的办法，他甚至不敢回去见她。所以，那天开学，他看到跟妹妹长得有点儿像的何秀竹，就忍不住想去帮她，保护她。仿佛这样自己就能好受一点儿。

她听得落泪，不知道该怎么安慰肖扬。她又跟老板要了一瓶酒，给他和自己各倒了一杯，她一饮而尽，说，事情已经这样了，你好好念书，好好毕业，将来再找机会报答你妹妹吧。

他们两个互相搀扶着回到学校里，在楼下分别时，肖扬把她头上的一个粉色头花摘了下来。

你干吗？她问。

给我吧，肖扬说，我妹有个一模一样的。

她没说话。

在这之后，她对他有了一种怜惜之情，他们互相帮衬，像一对真正的兄妹那样。这个人，是她在几年的中专生活里最珍贵的情感。肖扬早一年毕业了，在他的努力下，回到了老家的一个地质局上班，那样他可以照顾到家里人，特别是妹妹。那个妹夫，本性难移，根本不上班，整天和一群狐朋狗友在镇子上游荡，喝酒打架，常常进派出所。他走得特别匆忙，他们甚至没有正式告别，只有一封简短的信。他就这样从她生活里消失了，再没有任何信息。她常常会想起肖扬，想起他喝酒和痛哭的样子。

他的信很短，最后一句话写的是：秀竹，谢谢你，让我多了一个妹妹。

5

何秀竹在拥挤的地铁里奋力护着自己已经隆起的肚子。这时候，她怀孕三个月了，看起来还没有那么像孕妇，而是更像一个发胖的女人。何秀竹腹部的妊娠纹像一条细长的蜈蚣,从肚脐隐隐约约一直延伸到了下体。它第一次出现的时候，何秀竹有些慌乱，趁着产检时咨询大夫，得知大部分女性都会有妊娠纹，有的在生完孩子之后很久才能消去，极少数会一辈子带着。回到家，何秀竹一直暗暗担心自己是那个极少数，她在网上搜索相关图片，看得心惊肉跳。有的女性生完小孩，妊娠纹像八十岁老人的皱纹，层层叠叠，如果再加上一条剖宫产的切口伤痕，简直惨不忍睹。

对长相平凡的何秀竹来说，她一直引以为傲的就是自己身材的匀称丰满，这与她长年坚持不懈的锻炼有关。自结婚后，因为马勋的手艺好，总在家吃饭，她体重长了不少，但体脂率一直控制得不错，特别是她的小腹和腰，虽然还不到马甲线的地步，但平滑、紧致、光洁。马勋每一次跟她求爱，都是用一只手抚摩她的小腹，然后向下延伸，再滑回小腹，又向上伸展，如此反复几次，最后停留在腹部的肌肤上。因为手掌的摩擦，她腹部的肌肉微微绷紧，那里就像是沙漠里无风时寂静的沙丘，形成了一种天然而美的弧度。完事之后，他们并排躺着，马勋的手还是会停留在那儿，经过沙暴的沙丘形成了全新的弧度，而轻微的汗又像清晨的露珠一样让它略带湿润。更何况，激情的余绪会从她身体的底层一波一波向上泛起，沙丘以肉眼不太容易察觉的幅度起伏着，那是两个人情爱生活中最美好的时刻。

何秀竹极度担心自己的妊娠纹会像一场天翻地覆的狂风，把她的沙丘吹得面目全非，为此，她考虑过去做孕期瑜伽，但按照她的习惯，做之前又是查了各种资料，发现利弊难断，后来也不了了之了。自从怀孕，她再也没和马勋有过性生活。

何秀竹要去金融街的中国银行办理贷款业务，中介约的是九点。他们要跟房主在那儿谈好贷款的事。这事，马勋跟她意见不同。何秀竹坚持就是砸锅卖铁，也一定要买一个学区房，哪怕不是最好的学校，也得是海淀区的重点。为此，他们不得不把之前的那套房子卖掉，用卖房的钱先把第一笔贷款还了，剩下的付首付，再贷款买新房子。自从怀孕开始，何秀竹就在折腾这件事，她几乎把海淀区所有数得着的小学附近的小区都考察遍了。有段时间，她骑一辆电动自行车，每天中午一下班就去看房，饿了就随便在路边吃个灌饼或者汉堡。一个月后，何秀竹给马勋看了一张详细的 Excel 表，那上面条分缕析地列着主要学校对应的主要小区、小区配置、小学对应的初中和高中、平均房价。每套房子，何秀竹综合性地打了星，最高五星。马勋看了说，你真行，你应该去当房产中介。何秀竹说，买哪个？马勋说，那肯定五星的啊，这还用说。何秀竹冷笑一声说，我也想买五星的，但你得看钱啊，就咱们那点儿钱，拼死了够得上一个四星的，还得是个小两居。马勋说，那怎么办？

何秀竹摸了摸自己那时还没有鼓起来的肚皮说，马勋，你不知道我小时候念个书有多难，我决不能让咱们孩子这么难，我必须想办法，至少也得上一个四星学校。

在中国银行总部大楼，跟着中介，何秀竹和房东按流程把贷款协议签好，一切还算顺利。接下来，就等网签结束，他们把首付付了，银行放贷，他们再去房管局过户。可是就在这个节骨眼上，房东联系不上了，发短信不回，打电话不接，连中介也找不到他。何秀竹心里犯嘀咕，她在家里跟马勋翻看各种合同，一条一条跟网上的模板对照，没发现什么大的漏洞。马勋扯出一张房东的身份证复印件来，说：我们查查这个人，不会是个骗子吧。

两人打开电脑，输入房东名字，很容易就查到了，而且还不是个普通老百姓，是一个非常有名的国企的总裁助理。何秀竹说，这人不可能是骗子。马勋说，就算是骗子，也不会只骗几万块钱定金吧，何况这还有中介呢。俩人一头雾水，继续给房东打电话，还是不通。这时候，何秀竹脑子里突然蹦出一条新闻，似乎跟这件事有关系，但她记不清到底是哪天看到的新闻了。

何秀竹说，你别说话。

马勋一愣，我没说话啊。

何秀竹打了个不耐烦的手势，回忆自己这几天看到的东西，那条新闻就在脑海里漂浮，可她就是看不清也抓不着。何秀竹急得不行，拿出手机来，查找自己的上网记录，翻了半个月的记录，没有。她想起，这条新闻是在单位看的，就跟马勋说，马上走，去我单位。

马勋说，这大半夜的，去干吗？

何秀竹说，重要，别问了，走。

俩人穿衣服出门，打了车去何秀竹办公室。她现在是《地质研究》杂志的编外编辑。所谓编外，就是她没有编制和户口，跟杂志社之间相当于是雇佣关系，随时可能被辞退。不过何秀竹倒不担心这个问题，因为她主要不是靠杂志社那点儿死工资过日子，她还有自己的副业。何秀竹准备考研的时候狠学了外语，她考研能成功，也多亏了比别人高十几分的外语成绩。到杂志社不久，她就发现了一条生财之道，其实也不是什么秘密。在国内，很多高校的老师和行业内的人，要想评职称就必须在核心期刊上发表论文，久而久之，在正常的审稿发表渠道之外，形成了一条灰色的产业链。比如有偿的论文代写代理，他们跟一些不是顶尖但还说得过去的刊物搞好关系，当然主要是利益关系，然后把一些四平八稳的文章发表。何秀竹知道自己杂志里有些编辑也参与这些事，不过她更知道，作为编外人员，自己不能跟他们抢食吃，得找新路子。方向有了，找到路并不难，靠着强大的调查和整理能力，她很快就发现，因为整个世界的国际化越来越快，一些学者已经不满足于在国内的期刊上发表论文了，谁都能发，含金量自然下降，大家的目光纷纷转向国际期刊。何秀竹敏锐地嗅到了这个机会，并且凭借她那种不达目的不罢休的战斗精神和全方位的贴心服务，迅速打开了局面。她的主要工作是调研自己所熟悉的学科有哪些急需评职称的青年教师或科研人员，帮他们的论文找国内外的行业大咖提修改意见，三改五改，大致有了点儿意思，然后投到国外的行业期刊内发表。当然，整个过程里随着论文的流动和完善一起发生的，是金钱的转移。几年的时间，何秀竹已经把论文掮客的生意做得风生水起了，不过她知道这事拿不上台面，所以一直非常低调，除了最开始为了游说那些投稿者不得不当面交流，后来她很少跟顾客见面，基本上都是网络联系。好在这行是靠信誉支撑着的，一个投稿成功了，自然会把渠道分享给自己的朋友、同学，所以她不愁没活儿。何秀竹也不是什么活儿都接，她接手的论文，作者都是正经学校毕业的，文章写得不出彩但多少也有点儿新意，至少没有硬伤。她清楚得很，要做得安全且长久，就必须所有稿子都达到及格水准，所有操作都遵守程序和规范，法律的边儿哪怕擦得流血掉肉，也绝不越界。等时机成熟了，她计划把这项业务扩展到跟矿业相邻的几个板块，她甚至有了创立一个小公司的想法，不过不到万无一失，她不会贸然行动。

何秀竹开了电脑，从满桌面的文件夹的缝隙里找到浏览器，查找自己前些日子的上网记录。鼠标在七天前的一条新闻那里，停住了。新闻写的是，那个特别有名的国企一把手被双规了。何秀竹眼前忽然一暗，身子一晃，歪在马勋身上。

马勋吓一跳，说，你怎么了，不舒服？

何秀竹缓了口气说，老公，要麻烦。

到底咋了？

你看新闻。

马勋看了看，说，这跟咱们有啥关系？

何秀竹说，你想想啊，这个公司一把手被双规了，咱们的房东是他的助理，他也可能被双规啊。他要是被双规了，他的财产就会被冻结，房子怎么可能过户啊。还有，咱们刚跟他签完了贷款合同，他进监狱了，我们又没法撤销合同，被扔在半路上了，而咱们回龙观的房子却必须马上过户给买房子的人。按照这房价增长的速度，几年后他财产解冻了，咱还买得起房吗？

马勋听了，也是一晕。但他不敢再刺激何秀竹，赶紧说，没事老婆，哪儿就那么寸呢。你歇会儿，喝口水，我再查查。马勋坐在电脑前，搜索和这个公司还有房东有关的一切新闻，越查越觉得何秀竹的预感可能是真的。

结婚这么多年，马勋从没见过何秀竹如此低落。她一直像一个战士，永远充满斗志，永远在执行自己的战略战术，从来没有过度慌乱。但这一次，何秀竹发现自己对面的敌人可能是看不见的意外，是她无论如何也没法对抗的事情，没法再淡定了。

马勋关了电脑，扶起她说，咱们先回去吧，我觉得没事，没那么巧。

两人回到家里，躺在床上，一开始都睡不着，但谁也不知该说什么。这件事，一说起来就像是被投掷到真空里，飘浮、失重，没着没落。两人也都不太敢动，过了一会儿，还是马勋先睡着了，甚至打起了呼噜。何秀竹听着他的呼噜声，心里压抑烦躁，她想把他叫醒，这么大事，你还有心思睡觉？可是叫醒之后又能怎么样呢？什么都改变不了，搞不好还要吵一架，再说，这件事从头到尾都是何秀竹在张罗，每个决定都是何秀竹下的，也怪不到马勋头上。

何秀竹翻身下地，到卫生间坐在马桶上，她感到下体有液体在流动，可是没有小便，是血。何秀竹狠狠地咬住了嘴唇，心里不断告诉自己，不要着急，不要焦虑，不要再无谓地加重负担，冷静，深呼吸。她清理了一下，尝试着站起来，疼痛似乎并不严重，血也没有继续流淌。还好，她想，叫救护车的话动静太大了，还是出去打车吧。可是，她还要走回卧室去喊醒马勋，跟他解释这个情况，看他震惊和慌乱。何秀竹一边考虑着，一边走向客厅，所有医疗本、社保卡、以前产检的资料都放在一个整理袋里，她准确地找到那个抽屉，拿出整理袋，然后开始穿衣服。

那时候，网约车还不流行，她缓慢地下楼，走到小区门口，等出租车。很幸运，几分钟就有一辆出租车上来了，司机停车后，车窗摇下一条缝，问去哪儿？何秀竹知道，这种行为表明路途短的话他有可能拒载，就赶紧说，我去妇幼保健院，师傅，我给你加十块钱。司机把车窗全摇下来，看了看她，说，上来吧。何秀竹上了车。

路上，司机好事地问，这么晚去医院，你老公怎么不陪你？何秀竹这时候出奇地冷静，回他说，哦，我刚给他发短信，说上车了，他在医院门口等我。司机不再说话。何秀竹又想，马勋半夜醒来发现自己不在，肯定会急坏的。她得给他发个信息，可是发什么呢？说自己去医院了？他同样会着急。后来只发了一条：老公，我出来透透气，一会儿就回，不用来找我。

转机来自中介小曹。何秀竹躺在医院妇产科的床上，一个值班医生给她做检查，手机叮咚一声，她拿出来看了一下，是小曹发来的微信，说：姐，房东回来了，他这段时间出国了，手机才打不通。约下周二去银行和房管局办手续。何秀竹忍不住惊呼了一声，把医生吓了一跳：怎么了？何秀竹挥舞着手机说，没事大夫，我有点儿兴奋。

大夫说，有点儿出血，问题不大，不过最近必须注意不要运动，保持情绪稳定，再稳定一段时间，别太兴奋啊，就算中了几千万彩票，你也得冷静。

何秀竹拼命点头。

何秀竹回家的时候，发现马勋还没醒。她躺在了马勋的身边，他的手伸过来，碰了碰她的胳膊，又缩了回去。何秀竹拿过马勋的手机，把自己发的那条微信又删掉了。事情解决，一切都回到正轨，又折腾了大半夜，但是她这会儿一点儿都不困。窗帘上，有她最喜欢的变形金刚动画图案，卡通版的。买窗帘的时候，马勋选了一款有竹子图案的，说跟你的名字搭。何秀竹说，我是大熊猫，竹子我就喜欢吃，不喜欢看。她喜欢变形金刚，不光是因为小时候看动画片的记忆，更是因为她觉得那些汽车人才是自己的偶像，他们身体坚硬而灵活，内心坚硬而柔软，就像她读中专时自己焊的那个变形金刚。那个重达十多斤的作品，多年来一直跟着她兜兜转转，从没有离开过。此刻，它就在小客厅的窗台上，每次她回家都能看见它。她是按照擎天柱焊的。“汽车人，变身。”她常常暗暗跟自己说这句台词。

何秀竹又起来，走到客厅，用纸巾擦拭变形金刚。多年来，经过她不断地擦拭和打磨，它已经变得光滑，甚至发着微光。何秀竹曾想过去喷漆，但后来作罢，她更喜欢它本来的样子，那些点焊接口处的疤瘌，那种钢铁本身所具有的沉重冰凉的手感，是她们共享的心灵秘密。擎天柱提醒着她过去所经历的一切，那些少年岁月里的艰难和甜蜜，那些奋斗日子里的辛苦和收获。在每一个生活最困顿的时刻，何秀竹都会在内心听见它说：去战斗吧，去战斗吧，不管你遇见的是什么。

没有人知道，它才是她生活中的定海神针。

6

在北方矿业专科学校的三年里，她们二十个女孩子跟另外三十个男孩子一起，每周有两天去操作间里电焊、打磨各种钢铁。当然也有设计课，但设计的主要是最简易的螺丝、扳手，学着画图，到钢厂去浇筑模型，然后还是拿回操作间去打磨。第一个星期，她的手磨了十几个水泡，只能让同样情况的同学用缝衣针挑破了，涂点碘伏消毒。等到一个学期结束，十六岁的她手上已经是一层厚厚的老茧。放寒假回家，她帮母亲揉面，母亲见了她的手大吃一惊，说：你不是去念书的吗？这手上的茧子咋比我的还厚？她苦笑一下说，我这手没毁掉就不错了。

学习尽管枯燥平淡，可毕竟是年轻，常常会有些莫名而来的快乐。她和同学们经常自己用电焊焊一些小玩意，奇形怪状的扳手，钢筋做的栅栏，不锈钢管杯子，等等。他们小时候都看过动画片《变形金刚》，家里没有电视，她只能偶尔在邻居家的电视上看几集。她最喜欢里面的擎天柱，上中专后，她收集了很多变形金刚的贴画，贴满自己的背包、文具盒、工具箱。她尝试着用厂子里废弃的边角料自己焊了一个变形金刚，焊完了再用砂纸细细打磨，把所有的铁锈磨掉。何秀竹还从小店里买来各种颜料，把自己的擎天柱涂抹得花花绿绿，看起来很像那么回事，但后来又用小刀把那些漆全部刮掉了。她把擎天柱摆在自己的床头，每当看见它，就会感到浑身充满了力量。她会想起电视里的那种机械的声音：地球人……我们来自赛博坦星球……这件作品，她认为自己会留一辈子，将来传给儿子，传给孙子。

读到三年级，这群年轻人年纪最小的也满十八岁了，一夜之间变成了成年人。在这之前，他们谈恋爱还是偷偷摸摸，学校里的老师、辅导员都知道，但只是睁一只眼闭一只眼，只要你不在公开场合过于亲密，都不太管。一到三年级，学校里的情侣开始公开成双入对，课堂里挨着坐，食堂里一起吃饭。甚至有时候，他们还会互相去彼此的宿舍串门，当然留宿是不可能的。宿舍里，恋爱谈得最疯狂的还是胡杏儿，她长得漂亮，天生有一种妖媚，特别是她的眼睛，总带着一种楚楚可怜的神态，很能激起男生的保护欲。她看你的时候，你会觉得可爱，但剥开可爱的糖衣，里面包裹着的其实是诱惑。她也知道自己漂亮，更清楚这种漂亮能为自己带来什么。刚开学不久，她就和一个学生会的师兄好上了，那个师兄常常站在宿舍楼外的一个钻探机雕像下等她。她从窗口看见了师兄，但并不马上下来，哪怕她那会儿已经换好了衣服，准备好了一切。她总是让他等几分钟，不长也不短，既不会消耗掉男生的耐心，又要让他觉得这等待是极其值得的。她走出宿舍楼门口，也不急着冲过去，而是看着他微笑。他会主动走过来，明明是她迟到了，明明等一下他们出去还要绕过那个雕像。

然后呢，过了几个月，在雕像旁等她的人就换了。何秀竹她们就问，杏儿，你俩咋分了？胡杏儿说，不合适呗。咋不合适？胡杏儿就说，我觉得他太大男子主义了。大家就惊呼，他还大男子主义？在你面前跟条听话的小狗一样。

这个年代的这个地方，这个年纪的大部分中专生，还不太知道性爱是怎么回事。她们只是模糊地觉得，只要跟男人睡觉，就是性爱，就是最刺激也最禁忌、最羞赧也最甜蜜的事。即便这些想法，她们也大都是从电视和言情小说里听来看来的。男同学们有时翻墙出去，到小城的录像厅去看录像。有人说，他们看的都是黄色录像，至于怎么个黄和怎么个色，却又不甚清楚。

后来，有一天胡杏儿晚饭时偷偷跟何秀竹说：秀竹姐，我求你件事。

胡杏儿说自己晚上要出去，可能会回来很晚，那时候学校的大门已经关了，她只能翻墙。而墙头很高，特别是学校院子里这边，必须得有人接应她一下。前一段时间，学校知道很多同学夜不归宿，出了硬性规定，超过晚上八点的，一律不给开门。何秀竹好奇到底是什么样的事情，吸引着胡杏儿往外跑。她想拒绝她，可是胡杏儿好看的杏仁眼里充满了祈求，她摇动着何秀竹的胳膊，小奶猫一样吭吭唧唧。何秀竹说，谁知道你几点回来啊，我也不能一直在院子里等着。胡杏儿说，十二点半，我一准回来。何秀竹心里忽然想起个事来，说：你是不是跑出去看录像，看……那种录像？胡杏儿愣了一下，咬了咬嘴唇说，也是也不是。我早就不看录像了，我找了个外校的男朋友，他只能晚上出来见面。何秀竹看着胡杏儿，说，你胆子可真大。

何秀竹真正答应胡杏儿的缘由，她自己不愿意承认，那就是她对胡杏儿爱情生活的好奇，或者是她对男女之间的感情和性的好奇，她想知道一个女人到底该如何跟一个男人发生“关系”：既是情感关系，又是那种关系。在她的身边，如果说有谁能给她一些启示，也只有胡杏儿。

那天晚上，天气凉爽宜人，何秀竹十一点就从宿舍偷偷跑出来，在她跟胡杏儿商量好的接应点附近等着。一直等到凌晨一点钟，才听到轻轻敲墙的声音，还有胡杏儿浅浅的叫声：秀竹姐，秀竹姐，你在吗？

何秀竹故意沉默了好一阵，等到胡杏儿的声音变得着急，甚至带点哭腔了，她才答应了一声。

过一会儿，外面一阵响动，胡杏儿披头散发地爬上了墙头，何秀竹伸手扶住她的腿，她慢慢出溜下来。刚一落地，胡杏儿就搂住了何秀竹，呜呜哭起来。

你哭什么啊？何秀竹说。

胡杏儿说，姐，我……我今天接吻了。

何秀竹惊愣了一下，说，接吻？

嗯，就是……亲嘴，我跟小刚哥。

两人没有直接回去，悄悄坐在了小花园的长椅上。

何秀竹忍了半天还是问出来，杏儿，接吻，什么感觉？

胡杏儿说，我说不好，就是你吃过棉花糖吗？何秀竹摇摇头。胡杏儿说，糖你总吃过吧，棉花糖就是棉花一样的糖，特别软。接吻，就好像是把天底下最好吃的棉花糖塞满嘴，甜软香，等着它一点一点地融化，然后顺着嗓子，落到你心里。

何秀竹哼了一声说，那干吗不买糖吃去？

胡杏儿也哼了一声：不一样。可是很快，她的陶醉陡然间变成了委屈，又啜泣起来。

你到底咋回事，哭哭笑笑的。

胡杏儿说，接吻特别特别好，可……可……我没想到刚哥还想……

啥？

他还想干别的。

何秀竹终于明白了胡杏儿的意思，说：你是说睡觉？你不是已经跟好几个男的睡过了，你还怕啥？

胡杏儿听了，眼睛立刻睁大了，高声喊着：谁说的，谁造谣的，谁这么不要脸！

何秀竹没想到她反应这么大，立刻说：我也是听她们瞎说的。

但是这一晚之后不久，学校里开始公开流传胡杏儿跟很多人睡过觉的传言，说她跟好几个男的一起睡。胡杏儿气愤地找何秀竹理论，问是不是她传的谣言。何秀竹当然否认，但胡杏儿认定就是她，从此之后跟她日渐疏远，甚至在教室或走廊里碰到，也一定要哼一声，翻个白眼。何秀竹本想再找她好好解释，但胡杏儿始终不给她机会，而且，尽管传言甚嚣尘上，胡杏儿仍然是最受男生们欢迎的女孩，并不影响她的恋爱。

再后来，何秀竹发现，宿舍里的八个人除了自己，都有男朋友了。有几个还是一夜之间冒出来的。只有她没有，但也不能说没有喜欢的对象，比如何教授。她对身边的那些同学始终没多大感觉，只有何教授让她萌动了少女之心，当然，她不会为此付出任何行动的，这至多算是暗恋。同宿舍有一个文学青年，常常从图书馆借来琼瑶、亦舒的港台言情小说来看，有时候还会声情并茂地给她们念上几段，她知道很多学生喜欢上老师的爱情故事，比如那本《窗外》。可是，她也觉得自己跟何教授之间与故事里的人不同。不是吗？她怎么可能说出那些文艺而肉麻的话呢？他也不可能含情脉脉地对着她吟诗作赋。她当然还无力地分析出，自己对何教授的情感，不过是一种模糊而懵懂的少女怀春，春天来了，不是这朵花先开，就是那棵草先长，何教授不过刚好是第一棵在她眼里开花的人而已。

可是，在这样一个半封闭式的学校里，在这个萧瑟的北方小城中，四季和世界的其他地方一样，花开了就有可能被授粉，最后结出半熟不熟的果子。他们总是会在教室、操场、食堂里遇到，如果其中的一个人又总是创造机会去遇到的话，那概率就更高了。从各种各样的嘴巴里，她听说了他的许多事。比如，他的老婆也是学校的员工，在食堂里做红案，挥舞着砍刀剁猪肉或者萝卜。有一次，她听一个同学说，他其实三十岁才结婚。他是怎么结婚的呢？据说，那个彪悍的女人看上了他，把他叫到自己的宿舍里，锁上了门，不让他出去，两天之后，这个本来很坚决的男人被这个更强悍的女人摆平了。更不堪的细节描述说，她脱光了他的衣服，也脱光了自己的衣服，不知道用了什么手段，她让他勃起后进入了自己。据说，事后他还哭了，她安慰他说，哭什么，我会好好照顾你的。有时候，她忍不住借助这些传言想象了那样的场景。他哭了，是因为委屈，还是因为自己终究没能控制住的勃起？总之，他通过一种奇特的方式缴械投降了，从此成了她合法的俘虏。他们快速地结婚，生孩子，变成和其他人一样的家庭。据说，就是从那天起，何教授开始十年如一日地锻炼身体。在小城和学校里，没有标准的健身房，他大多数时候都是流连于操场和学校教职工宿舍楼前的运动器材上。

她看着他在单杠上大回环旋转，一圈又一圈，像个体操运动员。

他不会晕吗？她想。

他当然会晕。有一次，她有意无意地从单杠旁路过，他旋转了之后跳下来，身体摇晃着摔倒了。她赶过去扶他：何教授，何教授。他用手指指自己的胸口，她看着那健硕的肌肉和皮肤上细密的汗水，不知什么意思。忽然间，她明白了，他以为自己穿着外套，他指的是衣服口袋。她转头看见，他的衣服挂在旁边双杠的一根杆上，就快速跑过去扯过来，从口袋里掏出一个小药瓶，在他眼前晃了晃。他点点头，伸出两根手指。她明白了，是两颗药。她掏出药，喂到他嘴里，又从自己的包里拿出水杯，递到他嘴边。

吃下药之后十几秒钟，他的脸慢慢恢复正常，呼吸也渐渐平稳，然后慢慢站了起来。他的身体仍然摇晃，但扶住了单杠的铁杆。

谢谢你，他说。

何秀竹说，您别客气。

她又看见了他的身体，背心下的肌肉此刻是松弛的，但他还没反应过来自己没穿上衣。她递给他，他慌忙地接过去穿上，却不小心穿反了，然后不得不脱下来，重新穿。

你……她问了半句话。

他一听就明白了，说：我心脏有点儿问题，有时候会犯病，随身带着丹参滴丸。今天真是多亏了你，要不……我就交代了。

身体不好，你怎么还这么大运动量啊？

他没说话。她一下想起了听到的那些传言，赶紧又补充说，何老师经常跑野外，确实需要锻炼。

他们略有尴尬地告别了。告别之前，他问她宿舍电话是多少，她说给他了。

此后，他们和之前一样在那些场合遇到，彼此间多了一些亲近和熟悉，但也都是点点头，随口说一句闲话，并没有特别的交流。在食堂里，她许多次看见他的妻子，她应该有一米七五的个头，体重至少两百斤，有时候到前厅值班，站在窗口给学生打饭。对学生们来说，她是一个慷慨的人，不会像很多食堂大师傅那样总是把勺子里的肉抖掉，她会盛得满满的。所以大家看见她在窗口里，都愿意排在这个窗口买饭。她对何秀竹跟对别的同学一样热情，那张又圆又肥的脸上，露出过分亲切的微笑，粗声大嗓地说：就要二两饭？你看你瘦的，年轻人长身体，得多吃饭啊。她给她饭盒里的饭足足有三两。

怀揣秘密的日子，似乎比其他时刻更有生活的滋味。她有时候会走神，想一些跟何教授有关的事情。她有段日子没看见他了，听说这几个月，他带学生去野外做田野调查。他们去的是贵州的一个山区，那里探测到一个镍矿，储量很大。这学期末，她们毕业的前半年，也要出去实地考察。他会是带队老师吗？她怀着期待感问自己。

7

九十年代末的时候，国家重工业发展很快，水涨船高，各个地方的小钢厂、小矿场、小锻造厂如雨后的蘑菇一样，一圈一圈地往外冒。有些干不下去黄了，但很快会有更多的小厂子挂上牌子，开动机器。特别是国有企业下岗潮过后，不少在国有大厂干不下去的人，都拼上家底，自己去创业办厂。尽管在三年的时间里，她努力学习，认真操练，成绩很不错，但最后并没有去到自己理想的矿务局或大型国企，而是一个总共不过一百多人的小厂子。

去厂子前，她回了趟家。那天晚上，家里的空气闷得能拧成绳子。全家人都不约而同地暗暗想起，如果当初她没有考中专，而是考高中，会怎么样。因为在前几天，当年村里的第一个大学生偶然回乡来，到原来住的地方追忆过去，聊天中问起，听说何秀竹竟然去读了中专，大为不解。他跟父亲母亲说：将来是大学生的天下，中专生，只能当个技术工人。她也知道，父亲刚从镇上的医院回来，医生给他定了个病，说是糖尿病，空腹血糖二十多，最好每天打胰岛素。何老头看着那张单子，半夜没想明白，他大半辈子吃的糖还不到半斤，怎么就得了糖尿病？这病不该是那些整天吃大米饭拌白糖的人得的吗？每天打胰岛素，开玩笑，他哪里有这个钱。对他来说，得病就是命，跟村里的其他人一样，到医院去检查，给这个命起一个看不太懂的医学名字，然后回到家里跟它一起活到死。她觉得自己这选择也是命。人人都有自己的命，就看你认不认。

第一天去厂子里报到，后勤的人给她发了一套工服，蓝灰色的，布料粗糙，肥厚宽大。穿上之后，她就不再是一个年轻的女孩子，而是一个女工。他们工段就她一个女工，主要负责把前一个工序组装好的锤子、钳子或各种小零部件等工具打磨光滑，没有一点儿技术含量。这种活儿，她在学校就干得熟门熟路，适应起来没什么难度。宿舍也还是集体宿舍，跟在学校不一样的是，三个人住，有一台十四英寸的彩色电视机，画面总是飘着雪花，但也能看。公用浴室和厕所在走廊的一头，食堂就在宿舍楼的一楼。

刚进厂子那段时间，她迷惘而空虚。一周上六天班，而且是三班倒，回宿舍已经特别累了。她偶然在电影频道看了卓别林的《摩登时代》，电影里的人因为整天拧螺丝，下班之后还保持着那种动作，心里就想，自己和这个人太像了。这么一想，那颗仍然算是少女的心便忍不住感到一点儿酸楚和凄苦，有时赶上来例假，肚子疼得撕心裂肺，又不好跟工友们提。流水线的活一个萝卜一个坑，少了一环整个生产线都得出问题，只要没倒下，她们谁也不敢请假。有一次，她来例假，量特别大，一天要跑四五回厕所去换卫生巾，被工长当众批评。她回去哭了半夜，枕巾几乎能拧出眼泪来。第二天早晨，她看着镜子里红肿的双眼，有点儿生气，自己什么时候变得这么脆弱了，动不动就流眼泪？可那段时间她就是这么敏感，眼窝子好像突然变浅了，盛不住一滴眼泪。

周围的一切都这么漠然而不可更改，有吃有喝，但就是没什么激情。身体和意识沉闷了一段时间后，就蠢蠢欲动，从其他方面寻找喘息的机会，像她当年对待自己的乳房一样。这一次，她选来选去，选择了爱情，或者说是爱情选择了她。她和隔壁工段的小胡之间那段交往，到底算是爱情，还是两个同病相怜的人的抱团取暖？等到多年后结婚生子，她回想起来，都没法下一个准确的定义。但是她得承认，两个人的交往拯救了她在厂子里的生活，倘若不是小胡，她也许会抑郁，也许会因为一个不小心留下残疾。

他们开始于厂子里的一次事故。

那年冬天，厂子接了个急活，让他们在半个月内赶制出五千个零件，所有人都半个月无休，每天加班到晚上八点多。小胡是电焊工，因为太过劳累，焊东西的时候不小心打了瞌睡，电焊枪直接点燃了旁边的一根电线。她离那里不远，冷静地拉了电闸，才没引起更大的事故。但是因为突然断电，流水线上的二百个零件全部报废。她没有说出小胡的事，只说是因为赶工用电量太大，电线过热引起短路。

过后，小胡请她到厂子外的小店里吃饭，以示感谢。那天小胡跟她说，其实他眼睛视力不太好，不适合干电焊工，招工的时候他给体检的医生塞了红包，才合格的。在厂子里，电焊工因为技术要求比较高，工资也高些。她就说，你这样太危险了，搞不好将来眼睛会瞎的。小胡说，我也担心。她说，你还是转岗吧。小胡给她夹菜，把她面前的碗堆得满满的。

不久之后，他们变得熟络，开始在食堂里坐在一个桌子上吃饭，偶尔到厂子外的小路上走走。还有的时候，小胡骑自行车驮着她，到城区去买东西。她会帮小胡缝一下剐坏的衣服，小胡老家寄来风干牛肉，也会特意给她留一份。小胡是一个天生乐观的人，不管在什么时候都嘻嘻哈哈，什么样的日子都不觉得苦，都能找出乐趣来。比如，他跟她表白那天，送的礼物就是他自己用废旧铁丝焊的一颗心，足足有五公斤沉。他把那颗铁心放在桌子上时，发出了沉重的咚咚声，惊得她半天合不上嘴巴。他常常出人意料，她喜欢跟他在一块，只是，她总感觉缺少最重要的那种冲动，好像一道特别好吃的菜里，缺了最关键的调味剂。菜能吃，可就是不够好吃，欲望仍然在最深处蠢蠢欲动。然而，这已经是摆在她餐盘里的最好的一道菜了，于是，她收下那颗心，把它摆放在自己床头，跟擎天柱一起。后来，她发现那颗心最好的用处是摆小花盆，她就在他们一起去集市的时候买了四五种花。花盆是她自己制的，根据那颗心的形状，用铁丝焊在上面。那些年，周华健的歌《花心》也还流行，这个装饰就被工友们命名为花心，一时传为美谈。

第二年夏天，同宿舍的工友一个结婚搬了出去，另一个去上海看病，要好几个月才回来。小胡经常来看她，晚上的时候，两个人把饭从食堂打回来，在这里吃。她还偶尔用小电饭煲煮点汤什么的。吃过饭，小胡会抢着刷碗，让她歪在被子上翻看《故事会》和《今古传奇》。一切收拾停当，小胡会有点儿不舍地告别，她当然能看出他眼神里的意思。他想留下来，他想跟她过夜，这毕竟是二十岁的身体，荷尔蒙分泌旺盛，一个身体急需靠近另一个身体，一颗心也想在另一颗心那里找到安慰。但她总是假装看不见，她还没产生足够突破心理防线的冲动。他身上没有肌肉。

直到有一个周末，三伏天，温度快四十摄氏度了。小胡大中午从外面回来，拎着一个西瓜。他顶着太阳骑摩托去城区，买了一个冰镇的西瓜回来，西瓜身上裹着一层水汽。她正在午睡，浑身是汗，那台不住摇头的小电扇，根本不解决问题。她还是起来给他打开了门，睡衣的领子很低，他一下就能看见她上半个乳房，它们这时已经彻底成熟了。他把西瓜放在桌子上，一转身，没想到那个西瓜很圆，自己滚落到地下，摔得七零八落。本来有着八分困意的她被西瓜碎裂的声音彻底惊醒，他们开始蹲在地上捡还能吃的瓜瓤往嘴里塞。黑色的水泥地上红色的西瓜汁液流淌，翠绿的瓜皮像小船一样漂在浅红色的海洋里。好像是她第一个把一块瓜皮扣在他脸上的。“人家都说瓜皮特别美容。”她说着，自己的脸上也被扣了一块，一种腻腻的凉爽。两人一瞬间玩开了，身上脸上都涂抹了甜甜的西瓜汁。天气太热了，很快那些凉爽就变成一种甜腻的温热，嗅到了气息的苍蝇开始嗡嗡嗡围着他们飞。冲动就在这样的瞬间迸发了，而且是她先开始的。她舔了他的脸，那上面西瓜汁和汗液混合在一起的甜咸味道，让她瞬间产生了冲动。他也开始舔她。她感到了另一种热，是从身体内部侵袭过来的，几秒钟的时间就淹没了她的每个毛孔，外界的热再也感受不到。

他们只有过这一次。

她没有感受到所谓的快乐，他好像也没有，这只是由燥热引起的发泄，发泄本身是痛快的。结束后，闷热的确消退了很多，但是因为太过匆忙，他们身上的西瓜残液沾染到了床单上，跟她身体流的血混在一起，很难区分出来。等他穿好衣服离开，她就把被单褥单全部扯下，用它们把地上的西瓜汁擦掉，然后去水房里彻彻底底地清洗了一遍。

她把床单晾晒在院子里的晾衣绳上，偏西的太阳仍然明亮灼热，她和阳光之间即使隔着两层床单，仍然能感到刺眼。就是在这个时候，离开这里的念头开始从心里滋生。她甚至产生了一点儿羞愧，想不通自己怎么会在这里待了这么久。她记起自己小时候，有一次脚底踩了狗屎，然后就在那里呜呜哭，就是想不起来赶紧把脏东西蹭掉。她特别恨自己这一点，遇见任何不好的事的第一反应永远不是去解决它，而是哭或者情绪低落。所以，她决定这一次不给自己留这个时间，走，马上，今天，立刻。

离开当然不可能这么快，父母她可以不在乎，未来还没想过，最大的问题是小胡。自从那一次之后，他已经信心满满地开始考虑结婚的事了。在他想来，一个谈了这么久的女朋友，已经有过这么一次亲密接触，接下来一切都是顺理成章的事了。他们身边所有的人都是这样的。他不知道，也不可能理解，恰恰是这一次的亲密接触，唤醒了她。是身体上的羞耻感,唤醒了何秀竹心里的羞耻感。他正准备跟她提结婚，而她已经决定了跟他分手。

何秀竹没想到，这个嘻嘻哈哈的小胡竟然会策划出一场声势浩大的求婚。

那天是星期天，他们休息。平时各种机器声、电焊声、打磨声全都停歇了，整个厂区陷入每周一天的安静日，工人们到公共浴池里洗洗涮涮，换上鲜艳的衣服去逛街、看电影。宿舍楼下平日里停满的自行车、摩托车，被人骑走了十之七八。厂子就在城区边上，骑车十分钟就能到商业街附近，那里有商场、电影院、服装店、市医院，还有各种餐馆。

何秀竹这天也想去看电影，王家卫的新电影《花样年华》上映。工人们其实对王家卫不感冒，他们感兴趣的是张曼玉和梁朝伟，这两个从很多香港录像片里看到的人，才是吸引他们的根本原因。更重要的是，他们从收音机和晚报里得知，那是一部爱情片。对年轻人来说，去电影院当然要去看爱情片。何秀竹跟小胡提这事的时候，她本以为小胡会毫不犹豫地答应，但很意外，小胡说他今天有事，不能进城，还让何秀竹也别进城。何秀竹问他什么事，小胡说，没什么事。她当然能看出他的一些拼命压抑的局促，好像知道一个秘密，但忍住不说。何秀竹的原计划是，在看完电影之后，如果时机合适，就跟他摊牌。

何秀竹没有听小胡的，自己骑自行车去了城区。在电影院门口，她看着一对又一对的年轻人进进出出，心里怪怪的。其实，她想约小胡看《花样年华》，是因为她知道那是一个分手的故事，她还没有想好怎么去说，或者说，她决心要离开，但还没想好到底怎么去跟小胡讲。何秀竹要离开，但这个决定不仅仅关乎爱情，更关乎她的不甘心：我就这么过一辈子了？这有什么意思？其实她哪里知道什么是有意思的，就是感到不满足，感到不对，一切的一切都不够准确，全都似是而非。何秀竹从来都感觉到了这一点，可到了现在才承认。

从带她的隋师傅那里，何秀竹清清楚楚地看到了将来的生活可能。隋师傅毕业后到工厂，嫁给了一个同事，然后穷尽一生都没有离开过，她自己对此颇为满足。可是何秀竹不行啊，一辈子困在工厂和操作间里，跟一辈子待在农村种田有什么区别？现在，她攒了一点点积蓄了，心里有了底，一时半会儿不会饿死。她想，回到老家去，从最开始出发的地方再一次开始，从自己的轨道被改道的地方再一次开足马力；甚至，回到更早更早的时刻，她第一天上学的路上，跟每个遇到的人都说：我要考大学。

何秀竹一个人看了《花样年华》，记住了那句最经典的台词：如果有多一张船票，你会不会跟我一起走？她并不是一个绝情的人，她想把这句话说给小胡听，虽然她内心深处知道他的答案肯定是否定的。但是，梁朝伟又何尝不知道张曼玉的答案呢？他还是要问，她也要问。从电影院出来，她去一家面馆吃了碗面，然后骑车回厂子。

一路上，她骑得飞快，似乎是在用呼呼过耳的风声来把心底的噪声遮挡住。路两边人影憧憧，父母、弟弟、何教授电影胶片一样从她脑海里掠过，那些留在她意识深处的声音飘忽不定，但听到它们时的感觉和引起的反应，却又在心里真切无比。她听到了汽笛声，仿佛离开的船真的要起航了。她没坐过船，这汽笛声是从电视和电影中来的。那条大船啊，泰坦尼克号一样巨大的船，螺旋桨已经开始转动，卷起旋涡，把冰冷的水切割成白色的浪花。她从远远的码头上跑过来，纵身一跃……

她去宿舍，宿舍没人。给男工宿舍打电话找小胡，宿管大爷说电话没人接。何秀竹有些纳闷，不知道小胡干什么去了，她一路上准备好的那些话不能再等了，今天不说，明天就会被软化许多，就要继续拖下去，她拖不起了。何秀竹已经想明白，他们之间的那一次狂热性爱，其实是自己安慰他、也安慰自己的一个举动。这时候，何秀竹听见一粒石子敲击玻璃的声音，她开开窗子，探出头去，看见一个工友在楼下。

干吗？她问。

快点去厂子的大礼堂，小胡出事了。他急切地说。

何秀竹愣了一下，能出什么事？而且，她敏感地注意到了工友的表情里隐藏的笑意，特别像一个恶作剧的人的表情。但她还是下楼，跟着他去大礼堂。

没有开灯，礼堂里有一种窸窸窣窣的安静。她有点儿忐忑，被工友扯拽着带到了主席台上，正踌躇间，突然礼堂的灯全部亮起来。突如其来的光芒让她有一瞬间失明了，不是那种什么都看不见的黑暗，而是什么都看不见的光明，等她终于从灯光里看见面前跪着一个人时，还有点儿恍惚，以为是幻觉。那个人抬起头，是小胡，他穿着西装，抱着一束花，说：秀竹，嫁给我吧。

他是在求婚。然后，礼堂里座位上突然涌出十几个工友，大声起哄说，嫁给他，嫁给他。

你在干吗？她问。

小胡愣了一下说，傻瓜，我在向你求婚啊。

你疯了吧，她说。

根据电影和电视剧里的情节，这时候她应该激动甚至捂住脸哭泣，然后拼命点头，然后他们亲吻，然后所有人欢呼，然后去厂区附近的小饭馆吃饭喝酒庆祝。可是，她不能这么做，这会把两个人都拖入黏稠的西瓜汁液一样的深渊中。

小胡看她始终没有答应，站了起来，把花塞到她怀里说：你不愿意？

何秀竹摇摇头。

那就是愿意？

何秀竹又摇摇头。

她此刻没办法解释清楚自己的想法，只好说对不起，然后转身跑掉了。

所有人愣在身后，她只听见小胡声嘶力竭地喊了一声，为什么？！

冲进宿舍，何秀竹倒在床上，可是呼吸急促，心里沉闷，感觉很不舒服，又站起来，满屋子里走。何秀竹无所适从，直到她看到那个变形金刚，把它抓在手里，心里突然定了下来，慢慢地，呼吸也变平缓了。她长长地吐出一口气，似乎要把所有的愤懑和无力都吐出体外。过了一会儿，何秀竹的内心轻松起来，毕竟这个决定是早早就埋藏在心里的，只不过是以一种完全想不到的方式告诉了对方。她没想到小胡今天不去看电影，竟然是在准备求婚。早晨的时候，她看到了他眼睛里有种隐藏秘密的兴奋感，还以为他要跟朋友去打游戏或者打牌喝酒。

晚上，整个厂区都听说了这件事，大家议论纷纷。在这个小小的王国里，所有人都认识，所有事都是大家的事，平时缺少谈资的人们，终于有了可以好好谈谈的故事。其实，大部分人既奇怪于小胡怎么突然搞了这么一出，也啧啧于何秀竹竟然没有答应。特别是那些女工，她们打心眼里觉得小胡的做法很浪漫，如果是自己，一定会被感动的。

何秀竹是不是喜欢上别人了？她们猜测。

不可能吧，她整天在厂子里，我们都看得见，除了小胡，没有哪个男的找过她呀。有人马上反对这个猜测。

那你说是为什么？

不晓得，我就是觉得何秀竹可能跟咱们有点儿不一样。

她们有人烫了头发，有人端着脸盆去浴池洗澡，有人洗积攒了一周的内衣，小心翼翼地不让何秀竹听到她们的谈话。这种所有人一起分享一个八卦的感觉真是令人激动。

男工那边呢？几乎所有的单身工友都在一个酒馆里喝酒。包间是早就定好的，原本是为了求婚成功庆祝用的，现在成了小胡借酒浇愁的地方。他的朋友和工友们在陪他喝酒，他们都觉得他应该多喝点，喝醉，一个男人的脸被丢在地上踩了一脚，除了喝醉还能做什么？总不能去打何秀竹吧，毕竟人家有权利不接受你的求婚。每个人都跟小胡碰杯，不说话，或者只说兄弟，都在酒里了。什么都在酒里了呢？理解？支持？同情？笑话？一切的一切，反正都在了，你自己去品味吧。小胡喝了很多酒，他是被工友抬回宿舍去的。有好几次，他几乎要吐出来了，但硬生生地压了下去，他不想吐，他就是想沉浸在醉酒的难受中，似乎这样就可以稀释一下心里的痛苦。

第二天，何秀竹按时去上工，她从没旷过一天工、请过一天假。

走进车间时，所有人都轻轻抬眼看了她一眼，然后迅速低下，继续开工的准备。检查机器，换手套，戴口罩，看进度表……他们闭着眼睛也能流畅地进行。何秀竹一夜没睡，但此刻一点儿都不困，她已经彻底想通了，一切已经发生的事情，都不必去纠结，她必须按照自己的计划退回出发点，好再次往前走。

繁重而单调重复的工作，很快把所有人带进呆滞和空白中，没人有空想七想八，都盯着手里的活儿。临近十一点的时候，有人冲进了他们车间，在机器的轰鸣中大声喊：何秀竹，何秀竹，快点，小胡出事了。何秀竹听到了喊声，但是她以为那是昨天的记忆在作祟，直到那个人冲到她身边，一把拉住她的胳膊。

他用变形的脸和带着惊恐的眼睛，以及变调的喊声告诉她：小胡出事了。

何秀竹突然感觉到了自己的心跳，怦怦怦，像厂子里有时用重达几吨的铁锤锻造某些零件时发出的那种声响，砰砰砰。她的第一反应是小胡可能寻短见了。

他们冲出车间，到了厂子大院里，正好看见有人扶着小胡从他的车间里出来。他的左手抱着一件衣服，衣服上滴着血，另一个人拎着一个塑料袋，塑料袋里是四根手指。因为失了血，那些手指的皮肤变得很白，像他们用的白色橡胶手套。厂子里的一辆车开了过来，众人喊着说快快，去医院。不知道谁推了一把，何秀竹不由自主地跟着上了车。

在车上，小胡闭着眼睛，呻吟着，忍受着剧痛。何秀竹像坐在一排钉子上，她想回头看一眼小胡，可是不敢，她怕看见他苍白的脸，尤其是那四根手指头。刚才碰见的一瞬间，她看到他眼睛里那种带着委屈的恨，像针一样扎她的眼睛。

小胡的手指有三根接上了，另一根食指因为伤口处骨头碎裂严重，已经无法再接上。何秀竹被厂里安排在医院里照顾他，这是她一生最艰难的日子。她最不想面对的就是小胡，可是又要每天面对他。护士比较忙的时候，她要给他解开绷带，换药，她就会看见那四根肿胀的手指和那根不存在的食指。自始至终，小胡没有跟她说过一句话，他毕竟还有一只手是完好无损的，大部分生活都可以自己处理，他不需要也不愿意求助于她。

几个月后，小胡出院。这次严重的事故调查报告也出来了，小胡因为前一夜宿醉，属于违反规定醉酒上工，迷迷糊糊把手伸进了切割器里，导致了惨剧。由于是个人原因，厂里不给他算工伤，只是报了医药费，没给任何赔偿。而所有人都知道，小胡喝醉酒是因为何秀竹拒绝了他的求婚，所以，人人心里都把她想成罪魁祸首。何秀竹也充满愧疚，但并不悔恨，她取出自己所有的钱，给小胡。小胡不要，他只拿回了自己送给她的那颗铁心。想想真好笑，一颗铁做的心，仿佛在嘲笑他们，铁被捂得再热，时间久了也得凉下来。

两人同一天离开厂子，小胡属于被变相辞退，而何秀竹是主动离开。在汽车站的候车大厅里，他的车是下午三点，她的是三点半，一个往南一个往北。临上车前，小胡终于说：秀竹，我不怪你，真的。何秀竹不知道该和他说什么，他不怪她，她也不觉得自己该为此负责，可是她必定要一辈子背负这件事。毕竟他们在一起过，毕竟两个人赤身裸体地纠缠过，在她的感情生活里，他处在一个极其特别的位置。不是爱和不爱，不是性和欲望，是什么呢？好像他们彼此互为各自手里的产品，他制造了她的一部分，她也制造了他的一部分，然后他们终将被送往另一个流水线去完善，再然后组装到完全不同的机器上，再然后去远方的工厂里，迎接截然不同的人生。

8

何秀竹抱着一盆吊兰，手里还拎着一盆仙客来和一盆富贵竹，敲开了兰草花卉养植店的门。花卉店的萧姑娘正在给一盆花剪枝，她从浓烈的幽香里抬起头，看见何秀竹有点儿惊讶。这已经是这个月何秀竹第三次抱着花来她这里了。

又有问题？萧姑娘问。

何秀竹把三盆花小心地放好，说，你说也怪了，我都是按照你教给我的方法浇水施肥晒太阳，这花怎么就老是蔫蔫的，半死不活，还有一个都快烂根了。

萧姑娘放下手里的剪刀，起身，仔细看何秀竹的三盆花，的确一棵棵都长得不太旺势，那盆吊兰明显快枯了，富贵竹的根已经有了腐蚀迹象。她用手指捻了一小撮花盆里的土，凑到鼻子底下闻了闻，一股过于潮湿的腐殖味道。

这还是浇水浇多了啊，萧姑娘说。

不可能，我还是上周五浇的水呢，后来我就出差了，昨天回来一看，花就这样了。

那是不是你老公，或者你家儿子给浇水了？

那就更不可能了，我家这俩货一个基因，对花草完全不感冒，在他们眼里这玩意没法跟鸡翅羊肉串比，你就算给钱让他们给你浇水，他们都懒得干。

萧姑娘听了，又细细看了看几盆花，说真是奇怪了。

何秀竹说，你再帮我看看，这半年我养的花怎么老是死呢？难道是家里风水不对？

萧姑娘扑哧一下乐了，说，何姐，要不你先把这几盆放我这儿几天，我给你养养，等活泛过来，你再搬回去。

何秀竹说那可太好了，你不知道，这段时间为了这些花，我都快抑郁了。说着，何秀竹从包里掏出一套还塑封着的化妆品来，塞到萧姑娘手里说：“这是我朋友出国帮我带的，说是很多明星都用这个牌子。”

萧姑娘当然是一如既往地拒绝，何秀竹当然是一如既往地坚决要送，结果当然是萧姑娘一如既往地拗不过何秀竹。两人一番推拉，弄得气喘吁吁，在暖湿的花房里出了一层细汗。萧姑娘说，好吧好吧我收了。何秀竹说，妹妹，我想喝你泡的茶了。

萧姑娘笑了，说，我就知道没有白拿的好处。何秀竹也笑。

两人洗了手，坐到里间的一个茶海旁，萧姑娘动作熟练地泡了一泡武夷山岩茶，边喝边八卦各自身边的事。

何秀竹认识萧姑娘，何秀竹还认识开咖啡店的王姑娘、开素食馆的苏姑娘、做保险的杨姑娘、美容院的宋姑娘。这么说吧，何秀竹生活的各个圈子里，都有她认识的姑娘或小伙子，有的是姐妹，有的是兄弟。何秀竹自己也不知道从什么时候起，开始把各行各业的人都认识了。但凡在生活、工作上有一点儿交集的，她都不会当成擦肩而过的陌生人，而是像当一辈子朋友那样去结识。比如，儿子多多从幼儿园到小学的所有同班同学的家长，她都认识，连多多课外班的同班家长，她也认识很多。当然了，何秀竹也并非所有人都加微信联络，她有自己的考察标准，这个标准就是，但凡在她的生活或者儿子多多的生活中具有可能性的人，她才会留意。何秀竹的手机通讯录和微信通讯录分了很多个组，有幼儿家长组、小学家长组、补习班家长组、生活组、医疗组，所以，在她的生活里，不管发生任何事情，她都能第一时间联络上一个专业人士，进行咨询。比如，前一阵多多要报一个舞蹈班，她前前后后考察了不下十个，可都是各有优缺点，没有比较突出的。就在拿不定主意的时候，她听说多多的一个同学晓雪报了天之舞舞蹈班，立马就给多多报了。原因很简单，是因为晓雪的妈妈是舞蹈学院的老师，虽然她是做行政的，不跳舞，但平时会接触到各式各样的舞蹈人士，她选的班一定是最可靠的。

每当很多人跟何秀竹说，所谓的学区房，其实毫无必要，教育还是要靠孩子的兴趣，或者说宁当鸡头不做凤尾，何秀竹就在心里鄙夷地想：鼠目寸光。还在怀孕时她就做好规划，幼儿园小学初中高中，能上多好的学校就上多好的学校，教学质量先不说，就算孩子是全班倒数第一，但更重要的是他长大后，他的同学都是什么人。你满世界去看看，那些当官的、赚大钱的，各行各业的顶尖专业人士，到底是从重点学校出身的多，还是从普通学校出身的多？答案很明显，择校择校，择的是你从小到大的朋友圈，是你将来的资源圈。想明白这一点，何秀竹宁可在四环里蜗居，也不去郊区住别墅。就算都是学而思的补习班，四环内和五环外的教师水平也差着不少呢。

在萧姑娘那儿喝了几泡茶，身体透了透汗，舒服多了，她一看时间差不多了，开车去接儿子。多多今年五年级了，马上要小升初，正是要劲儿的时候。从学校出来，吃口饭，还得赶紧去新中关的英语补习班。没时间复习，只能路上让多多自己复习一下。

车到知春路那儿，堵住了。按平时，堵个七八分钟也就过去了，可今天不知怎么回事，半个小时竟然纹丝未动。何秀竹看了看时间，还有二十分钟多多就下课了，看样子自己不可能及时赶到，就给马勋打电话。马勋现在在中关村的一家公司上班，这会儿赶过去，完全来得及，可马勋的电话始终无人接听。这条路越来越堵，汽车喇叭嘀嘀嘀叫成一团，何秀竹越来越着急。马勋的电话很少打不通，偏偏赶上今天这个节骨眼上不通，真是奇了怪了。何秀竹对马勋死心，冷静了片刻，想好了对策，先给班主任小于发了个微信，告诉她等会儿放学，让多多跟他同学小雅的妈妈黄太太走。然后给黄太太发微信，让她顺便接一下多多。黄太太是全职母亲，从来不会迟到。小雅和多多一起在上英语补习班。十几秒之后，黄太太先发来信息，说没问题，新中关见。何秀竹这才放下心来，打开了车载音响找歌，看到了班得瑞的《寂静森林》，手指点了一下，舒缓的音乐屏蔽了车外的噪声。你堵你的车，我听我的歌，能奈我何？

晚上，从补习班回到家，已经接近八点。多多想吃麦当劳，本来何秀竹不想给他吃，但想到今天自己没能及时赶去接他，心里有点儿愧疚，就给他要了一份麦当劳的鸡腿堡套餐，还有两个鸡翅一包薯条。多多听了欢天喜地，跟妈妈保证说，他今天一定认真做作业。

汉堡是马勋拿回来的，他在楼下碰到了麦当劳的配送员。

刚进门，马勋把汉堡往桌子上一丢，没好气地说：你就给孩子吃这种垃圾食品？

何秀竹本来就对他今天没接电话有气，这会儿又被他指责，也气鼓鼓地说：你管得着吗？我儿子，我愿意给他吃啥就给他吃啥。

何秀竹已经闻到了，马勋喝了酒，而且还不少。她看着马勋微红的眼睛、有些摇晃的身体，还有他醉酒后夸张的脸，心里一字一顿地告诉自己：别吵，孩子在家呢。何秀竹起身，把麦当劳送到正在写作业的儿子的房间，让他赶紧吃，吃完写作业。

马勋坐在沙发上，打开了电视机，电视里正放着《甄嬛传》。何秀竹觉得今天马勋有点儿怪，平时他没这么嚣张，尤其是喝完酒之后，总是小心翼翼的。何秀竹给马勋出去应酬或跟朋友聚会的时间做了规定，每周一到两次，每月不超过五次。马勋反抗过，但何秀竹用儿子多多把他反抗的气焰全部灭掉了。

马勋说，老婆，我出去应酬或跟朋友聚聚，也不全是为了我自己，我多交朋友，多积累资源，将来有一天我是要自己创业的，我都是为了你们娘俩。

何秀竹说，你说到点儿上了。我相信你出去不会乱搞，顶多是喝完酒到歌厅里去找个小姐陪着唱唱歌，是吧？马勋，你要真为我们娘俩着想，第一条就是保护好自己的身体，为多多健康工作五十年。就算你不给儿子留几千万资产、十几套房子，你也得保证老了不会生大病，不会瘫痪在床上让人伺候。这才是你这个当爹的最该做的。

从结婚开始，何秀竹就给自己和马勋买了保险，每年两个人的保费要两万多，孩子出生之后，又加了一份，一年将近三万块钱。马勋挺反对这件事的，他觉得与其把钱存在不靠谱的保险公司，还不如拿出来创业、投资，钱生钱。另外，虽然说按照他们现在的收入，三万不算太多，但何秀竹给马勋的说法让他心里别扭。何秀竹说，你如果不能健康工作五十年，就算生病，也得从病里掏出点儿钱来。马勋气急了，说：你钻钱眼里去了，你也不怕卡死在里面。何秀竹倒不生气，说，我就是想让自己跟孩子的生活有个保障，所以必须事事想在前面，我可不能让任何意外事故影响到多多的成长。

马勋并不是标准的程序员，他属于半路出家。本科时，他读的是北京航空航天大学数学系，辅修了计算机。后来发现计算机比数学有意思，但是考研究生时本校计算机系差了几分，他被调剂到了地质大学。他觉得数学太枯燥了，而且绝大部分人根本成不了数学家，就算成了数学家，也一辈子登不上那几座最高的山峰。他不希望自己跟其他人一样，在数学的半山腰晃荡一生。而计算机的好处是，只要你掌握了最新的技术，你就能对它进行应用，这有点儿像弹钢琴和拉小提琴，钢琴嘛，你只要手指头按对了黑白键，出来的音八九不离十，可小提琴不一样，全凭细微的乐感来表演。在计算机领域，他也知道自己不是顶尖的，甚至连第一梯队都进不去，至多是一个比较有能力的码农。赶上这些年中国互联网的大发展，他这种比较早进入的程序员，积累了一定的基础，只要身体熬得住，收入还是不菲的。

对于创业，马勋并不是这两年才动心，他在研究生时就跟两个同学一起写过一个程序，专门帮学生找自习室。读书时，学校里教学资源紧张，而且很多学院为了赚点儿外快，在晚上或周末开展社会办学，什么老年大学啦，中学生培训啦，教师培训啦，把本来就紧张的自习室抢占了不少。为了占个座儿，很多同学都要早晨五六点起来去图书馆排队。

马勋和宿舍的两个同学也深受其苦。后来他们发现学院路其实有七八所高校，有几个离得比较近，他们在网上把每个学校的排课表都下载了，然后用大数据分析出每天哪个学校的哪个教室没有课，能容纳多少人。很多同学受益于这个软件。有一阵，学院路几乎有百分之二十的学生都使用这个软件，马勋和合伙人满心憧憬，觉得自己就算当不了比尔·盖茨、扎克伯格，也能在互联网里占有一席之地。但世事难料，马勋和另一个合伙人有技术，可是不懂经营和法律，这个软件被第三个人注册为法人，又被直接卖给了互联网大鳄，自己卷着一千万跑到了硅谷。马勋最后只成了自己公司的码农，他一气之下退出。

这之后，毕业、工作，他又许多次在撸串的酒桌上发出豪言壮语：老子一定还会杀回互联网，以后的中国互联网就是三驾马车，马云马化腾马勋。其实他还真有点儿前瞻性，只不过执行差，而且对自己的前瞻性没有任何判断。比如，网约车刚开始的时候，马勋就说这个将来一定是大市场；网络医疗还没开始，他就到处说，将来很多小毛病根本不用跑医院，只要在网上咨询就可以了，没过多久，春雨医生就上线了。每一次，他都能嗅到互联网发展的消息，每一次他都晚半步，刚好错过。

这一切，他都压抑在心里。说良心话，何秀竹是一个好妻子，能干又顾家，这个家庭的大大小小的事，几乎都是她操心，马勋是个甩手掌柜。就连买房子生孩子上学这些大事，也都是何秀竹拿的主意，而且最后证明这些主意都拿得对。

比如这个学区房，如果不是何秀竹干脆利落出手，只过半年，价码就涨了百分之十，他们就买不起了。何秀竹是他们家的话事人，可她又不是那种靠强势和胡搅蛮缠当家的人，她比男人还讲道理。马勋最怕的就是她的道理，一件周末到底要不要上培训班的小事，何秀竹可以花一个月时间来搜集、整理、规划，马勋提出的任何反对意见，都能被她提前想好的理由堵死。有时候，马勋觉得活在一个真空实验室之中，自己是小白鼠，何秀竹是那个温柔而变态的科学家，她不给他试药,就是让他在她的规划下平稳生活。可马勋希望有点儿意外，有点儿随意性。比如出去吃饭，跟以前不一样了，何秀竹会提前想好去哪家餐厅，甚至想好了菜谱和坐哪张桌子，但马勋会对那些没去过的或新开的餐馆感兴趣，总想去尝试尝试。这对何秀竹来说就是挑战，她讨厌这种随性的意外，觉得任何计划外的事都隐含着危险。

何秀竹喜欢花，马勋其实也喜欢花，但他喜欢不开花的花，比如仙人掌、多肉之类。搬进新房子后，他养过几盆，但很快都被何秀竹淘汰了。对何秀竹来说，不开花的就不叫花。用她的话说就是：是花你就得开，是树你就得栽。何秀竹把花摆在家里的每个地方，马勋常常笨手笨脚地打翻她的花盆，这时候何秀竹不会发火，但是会让他坐在沙发上，她就这么盯着他看，看得他心里发毛。何秀竹说，我不需要你干活，没事你就在沙发上看电视，或者到电脑前打游戏，就是别乱动，你一乱动我的花就得遭殃。

渐渐地，马勋把对何秀竹的不满，都发泄到了那些花身上。他在网上看到一条新闻，说一个人如果每天跟一朵花说脏话，咒骂它，它很快就会枯萎。一个人在家的时候，马勋会对着每一朵盛开的花骂娘，用最恶毒的语言诅咒它们烂掉。发泄完了，他感到一种不安的放松感。最开始，是放松感强烈，但慢慢地就会觉得不安更强烈，在他又一次打翻某盆花的时候，他会恍惚，分不清自己到底是无意还是有意的。

那些花继续活着，继续盛开，丝毫没有受到他恶语的影响。甚至，自己的诅咒看起来反而滋养了它们。终于有一天，他无法再对这一切忍受下去，他担心自己因此疯掉。他开始动手了，给花浇水、施肥、晒太阳，只不过是按照它们的习性反着来的。所以，何秀竹的那些花渐渐腐烂枯萎，她当然不知道自己的丈夫在偷偷地、温柔地杀死它们，这是他仅有的对妻子的报复。常常，何秀竹带孩子去补习班，他在家里给那些花以营养的毒药，然后去厨房炖他们喜欢吃的牛排、猪手、羊肉，他觉得这个时刻做出的饭菜是最香的，因为自己心里那点恶毒已经释放出去了，留下的都是对妻子儿子的爱意。

他不想承认的是，在内心底层的不安正在渐渐降低温度，变成一种寒意，甚至是冰冷。他知道，这件事如果不及时停止，早晚会被何秀竹发现。

何秀竹本想对喝醉的马勋进行家法伺候，却被一个加微信的陌生人打扰了。那个人的头像是一枚头花。何秀竹对这个头花有种熟悉感。她正回忆时，看到了那个人加好友的留言是：秀竹姐，我是肖扬的妹妹，肖莉。

何秀竹一瞬间想起很多事，读中专时第一天就遇到的那个温暖的男孩，他们曾经那么亲密。真是奇怪，自从他毕业回到老家之后，两个人竟然彻底断了联系。有许多次，何秀竹都想去问问他的联系方式，但后来都作罢，她特别担心他过得不好，担心他被自己沉重的内心负罪感压倒。她几乎已经忘记这个人了。

何秀竹通过了肖莉的好友申请。

肖莉说，她送儿子来北京上大学，想见她一面。

何秀竹说好，问她儿子在哪个学校，她找一个方便的地方碰头。两个人最后约在肖莉儿子学校附近的小饭馆。

第二天傍晚，何秀竹打车过去，很远就看见了饭馆的招牌。她走进去，一眼就认出了那个曾经和自己很像的女人。她安静地坐着，完全看不出早年曾遭受过的伤痛的影子。她们握手，互相笑笑，然后面对面坐下。肖莉说，她点了几个菜，不知道何秀竹喜不喜欢吃。何秀竹说，都行的，主要是见见面。

何秀竹细细看着肖莉，她发现肖莉还是跟自己有点儿像，不是容貌，是神情，只有微微的一点儿像，但就是这么一点儿，也足够了。怪不得那时候肖扬第一眼看见自己，就会愣住。

肖莉把那枚头花摆在了桌上。

肖扬呢？他怎么样？何秀竹问。

肖莉没有说话，而是拉开旁边一只包的拉链，从里面拿出一张报纸，递给何秀竹。何秀竹注意到，那只包是个很著名的牌子，不便宜，心里想，看来她这些年过得不错。

何秀竹接过报纸，刚一展开，就立刻在头版的大照片上看见了肖扬的脸。他的头发花白，戴着手铐，站在法庭的审判席上，但是眼神里并没有一般的贪官那种颓废、悔恨和没落，反而是平静的，好像自己对这个结局不但早已知晓，甚至是安之若素。何秀竹的心狠狠地疼了一下，这种疼像条细线一样，从心脏一路沿着血管游走到全身，最后整个身体都被这细微的疼痛刺激得有些麻木了。大标题上写着：湟源县国土资源局副局长肖扬严重违纪被双规。

何秀竹合上了报纸，她不想看审判的细节，或者他犯罪的细节，这些已毫无意义。

肖莉说，我去看我哥，他跟我说，让我一定想办法找到你，把这个带给你。我打听了很久，都没有你的消息，还是我儿子通过网络查到了你的联系方式。

何秀竹忽然涌出眼泪，她从来没有如此难过过，连自己最艰难的岁月里都没有。她回想起他们最后的分别，仿佛从那一刻起，他就早早地预定了自己的结局，他所做的一切，仍然是在赎少年时那无意中的罪。

他还说了什么？何秀竹问，她把那枚头花拿过来，使劲儿握着。

肖莉摇摇头说，他没别的话，只是让我把这个带给你。

何秀竹说，我记得他说，你也有个一模一样的头花。

肖莉又摇摇头，说，没有，这是他毕业回家的时候给我的，我戴了好多年，后来他又要了回去。

何秀竹愣住了。

肖莉说，秀竹，谢谢你。我哥说他做了他想做的一切事，他心里再也不难受了。

何秀竹哽咽着问：所以你，这些年你过得还好吧？

肖莉点点头说：我挺好，我哥回去不久，我就离婚了，也谈不上离婚，因为我们连结婚证都没有。后来再也没结，我一个人把孩子养大，都读大学了。也不是一个人，我哥也没结婚，他一直在帮我，他最后……也是因为我。我觉得特别对不起他……

肖莉说不下去了，其实也无须再说，两人开始长时间但并不尴尬的沉默。她们各自想着心事，在无形中，她们的心事仿佛在空气里互相交融了。

服务员一盘一盘上着菜，但是她们一筷子都没动。何秀竹看见满桌的菜中，竟然有两种是鸡腿，她的眼泪几乎掉下来，狠狠地抹了一把眼睛，跟吧台招手，让他们把店里最好的酒拿一瓶来。过一会儿，服务员拿来一瓶茅台，问她确定要开吗?

何秀竹点头，自己拿过酒瓶，打开，把酒倒进三个杯子里。

静默了几秒钟，何秀竹说：我们……跟你哥喝一杯吧。

她们碰杯，干杯。真是好酒，一点儿都感觉不到辣，只有灼烧感从口舌一路向下，烧热到胃部。

分别时，黄昏即将消逝，黑夜来临，街上灯光闪烁。在地铁站口，何秀竹跟肖莉拥抱了一下，在两个人的脸交错的一瞬间，何秀竹忽然想清楚了她们到底哪点像了。她记起了，肖莉特别像她梦中出现的何翠竹。

9

一九九九年的三月，北方下了一场十年未见的春雪。

那场雪很大，大到很多地方的屋门都被积雪堵住了，人们不得不打碎玻璃，掏一个雪洞才能出门。院子里的雪有一米深，大地白茫茫，天空却灰沉沉。雪后的第二天，太阳高照，天气陡然升温，那场雪迅速融化，整个世界都变得冰冷泥泞。

他们就在这样的雪后黄昏，到了毕业实习的基地吉林省珲春市小南岔矿区。这里地处中朝俄边界，是吉林省最靠东北的一个市区，隶属于延边自治州。三百多年前，中俄《尼布楚条约》的那个尼布楚，离珲春很近。没上过高中的何秀竹当然不知道这段历史，但是在学校这几年，她在图书馆里看了很多武侠小说。金庸的小说《鹿鼎记》也写到了这段历史，在小说里，小混混、小流氓韦小宝，在这里跟俄罗斯的女皇有过露水姻缘。对年轻的何秀竹、胡杏儿她们来说，这种遥远的跨国浪漫，是一种奇怪的浪漫，因为这里面包含着刺激性的禁忌。所以，当得知这次田野实习的地点是珲春时，他们都有种莫名的亲切感。

雪水打湿了他们的鞋子和裤脚。他们知道这里的寒冷，但没有想象过会遭受一场春雪带来的湿，鞋子浸泡在泥水里，微风吹过，整只脚都是麻木的。学生们拼命跺着脚，好让自己暖和一点儿，但常常是溅起了更多的泥水。除了寒冷和偶尔走过说朝鲜语的朝鲜族人，黄昏时的珲春跟他们上学的小城没有多大分别。

他们住进了这个边塞小城的招待所。招待所房间不多，学生们住六人间，老师们是双人间。晚上，何教授带大家去了一家朝鲜族饭馆吃牛尾汤饭。朝餐有自己的规矩，牛尾汤上来之前，先上来七八个小碟子，每个碟子里是各种各样的泡菜，看着红辣辣的，但吃起来主要是咸酸味。他们尝了几口，都不太适应。主食上来了，每人一份牛尾汤，一份白米饭，热气腾腾。这时候再去吃泡菜，就觉得特别对味儿了。胡杏儿喝了一口，皱起眉头，说牛尾汤有腥味，不想吃。何秀竹把自己带的一个面包给了她。自从那次事件之后，两个人的关系冷淡了很多，但这次出行，在火车上，胡杏儿却主动坐到了她的旁边，亲热地挎着她的胳膊，好像两个人从没有过隔阂一样。

孙君突然站起来说，何老师，咱们喝点儿酒吧，好歹出来一回，天又这么冷，喝点酒暖和暖和。

何教授连忙摆手说，不行不行，学校有规定，出来实习绝对不能喝酒。

孙君说，可明天周一才正式开始实习，今天还是周末呢，属于假期时间，是不是啊同学们？

男同学立刻跟着起哄：对对对，现在是星期天，学校管不着。

孙君一听有人支持，立刻来了劲儿，跟老板喊：来两瓶白酒，要当地的啊。

饭馆的老板一听，马上从柜台那儿拎了两瓶红旗河过来。何教授把烫嘴的牛尾汤咽下去，再想阻止已经来不及了，孙君和另一个男同学已经用牙齿把酒瓶盖给起开了。他们找了几个杯子，给每人倒了一点儿酒。其实何教授也馋酒，在家里老婆控制不让他喝，他只有出差或出来实习的时候，才躲在房间里偷着喝点。

孙君递了一杯给何教授，何老师，请与民同乐。

何教授接过杯子说，行吧，你们都打开了，那就喝点儿吧，不过一定不能多喝，更不能喝多。

可是一群十八九岁的年轻人，遇见了酒就跟猫遇见了鱼一样，想不喝多也难。几杯酒下肚，劲儿上来了，挽起袖子划拳行酒令。一开始，女同学还很矜持，不敢喝，过了一会儿甚至比男同学还放得开。只有何秀竹没喝，每次她都是把杯子端起来，在嘴唇上碰一碰，然后就放下。人多杂乱，也没人注意她。她旁边的胡杏儿很快就有了醉意，眼神老是盯着孙君，很快坐到孙君旁边去了。老何呢？手里夹着一支烟，被年轻人这种热气腾腾的热闹感染，在烟雾中似乎看到了自己读大学时的样子。他的青春，也曾经是如此喧闹而充满激情。学生们唱起了歌，年轻的朋友们，我们来相会，再过二十年……老何不断地独自端起酒杯，他不吃菜，下酒的就是这群人的歌声喊声，是他所模糊回想起来的过去。在他的斜对面，整场唯一清醒的何秀竹悄悄看着他。

从小饭馆里出来时，这群人身上都带着热气，好几个小伙子甚至把外套脱下来。他们就这么互相搀扶着，走在珲春的大街上，无惧泥泞的街道和料峭的春寒，说着胡话，唱着醉歌。清醒的何秀竹看着他们，心里头有点儿羡慕，也有点儿疏离，她刚才其实也想喝酒的，但她一直被何教授吸引，害怕自己喝醉了，说出什么不该说的话，或者做出不合适的举动。她知道自己酒量浅，不敢尝试。孙君他们喝的那种高度白酒，估计两小杯她就得醉。那年，她考上中专学校，请亲戚朋友到家里吃饭，父亲带着她挨桌给七大姑八大姨和街坊邻居敬酒，她每次抿一抿，可抿多了，也醉。那天客人们还没散尽，她就醉了，当着大家的面背起了课文里的古诗：黄河远上白云间，一片孤城万仞山。母亲和弟弟把她强行拉到屋里，让她休息，可她还是喊叫：劝君更尽一杯酒，西出阳关无故人。第二天，她带着头痛醒来，感到丢人和惭愧，可回忆起自己昨天的所作所为，又感到一种舒坦。她在炕上翻来覆去，终于想明白这种舒坦从哪儿来了。其实，在她心里，对自己没有读高中还是有遗憾的，但这遗憾没有任何地方和机会可以去说。这场醉酒，反而让她发泄出来了。

从那以后，她再没有喝过酒。

今天她也抿了一点儿，不算多，但已足够让她有微微的醉意。这点酒意明显不太够，她还能清清楚楚地感觉到自己仍然在隐藏和压抑什么，那身体里要满溢出来的东西，被无形的盖子盖着，这是一种柔软但无限的膨胀。她看见何教授走在队伍的最后面，他没唱歌，但嘴里哼着什么。她故意落后，跟他几乎并排了，听见他哼的其实是戏曲，可不知道是什么戏，也听不清具体的词。几乎每一秒钟，她都想跟他说话。不知道为何，如果是在学校，如果是任何其他的时间和地方，她都敢于跟他聊聊天，可就是此刻，就是这酒意微薄的状态下，她的内心充满了忐忑。或者说，她绝不会承认自己是喜欢何教授的，这跟胡杏儿与孙君，或者其他人的那种所谓的爱没有任何相同点。可是，她到底为什么想要跟他说话，又想要看着他呢？

他是她的老师，是比她大几十岁的一个男人。哦，对了，他是男人，这是最根本的一点。如果说每一个怀春的少女身边，都会有一个人激发她最初的幻想，那何教授可能就是她命定的那个开关。

回到宾馆里，她拿着脸盆去公共水房洗脸，冷水让她体会到自己的身体到底有多么热，也让她渐渐从半迷狂的状态里清醒过来。她回房间时，又在走廊里碰见了何教授，他跌跌撞撞冲进了水房。她听见他的呕吐声和呻吟。她在水房的门口来来回回地走，但是不敢进去。楼道里的灯突然灭了，可能是停电了，她在黑暗中一动不敢动。

过了一会儿，灯又亮起，何教授抹着嘴角的涎水，摇晃着走出来，衣服上沾着食物残渣，刚好跟她碰个对面。

他们谁都没说话，擦肩而过，回了各自的房间。

暖气还没停，屋子里很热，再加上人多，女孩子睡前又都是洗洗涮涮，暖气片上搭了一张旧报纸，晾着她们的胸罩和内裤。温热的暖气把衣服上的水汽蒸腾出来，形成一种淡淡的氤氲，混合着她们的雪花膏、护手霜的味道，是一种脂粉气、女人气。她在这湿润的香气里躺倒在床上，闭着眼睛，脑子里许多凌乱的片段闪回。突然，她张开眼睛，看向胡杏儿的床铺——是空的，她根本就没回来。

她不知道胡杏儿去哪儿了，那次事件之后，她们基本上没说过话了。来时的火车上，胡杏儿主动过来示好，她也只是恰当地回应，两个人都不去聊过去，但关于未来又没什么共同话题。她感到遗憾，胡杏儿曾经是她最好的朋友，就因为一句无根的谣言，两个人成了陌路人。从那之后，胡杏儿变得“规矩”了很多，极少在深夜回来了。但是这半年大家都能看出来，她一反被人追的常态，开始对孙君上心了，总是往他身边凑。

所有人都在这温热湿润的气氛中睡去了，那些青春的身体，经过了酒精不同程度的麻醉，还有坐了一天车的疲惫，徜徉在暖意中，感到放松和舒服。但是，凌晨三点时一阵剧烈的玻璃碎裂之声，惊醒了整个招待所的人。窗子分散着亮起，人们迷迷糊糊地起身，问发生了什么事，然后是噔噔下楼的声音，再接着有人大声喊：跳楼啦，有人跳楼了。

跳楼的是胡杏儿，她正躺在泥泞的地上哀号，她的腿摔断了。

在实习的第一天，就出了一件大事。

那天晚上喝完酒，大家都回了自己的房间，但胡杏儿和孙君却进了另一个房间。那是走廊尽头的一个房间，住客出去办事，服务员打扫完没锁门，房门虚掩着。两人走上楼道的时候，本来昏黄的灯光因为突然停电整个黑了下来。就在黑暗中，胡杏儿的手搂住了孙君的脖子，还把孙君的手塞到了自己的衣服里，接下来，他们的嘴碰到了一起。两人开始从热切变得疯狂，他们身体靠着的一个房间门开了，两人顺势进去。他们停止动作，以为会惊醒屋子里的人，但是静了十几秒都没有任何响动，孙君借着窗口透进来的微光看见，这是一个四人间,四张床铺上都没有人。他们又开始了自己的动作。

他们滚倒在一张床铺上。

激情退却后，两人感到了惬意和疲惫，加上酒精的作用，竟然相拥着睡着了。半夜时，房间的客人开门开不开，拼命敲，两人惊醒。慌乱中，他们想跳窗子逃走，可是孙君胆小，他不敢跳，却一把把胡杏儿推了下去。

胡杏儿在冰凉的泥水中躺了半个小时，嗓子都号哑了，才被医院姗姗来迟的救护车拉走。

这件事之后，他们的实习被临时取消，全体人员两天后就回到了学校，包括腿上戴着夹板的胡杏儿。何教授因为带队饮酒，而且出了这么大的恶性事故，被学校处分。孙君和胡杏儿留校察看。有了处分，将来毕业分配会受到影响。半个月后，学校换了个老师，带着他们在附近的一个小地方实习了一个星期，算是完成了任务。

最后的半年过得兵荒马乱，所有人都在想方设法分配到好一点儿的单位，矿务局、地质局、专科学校，等等。何秀竹三年来成绩优秀，表现良好，她信心满满，觉得自己能进东河市的矿务局，成为正式的国家工作人员。但派遣证下来的时候，却发现根本不是这个，她竟然被分到了一个小机械厂。这个机械厂跟她的专业不完全对口，而且不算是国有单位，属于半私企，效益一般，偏远，没人愿意去，导致招不满名额，学校才把何秀竹塞进去的。

她去找领导问情况，领导只告诉她，上面就是这么安排的，至于她向往的矿务局名额，已经填上了别人的名字。

10

从厂子离开那天，正是她二十岁的生日。

并不是她非要挑这么个日子矫情，她原来的计划是要早一周的，但是每年到生日那天，厂子里会发一个蛋糕券，她要等这张券，好带一个蛋糕回去。何秀竹第一次吃奶油蛋糕，就是到厂子的第一年，用工会主席发给她的蛋糕券买的。

她坐在长途车上，挎着一个黑皮包，捧着一盒奶油蛋糕，生怕颠簸的车把蛋糕颠碎了。她知道，这一次回去，如果告知父母自己辞掉了工作，他们一定会很恼怒。她要从各种细节上去消灭这些恼怒的小火苗，不让自己因此被烤焦。给她底气的，是黑皮包里层的五千块钱，这是她两年多来攒下的全部积蓄。何秀竹从邮政储蓄银行取出这笔钱时，心跳剧烈。她回到宿舍，关上门一张一张地数，越数越平静，她甚至忍不住跟自己说了一句：其实你早就有这个心思了。何秀竹这才恍然大悟，当第一个月拿到工资，到邮局去给父亲汇钱，她鬼使神差地从四百块钱里抽出了一百，只汇走了三百，就已经暗中为今天做着准备了。

两年多来，她一点一点地积攒着对未来生活的保障，小心翼翼地守着这点儿钱不被感冒、月经不调和各种应酬消耗掉。她知道，如果这笔钱的数额不够让她安心，她就得在这里忍耐下去，继续这平常无奇却又安稳的日子。

在小城生活的岁月，敏感的她看到一家又一家小商店涌起，那些卖零食日用服装的不说，就连五金店都遍地开花。从厂子的效益也可见端倪，这些年房地产、汽车领域发展得越来越好，相关的五金制造跟着水涨船高。他们是个小厂子，做不了大件，但那些装修用的门窗、折页、汽车门把手、修车的扳手这一类小东西，订单量一年比一年大。何秀竹想回到镇子上开一家五金店，她基本摸透了进货的渠道，只要有货源，销量问题不大。去年春节回去，她就听留在老家的初中同学说，县政府跟秦皇岛一家大的地产公司签订了战略合作协议，县上所有的商品房都由他们来建。她还看到以前空荡荡的马路上，小汽车越来越多，尽管都是大城市淘汰的高油耗、重污染的二手车。这一切都在暗示她，开一家店最好的时机到了。

何秀竹最大的困难是家里，是生病的父亲和母亲。只有搞定了他们，她才能安心地把这家店开起来。回家之前，何秀竹给村里的赤脚医生打了个电话，让他转告父亲，自己两天后坐长途车到家。

何秀竹从长途车上下来，胳膊因为长时间捧着蛋糕，已经麻了，只能请司机帮她把行李从底箱里拎出来。她站在村头，没有看见来接她的父亲，这里空荡荡的，连一条狗、一只鸡都没有。难道赤脚医生没有传话给家里吗？就算父亲不来，母亲或弟弟也应该来呀？她小心地把蛋糕盒放在一块石头上，缓慢地活动着胳膊，血液流到已经很长时间缺血的臂膀，她双手的知觉慢慢恢复。何秀竹深呼吸几口气，闻到了猪粪、鸡屎的味道，一瞬间就回到了家乡。这两种东西，她小时候要背着粪篓来拾，沤好了之后带给母亲，施给园子里的茄子辣椒。

何秀竹背上所有的行李和包裹，然后拼尽全力才让双手空出来，艰难地捧起那个包装盒已经略微变形的蛋糕，往家的方向走。她能感觉到，盒子里的蛋糕在长途奔袭之后，已经不再完整，但她不敢打开看，她还抱着幻想，不停地告诉自己没事，蛋糕变形了也是蛋糕，依然美味。

是邻居家的小孩子帮何秀竹开了院子的门，又冲进去大声喊：何大爷，我姐回来了。屋子里有一个沉闷的应答声，但并没有人出来。何秀竹的心一沉。

走进屋里，何秀竹看见父亲躺卧在床上，母亲端着一碗药在喂他。她连忙把蛋糕放下，凑过去问，我爸怎么了？

父亲有些歉意地看看她，说，没事，老毛病，这几天又犯病了。说是要去接你的，可就是起不来，你妈也不敢离家。

何秀竹接过母亲手里的药碗，去给父亲喂药。

一直沉默的母亲空出了手，狠狠地拍了自己的大腿一下，突然大声咒骂起来，这小瘪犊子，怎么就这么能折腾啊。你爸这病就是他给气的，他把我们俩都气死得了。

何秀竹说，到底怎么回事？

是弟弟何秀山闯祸了。

去年秋天，何秀山压线进了镇上的高中，因为这个，何秀竹还专门给他寄了一套运动服、一双假的耐克运动鞋，花了将近一百块钱。但何秀山到了镇子上之后，跟同学里一群好玩好闹的人交上了朋友，那群人大都是家在镇子上或矿上的，家庭情况好，常常一起跑出去打台球、看录像、喝酒。何秀山没钱，又想跟人家一起玩，就只能鞍前马后当小弟，跑腿，打架的时候冲在最前面，下手最狠。他就靠这种方式赢得了这群人的认可，让他跟着蹭吃蹭喝蹭录像看。何秀山为了显示自己的仗义，跑到学校外的小卖店去赊烟赊酒，欠了不少钱。等商店老板找他找不见，追到了家里，父亲母亲才知道儿子在学校干的这些事，只能东拼西凑把账结了。父亲要收拾何秀山，可没打到儿子，却被他一甩手摔了个跟头，犯了心脏病。

这还没完。何秀山不敢回家，整天躲在镇子上学校旁边的出租房里。这间小房子，是他同学租的，这两个同学家在一百多里外的矿山，住不惯宿舍，就合伙租了一间房子。有天晚上，何秀山跟他们一起躺在被窝里抽烟，烟头没掐灭，引发了大火。刚好隔壁的人下夜班回来，看见着火了，把他们喊醒，几个人逃了出来，可火势却难以控制，两间房子全都烧了。本来这事三个人都有份儿，但另外两个人都一口咬定烟头是何秀山扔的，而何秀山竟然为了所谓的“哥们儿义气”，自己承担下了所有的责任。

何秀山被派出所带走了，老何就躺在床上再也没起来。

听了弟弟的事，何秀竹脑袋晕乎乎的，她不相信这些都是当年跟在自己屁股后面，整天姐姐姐姐喊着，因为怕做噩梦而不敢睡觉的弟弟何秀山干的。那时候，他是多么胆小而羞怯啊，即便是最熟悉的亲戚来家里，让他喊人，他也总是低着头轻轻地喊一声。何秀竹还记得，两个人一起去田里捡麦穗和豆子，麦芒把他的小手划得到处都是细微的伤痕，他就用这双手捧着金黄的麦穗递给她：姐姐，姐姐，你看我捡的麦穗多大啊！捡豆子时，他用自己稚嫩的手翻开土块，一颗一颗地凑成一小捧，还是递给她：姐姐，姐姐，好多豆子啊！豆子也是金黄的，他的手却黑乎乎的，指甲里蓄满了泥土。

如果说，何秀竹对自己的出身和故地有什么怀恋和温情的话，一大半都来自弟弟。她比他大七岁，从小父母在忙地里的活儿，大都是她拖拖拉拉地带着他。自从她读中专后，他们就分开了，一开始还会每个月通几封信，后来书信渐少，而她也似乎要刻意跟自己的过去保持距离，连带着对弟弟的事也不那么关心了。她写信，也只是问问学习怎么样、吃得怎么样，从来没想过他长到了青春期，开始叛逆了，开始结交各种各样的朋友并受他们影响。其实，弟弟很小时偷偷抽烟的样子，已经露出了将来的苗头。何秀竹这时候才发现，弟弟已经早就不是那个捧着豆子和麦穗的孩子了，他现在手里拎着酒瓶子、嘴里叼着烟，对一切都满不在乎。作为一个早熟的女孩，何秀竹当然也在自己的青春期见证过那些假装“混社会”的男同学，甚至在一大部分女孩子的心里，他们染着颜色的头发、流里流气的穿着和满嘴脏话的语言，还带着一种特殊的魅力。她哪里会想到弟弟也会变成这样？

安顿好父亲，何秀竹就去路上拦车。等了好半天，才有一辆四轮车开过来，何秀竹赶紧拦住，问师傅到不到镇子上。开车的是一个四十多岁的男子，从隔壁村来，刚好要去镇子上拉猪饲料。何秀竹爬上四轮车车斗，扶着栏杆颠颠簸簸到了镇子上。她先找了个公用电话，给自己在镇政府上班的初中同学孙鱼打了个电话。孙鱼跟她做过一个学期的同桌，因为长得特别像一条鱼，得了这个外号。他初中毕业去读了中师，毕业后回镇子上的中学教书，两年后调到了教育局，也算是在政府系统了。

孙鱼的眼睛比念书的时候更鼓了，嘴也变得更大，见了何秀竹，嘻嘻哈哈地说：啥时候回来的？也不说一声，给你接风啊。他一开口，何秀竹就闻到了他嘴里浓重的口臭味，混合着他吃的大蒜的味道，几乎令人作呕。她强行压住恶心的感觉，笑着说，老同学，我有事麻烦你。

何秀竹才把秀山的情况一提，孙鱼就摆手说，他是你弟啊？他这个事现在轰动全县了，好在火灾被控制住了，也没有人伤亡，要不更麻烦。何秀竹说，老同学，你一定得帮帮忙，看能不能请派出所先把人放出来，他还是个孩子，再说这也不是刑事犯罪。孙鱼说，这样，我先打个电话问问。

孙鱼拿起电话，嗯嗯啊啊了半天，放下电话跟何秀竹说：秀竹，这个事说大不大，人家房东也不想为难孩子，就是把损失赔偿了就行了，这是民事纠纷。派出所拘留秀山，也不会超过二十四个小时，现在我带你去领人，但你必须在一周之内把钱赔给人家。

谢谢谢谢，何秀竹连忙感谢。

孙鱼带着何秀竹去派出所，就在政府大院后边，走路不到十分钟。一个民警把何秀山领了出来，头发蓬乱，满脸烟灰泥垢，可见进去之后脸都没洗一把。何秀山看见姐姐，眼神怯懦又雀跃，他知道救自己的人来了，也知道姐姐肯定会骂他。他凑到何秀竹身边，何秀竹举起手想给他一巴掌，可他这会儿的眼神，像极了小时候做错事的样子，让她忍不住心头一软，手只是轻轻落在他脸上。

脸都不洗一下吗？还是自己知道没脸见人？

姐——何秀山小声地喊了一句，眼泪在眼睛里打转。

何秀竹带弟弟出来，又跟孙鱼道谢，说请他去吃个饭。孙鱼说，老同学别客气，举手之劳，好好教育教育你弟弟，别再闯祸了。出了政府大院，何秀山拉姐姐的袖子：我饿了。何秀竹就带他去旁边一家面馆，他秃噜秃噜吃了两碗茄丁打卤面，摸着鼓起来的肚子说：终于吃顿饱饭。

为了平息这件事，何秀竹把自己准备开店的钱都赔给了房东。她别无选择，父母没钱，弟弟更没钱，硬拖着不给人家说不过去，闹到法院上，更难收场。当何秀竹把用手绢包着的五千块钱递给房东，又从房东手里接过一条几厘米宽的收条时，差点哭出来。她那家五金店，她计划了好几年的事业，竟然还没开始就破灭了。但是她没有为这个去伤感太长时间，她知道，只要你活着，总会有什么事来折腾你，反正躲也躲不过，只能硬着头皮往上冲。

如果说这件事有什么好处，那就是何秀竹终于不用为辞职的事在父母面前小心翼翼了，无论如何，她搭上了自己的全部身家，摆平了弟弟闯的祸，父亲和母亲再也没理由去数落她。但是何秀竹自己得想这件事，五金店开不成，她干什么呢？

何秀竹干了很多事。她借了点儿钱，跟着一个堂姐去临沂进服装，然后到大街上摆摊卖。这事有赚头，但辛苦，而且很快各类商场商店都知道了进货渠道，争相效仿，她们的利润就越来越低。她还跑去矿山应聘，结果人家这会儿至少要大学专科，她这种中专学历完全不考虑。她跑到市里去考了一次公务员，成绩不错，面试的时候铩羽而归，有关系的比她更年轻的人，拿到了那份工作。何秀竹几乎尝试了所有能尝试的路子，都没能走通，但是她仍然坚信前面有一条路在等着自己。就算前面是东墙西墙南墙北墙四面铜墙铁壁，她也会闭着眼睛撞上去。不撞南墙不回头，撞破南墙也许就活过来了。

“置之死地而后生。”那段时间，何秀竹的脑海里一直在翻滚着从《读者》上看到的这句话，可她总是弄不明白怎么个死法，又怎么个活法。直到一次她在深夜惊醒，再也没能睡着，就这样看着整个世界一点一点从黑暗走到清晨。阳光照进房间的一刹那，何秀竹知道自己该干吗了，她要从头来过，从她当年初中毕业时选择中专那一刻来过。她要回到那个命运之轨被扳歪的时刻，再做一次选择和努力，命，如果有的话，她也只认自己拼过全力的命。

何秀竹再次出门了。

这一回，她去了市里，花了一年时间，一边打工一边念书，在夜大拿到了同等学力的本科文凭。但这不是终点，何秀竹的目标是考研，她要去大城市读研究生。现在，在何秀竹面前已经没有任何迷障，她身后更是空若无物，什么都不去想，只管去做就是了。她坚信，自己可以做到。“世上本没有路，只要你不停地在一个地方走，早晚能走出一条路来。”这句话，也是从杂志上看到的，不是原话，何秀竹改了后半句。

11

她最隐秘的那部分，是跟任何人都不会说的，连她自己都只在极其必要的时候才会想起。她更愿意什么也不想地去享用那种快乐，混杂着意淫和想象的快乐，她又开心又悲哀。她的开心在于，那是她全部人生的唯一例外；她的悲哀也在于，她明确地知晓这一生最大的放纵也只是如此了。她像一个心无旁骛地在沙场上征战若干年的战士，回到阔别已久的家乡，只能通过杀掉一只鸡、一只兔子来品尝血色。她如此努力所争取的，不过是她既不是女儿、母亲、妻子，也不是单位的谁谁谁、某某人的闺密朋友之类，她仿佛躺卧在阔大的海面之上，任由自己缓缓沉入海底的午夜区。

但她总会在即将窒息的一刻浮上水面。

Hery 的手指轻柔地划过她的头皮，她感到自己的身体在微微颤抖，头皮是酥麻的，像是每一个细胞都被最合适的阳光、空气、温度唤醒了，伸展着自己的纤维。她渴望那双手继续下去，甚至渴望它们能肆无忌惮地从衣领伸进衣服里面，越过蕾丝边的胸罩，去抚摩暗暗发胀、发烫的乳房，而且要用力。她几乎要呻吟起来。

力度怎么样，姐？

Hery 带着南方口音的普通话，沿着水痕钻进她的耳朵，顺着耳道一直蔓延到鼓膜。鼓膜在轻微的潮湿中微微颤动，她也随即发出轻轻的一声嗯。这不是对 Hery 的应答，而是一个女人对自身的感叹。她不想从刚才的想象和体验中出来，这个彻底忘掉家庭和社会的瞬间是多么美妙，这个灵魂赤裸的瞬间多么让人陶醉。当然，他的手只是在头发里游走、抓挠，不可能伸进衣领去撩骚她。他的话再次有些不合时宜地响起：姐，今天就洗个头吗？不剪一下？要不烫个离子烫吧？

结束了，她得回到现实里，那个每次给她做干洗的洗头小弟，真正感兴趣的是推销贵宾卡，是让她在店里烫发、染发、美容，他对她本身丝毫不感兴趣。她不在乎他感不感兴趣，每周一次，她会到理发店去做干洗，这个习惯她保持了有两年了。

两年前，一个电话把她的前半生扎了个针眼，何秀竹绷了几十年的那股劲儿，就这么一点一点地放掉了。电话是胡杏儿托人打来的。自从中专毕业后，何秀竹跟胡杏儿再也没有联系过。对方电话里说，让她去东河市。何秀竹记得，当年自己曾有机会分配到那里，但后来名额给了其他人。

何秀竹是在东河市的医院里见到胡杏儿的。胡杏儿得病了，癌症，已经做了大半年的化疗，但效果不明显，癌症转移到很多器官，医生说活不过三个月了。看着脸色雪白、头发掉光的胡杏儿，何秀竹号啕大哭。她的眼泪既是给这个读书时最好的朋友的，也是给自己这些年所经受的一切的。很长一段时间以来，她觉得自己是世界上最惨的人，可现在面对着胡杏儿，她发现自己仍然是幸运的那一个。胡杏儿身体很虚弱，她真的不行了。她有一个未婚夫，不是孙君，是她单位的同事，自她生病后一直不离不弃地照顾她。胡杏儿的未婚夫告诉何秀竹，说她一定要见到你，有些话，一定要在死之前说。

病房里只剩下何秀竹跟胡杏儿，她握着胡杏儿的手，那双手仿佛没有骨头，是一团融化的肉。何秀竹几乎无法从这双手里感觉到她还活着。胡杏儿断断续续地告诉了她，当年毕业分配的事。

对不起，秀竹，是我占了你矿务局的名额，现在这可能是我的报应。

原来，当年分配时，胡杏儿怀了孙君的孩子，但是孙君并不想跟她结婚。他和她在一起，纯粹缘于身体上的贪欢。孙君让她把孩子打掉。胡杏儿知道自己不可能收服这个浪子，就以此为条件，让孙君找他父亲，帮她安排工作，她不能赔了感情最后什么都没剩下。孙君的父亲通过暗箱操作，把本来要给何秀竹的矿务局名额，转给了胡杏儿。在那个年代，这不是多难的事。

胡杏儿依约打掉了孩子。当她得知自己抢走的是何秀竹的名额时，曾有过短暂的挣扎，可她不敢也不愿意放弃，她觉得自己比何秀竹更需要这份工作，更需要这个保障。这么多年来，她一直心怀愧疚。她一直通过各种方式关注着何秀竹的事，每一次何秀竹换了地方，她总是第一时间想办法找到她的联系方式，可是她一次也没有联系过她。她不知道自己该怎么说，该如何面对昔日的朋友。到现在，她命不久矣之时，这件事再也不能拖下去了。于是她央求那个无条件爱她的未婚夫，帮她联系上何秀竹。

何秀竹听得震惊不已，她脑海里有千万个疑问在翻滚，可那些疑问在已经不可更改的一切面前又是如此虚无缥缈。她感到自己深陷困境，胡杏儿即将死去，她又能对曾经的掠夺怎么样呢？所以，她既没有办法对胡杏儿说出原谅的话，也说不出安慰的话，她只能握着她软绵绵的手流泪。

何秀竹没有马上返程，一直陪胡杏儿走到最后。她们见面之后，胡杏儿也只是多活了五天。一个阴雨天里，何秀竹跟她的未婚夫一起，把那个瘦到只有六七十斤的身体送到了火葬场，看着她化成烟火和灰烬。

回北京的火车上，何秀竹翻来覆去地想自己这些年的日子，想那些在她生活里来来往往的人，想命运的乖张和残忍。如果那时候，她如愿去了矿务局，自己的人生肯定跟现在完全不同。然而生活里没有如果，也幸好，没有如果。她忽然明白了什么是无常，也看清了眼下自己面前的路，很宽，甚至有好几条可以选择，但现在，她会选最多人走的那条。

从火车站回家，遭遇了大堵车，她实在等不及了，直接拎着行李箱下车往回走。离小区还有两站地左右，她低头赶路，却被一个少年拦住。原来街边是一家新开的理发店，门口旋转的花灯影影绰绰。少年站在光影里，顶多十八岁的样子，拿着一摞宣传单，用很小的声音问过路的人办不办卡，现在可以打七折。她也收到了一张，正要跟平时一样随手扔掉的时候，她看见了他的眼神。那是一双初出茅庐，还没有被生活磨炼过的眼睛，带着一丝可怜巴巴的祈求，可她又在这祈求里看见了某种隐秘的倔强，仿佛是整个湖面结冰时在最中心留下的一小片波纹。他有一张婴儿般光洁的脸，俊俏，白净，特别是他的鼻子，那是她在男人的脸上见过的最漂亮的鼻子。

她鬼使神差地问：你们这儿能做干洗吗？

他立刻活跃起来，说：有的，干洗、美容、保养，什么都有，而且新店开业，打七折。办卡储值一万元以上，终身半价，特别划算。她说，我想做个干洗，而且就你洗，做得好了，我就办卡。他愣了一下，说：我……我现在负责发传单，我……

那就算了，她说。她转身离去的一瞬间还在想，自己这是疯了吗？可还没有等想法全部闪现，就听见身后的声音说：姐，那咱们去店里吧，我给你洗。她已无法再走。她走了太多年了，终于找到一个停下的理由。

后来她知道，如果这个月他再没有业绩，很可能会被炒鱿鱼，她是他能抓住的最后一根稻草。他们走进装修豪华的洗发店，店内到处都是的镜子，把人照得恍恍惚惚，音响里外国歌手声嘶力竭地唱着，好像所有人都被这个时代遗弃了。他跟门口那个化着精致妆容的经理小声说了些什么，经理点了点头，他放下手中的东西，走到她面前说：您要存包吗？她反问他：你说呢？他脸红了一下，说：姐你跟我来。

他把她引导到干洗区，躺卧在一张柔软舒服的椅子上，脖颈下的凹槽让沉重的颈椎感到一种轻松。他拿了洗头液，挤在自己的手心，双手揉搓出泡沫，然后涂抹在她头发上。她闭着眼睛，但能感觉到自己的头发缝隙被泡沫充满，整个头仿佛漂浮在水中。他的手指伸进了她头发里，梳理揉搓，海面开始翻滚温柔的浪花。她心里跟马勋、跟生活梗着的那股劲突然松懈，眼泪唰的一下就流了出来，他并没看见，还以为是水龙头溅上的水。后来，他们又去洗发区清理了泡沫，再回到干洗区的躺椅上，他给她捏额头和耳郭，然后用一根棉签采耳。他把棉签一头的棉花扯得细细长长，轻轻伸进她的耳洞。似乎是他隔着口罩的呼吸钻了进去，她身体微微抖动了一下，然后感到了极其熨帖的舒服。她仿佛睡着了，但能感受到他轻盈而小心的动作，她的耳朵里什么也没有，她的头发也不脏。她这会儿觉得，人长头发和耳朵，就是为了做这些的。

离开时，她办了一张一万元的贵宾卡，刷卡的那一刻，她看见这个少年的眼神里再也不全是怯懦了，而是多了一种兴奋。他把她送到门口，热情地开门，说：姐您慢点，您常来。她走下台阶，又听见他喊了一声：我是25号小源。

她一身轻松地回到家里，马勋正在沙发上打游戏，见她推门进来，有些茫然。他没想到她这么快就回来了，也没想到她开门关门的声音如此平常，而不是以前吵架时的猛烈摔打，而且她还拎着两个外卖盒。她把装着三文鱼寿司的餐盒放在茶几上说，我吃过了，就进了卫生间。里面很快响起来淋浴的声音，一切都仿佛跟其他日子毫无不同。他愣神的刹那，游戏里的那个他丢掉了一条命，他赶紧重新集中注意力，再次端起了冲锋枪。

她在卫生间里，把刚刚洗过的头发又冲洗了好久。刚才，在脱衣服的时候，她羞赧地发现内裤是湿的，她恍然间醒悟，之前在洗头的时候，自己的身体竟然涌起了潮汐。本来她不打算洗头的，但现在，似乎不洗就留下了某种罪恶的证据。温热的水敲击着她的头皮，那个少年的手指触碰的感觉从身体里涌现出来，继续冲击着她的感官。借着温热的水，她尽情地流了一会儿眼泪，但是她此刻并不悲伤，也不难过，她忽然发现自己以前所纠结的很多事情都是庸人自扰。她总是以一种别扭的姿态去对抗，搞得辛苦疲乏，但只要换个姿势，一切似乎都很简单。

在此之后，她每周都会到那家理发店去做干洗，有时也剪一下头发或者烫发；干洗的话，总是找那个 25 号叫小源的少年。他们渐渐熟络起来，她眼看着他的青涩如洋葱皮一样一层层褪去，露出本性的另一面。他的手指在她的头发里，再也不是最初的小心翼翼，而是驾轻就熟的老练，她依然能感觉到放松和舒适，可再也体验不出原来的战栗感了。他会跟她说自己交了个女朋友，每天晚上十点多下班，他们一起骑自行车一个小时回到西山附近的出租房里。

路上好安静啊，他说，有几段还特别黑，我摔倒过一次，把手都磕破了。

她脑海里忍不住想，啊，他有女朋友了，还住在一起，他们肯定做过了，他们肯定每天都做。她总是被自己的这些想法吓一跳，忍不住扭动一下身子，想用身体来掩饰心里不堪的想象。他已经不再注意她的这些细微动作，对他来说，她跟其他洗头的人毫无两样。他还说自己是家里的老小，上面有三个姐姐，说她特别像他大姐。她听了，心里很不舒服，但又知道这毫无理由。她有次曾亲耳听到，他跟另一个来做美容的女人说，她像他的大姐。他可能并没有那么多姐姐，甚至一个都没有，连小源这个名字也是进店之后才起的。

总体来说，她在工作里、家庭里遇见什么不太顺心的事，第一时间都会到这里做个干洗，她沉溺在这种合情合理的陌生亲密接触中。她不喜欢去洗脚城捏脚或做什么水疗之类的，哪怕那里也有好看的男技师。她只是渴望一双温柔的手穿过头发。一年多后，他已经不再是洗头小弟，而是这家店里的一线理发师，他的头发有时候是直的有时候是卷的，有时候是红的有时候是黄的。他熟练地操持着剪刀和吹风机，跟所有的女客户谈笑风生，她用自己上百次的洗头，目送他从一个少年变成一个男人。她能想象，过不了多久，他就会跟马勋或她单位的那些男人一样了。但是无所谓，她已经找到了生活之路，她已经学会了改变形体去穿过奇形怪状的人体森林。这张卡还有三千多块钱，她转让给了一个朋友，然后到另外一家办了新卡，因为那里有新来的少年，也能做干洗，她也只需要做个干洗。

两年的时间，她换了三家店，现在是第四家。

其实，三天前她才来过一次，本来要等下周再过来。但晚饭时她无意间发现的一件事，让她心情低落到了极点，她必须出来放松一下。

把多多送到家附近的课外班，她回去收拾了一下屋子。她拎着在阳台晒好的水去浇花时，发现每个花盆里都湿润润的，有的甚至还滴着水，她记得清清楚楚，自己这几天并没浇水。那只能是马勋浇的，但是，自己专门晾晒的水一点儿没少。这只能说明，马勋是用其他水浇的。他怎么会突然给花浇起水来了呢？

有一个想法突如其来，让她自己也感到害怕：他，会不会是故意弄死我的花的？这个念头一出来，她浑身战栗，如果这时候马勋在家，她可能会吃了他。她坐下，开始翻两个人的聊天记录，除了日常的吃饭买东西接送孩子之类的信息，没什么奇怪之处。她闭着眼睛回想自己每次浇花的情形，似乎花盆总是湿的，还有有些不能多接触阳光的花，总是出现在阳台上。之前，她都以为是自己忘记搬回来了，现在想来，也有可能是马勋故意搬过去的。她还想起，自己去花店里咨询时，店主几次都说那些花按照方法养，是绝不会死的，可是都死了。

她颤抖着拿起手机，要给马勋打电话，但是在接通之前挂断了。她发了条微信给他：没事，不小心摁到了。这会儿，她冷静了些，她想到自己对马勋，也有过许多不能示人的小心思。比如，多多两岁时，有一阵马勋的父母过来住，她悄悄实行了冰山政策。她对公婆没什么意见，双方属于最常见的关系，不亲密但也没什么矛盾，她的意见是对马勋的。他们在这儿住了一个月，她对公婆都是热脸相迎，嘘寒问暖，但对马勋始终冷若冰山。

还有，她和马勋之间的性生活，也是她掌握着主动权。曾经有过一段时间，她的欲望比较强烈，几乎每周至少要两三次。那时候她还没生孩子，年轻，荷尔蒙旺盛，但是马勋和所有男人一样，已经过了那个新鲜刺激的阶段，对身边人有了初步的审美疲劳了，他大都是打卡完成任务。但是自从她怀孕之后，他们就很少再做爱；生完孩子之后，她身体的激素发生变化，对于男女之事越来越淡，相反马勋因为长期的禁欲，又变得需求旺盛起来。她掌控着性生活的节奏，一切都是按照她的时间点来的，以至于很多次，马勋为了一次求欢，会干干净净地洗半个小时澡，甚至喷点香水，奴颜婢膝地钻进她的被子里，探索着抚摩她的乳房和小腹。她感到他的可怜，所以满足了他。她并不担心马勋会出去乱搞，他没有那个胆量，并不是说因为她他不敢去，而是他本身就没有。他是一个危机感很重的人，不相信洗头房里的女孩子身体健康，也不相信他们说的警察绝对不会来查，他深深地害怕偶然性的噩运落在自己头上，特别是在前几年爆出来一些热点事件之后。

她想起来和马勋之间的那些温情，都是极其细碎的，但在她的心里扎下了根，缓慢地被日常生活浇灌着。它们长不成大树，可是架不住犹如青草蔓延，日积月累，就把大部分空间都侵占了。比如，她生多多的时候，二十多个小时还没生下来，马勋不停地劝她说：剖吧，剖吧。可是她坚持要自己生，她觉得这是对自己的考验，等第二天终于把孩子生下来，那个主治医生跟她说：你老公不错，你知道吗，进产房前他跟我说，万一有什么事，一定要先保大人。她听了心里顿时热腾腾的，这有点儿让她意外。还比如，他知道她宝贝那个铁做的变形金刚，某一年的生日，便特地找朋友在一家厂子里仿制了一个，说万一那个丢了，还有个备份。这俩铁疙瘩都摆在客厅的窗台上，背靠着那扇窄小的窗子。

何秀竹已经想通了，婚姻里总会有各种各样的暗战，但是最好不要挑明，一旦挑明，暗战就变成了宣战。所以，她不打算跟马勋说花的事了，但是她会找个合适的时机提醒他，让他知道自己已经发现了他的猫腻，并且，非常大度地原谅了他的任性。不是吗，一旦你把男人的这种抗争当成孩子般的任性，他们在你的眼里也就跟孩子一个等级了。

Hery是个90后，其实比她之前见过的所有洗头小弟都大胆，他常常会低低地俯身，嘴唇几乎就在女客人的耳边，轻轻地说：姐，水温怎么样，舒服吗？他像现在同样年纪的青年人一样，善于这种暧昧的撩骚，但其实并不想也不会跟任何客人发生实质性的越界，他们徜徉在这种道德边缘上的行走中，以此为乐。他的呼吸钻进了耳朵里，又麻又痒，她忍不住耸了下肩。他的手滑到了她的脖颈那里，轻轻地揉捏着，似乎就要钻进内衣了，却蝴蝶般飘然闪开，给她留下徒然的渴望和失落的空荡，尽管她已经准备好了在他深入时低声制止。

这二十分钟的时间里，她已经想好了接下来的应对策略，一味地进攻只会适得其反，杀敌八百自损一千的事，她干不起了。毕竟，她的目的不是压倒马勋，而是让这个家更美好，让自己活得更幸福。

晚上，马勋回到家时会发现一地狼藉，到处都是花的尸体。她要把所有的花都拔掉，再把花盆里的土和肥料全部清理掉。马勋会大吃一惊，问她：怎么回事？她将告诉他，也许他说的是对的，她就不适合养花，她跟花相克，与其养死，还不如直接毁掉。他心里会产生内疚，然后劝说她：哪有什么相克不相克，都是偶然现象。她会问，老公，你说我还能养花吗？我是不是就不该有自己喜欢的东西啊？他肯定会说，当然能养啊，没事，咱们换一批新花来养，这回肯定行。

他们家里还会绿植葱郁、鲜花盛开的，她确信；而且这些花再也不会轻易枯萎了，她也确信。

魏小菊的天空

1

天真蓝。空气真好闻。这是这座城市一年多来空气质量最好的一天，污染指数竟然只有6。一切都太美了，一切都像是假的，如同电脑屏保。对一个常年污染指数一百左右，经常达到七八百的城市来说，6显然让人难以相信。所以在这一天，整个城市几千万人都无心上班，不想做事，只想痴痴地抬头望着湛蓝的天空。

“空气中有不可消除的‘杂质’，即空气自身的涨落、密度涨落等对阳光的散射，形成了蓝天。”好吧，在魏小菊这个不太懂物理学，只上到小学五年级的人看来，百度搜索提供的这个知乎上的据说是爱因斯坦的答案，并不太好理解。反正天就是蓝，就是好，她也就感到高兴。

她正靠着有着巨大落地窗的阳台上的紫蓝色靠垫，脸上敷着一片日本原装进口的面膜，手旁的果盘里，美国进口的车厘子和欧洲空运过来的大樱桃娇艳欲滴。透过玻璃望出去，天最蓝最干净的这天，北京好像是某种特制的景观，像……一个她想不起名字的动画片里的场景。魏小菊的脑子，还停留在爱因斯坦绕口费脑的答案里出不来，琢磨了半天，她似乎有点儿明白了。这个叫爱什么坦的外国老头的意思应该就是，天空之所以那么干净那么蓝，是因为里面有杂质，以此类推呢，人生之所以美好，就是因为有不如意。道理是如此，可她维持了一个小时的好情绪，突然间被自己的这个理解弄得极其低落。魏小菊扯下脸上的面膜，从靠垫上站起身，看了看手机上的时间。她得走了。她知道，这座豪宅真正的女主人，将在十分钟后踩着两万块一双的高跟鞋，挎着十万块买的包，优雅而不失风情地走进家门。而魏小菊，一个过了半个小时贵妇瘾的钟点工，得赶紧隐藏好自己偷着敷面膜、吃进口水果的证据，走人，坐飞速下降的电梯，从高楼回到拥挤的地面上。

好在这蓝天不是任何人家的，魏小菊尽可享用。天的确蓝。走在马路上看，比隔着玻璃看还要清澈、透明，她太喜欢这种晴朗了。魏小菊忍不住和路上的人一样，举起手机来拍照。只拍了两张，手机就出问题了，怎么都无法继续拍。魏小菊折腾了好久，关机重启，还是没弄利索。她快步地走起来，似乎要用这种方式发泄心里渐渐累积的不舒服。走了几百米，身上有些发热。她穿了一件在淘宝上买的衣服，有点儿紧，或者说是她最近胖得厉害，再一出汗，质地粗糙的衣料就像塑料薄膜一样贴在身上。她已经感到痒了，她的皮肤特别敏感，她知道现在一大片一大片的热痱子正从皮肤底下冒出来，像春天水塘边的蔓草，怎么都拦不住。收到货时，她想把衣服退换一件，但卖家说，换的话需要自己承担快递费，来回二十多，她就想不值得，留下吧，等自己瘦下来再穿。怎么可能瘦下来，平时穿的那件昨晚洗了，但是她高估了地下室晾晒衣服的速度，早晨起来还是潮的，只好把这件衣服匆匆套在身上。

她不由自主地想起刚才贵妇家里的衣柜，那里有数也数不清的漂亮衣服。魏小菊从没想过，自己真的会流下口水来，像一个饥肠辘辘的人看见一大桌好吃的那样流口水。挣扎了很久，她还是没有偷着去试穿。她害怕的不是被人发现，当时离女主人回来早着呢，家里一个人也没有，而且她第一次来就细细检查过了，没有装摄像头。她是不敢试，怕试了自己就不想脱下来，然后不由自主地带走。敷一片面膜，吃两个水果都不是大问题，可拿走一件衣服，那就是盗窃了。魏小菊知道自己还没堕落到那个地步……可是那条红裙子真漂亮，如果在这样的蓝天下，穿那条红裙子走在大街上，该是多么美好的感觉。

魏小菊正幻想着，突然啪地摔了一跤，跌在了路边的灌木丛里。她挣扎着爬起来，发现绊倒她的是一个流浪汉，不对，是一个残疾人，双腿自膝盖以下没有了。他在她租住的小区外面很长时间了，几乎每天都匍匐在地上，仰着乱蓬蓬的头。和所有的乞讨者一样，他旁边放了一个装了些零钱的铁盒子。他是个骗子，魏小菊不止一次看见他全手全脚地坐在旁边的拉面馆里吃牛肉面，哧溜哧溜，满头大汗，有时候，他竟然还加一份牛肉。

魏小菊很生气，冲过去说，你怎么回事，好狗不挡道。流浪汉抬起头，冲她笑了一下，说，不挡好狗道。魏小菊没想到被他顶嘴，气更盛，忍不住用脚踢了他一下。流浪汉突然大声呻吟起来，接着大喊，打人啦，欺负残疾人啦！魏小菊被他的喊叫吓了一跳，旁边的路人听了，也纷纷驻足围观。魏小菊看见有人掏出了手机准备拍，心里打鼓，赶紧撂下一句：骗子不得好死，早晚腿真断了。她慌慌张张地挤出人群。

其实没用挤，她跑过去，人群就自动分开了。魏小菊还有点儿诧异，一低头看见自己满身厨余垃圾，手里竟然还拎着从豪宅拎出来的垃圾袋。垃圾袋在摔倒时破裂了，剩菜剩饭果皮冰激凌汁液，全都洒在了身上。魏小菊一瞬间心里特别悲哀，她不知道为什么，自己从豪宅出来，竟然一直忘了扔手里的垃圾。她现在的心情，比满是垃圾的衣服还要不堪。再蓝的天也解救不了她了，她只能忍着不哭，继续拎着破裂的垃圾袋跑向小区，跑进地下室昏暗的小房间。

魏小菊半哭半梦地睡了一整个下午，直到突然间涌起的腹痛把她惊醒。腹部像有一个钻头，在拼命地钻，最开始，她还恍恍惚惚地以为这痛是梦里的，无意识地安慰自己：一会儿就好了，一会儿就过去了，一切都会过去的。但她很快发现，痛击穿了梦，她醒了过来，紧紧地蜷缩在床上。她也弄明白了，是每个月一次的大姨妈来了。她开始心里后悔自己嘴馋，不该把今天贵妇家里冰箱中的一大盒哈根达斯吃了。本来贵妇交代她扔掉，她看了看，还有两天才过期，又看到价签上写着三百多元一盒，忍不住尝了一口，又尝了一口。她这几天正值生理期，不该吃凉的，就不舍地放到了垃圾桶里。后来刷手机，在微信上看到一个帖子，说为什么只有中国人坐月子？只有中国人来月经不能喝凉水，不能洗头？外国人咋没这么多瞎讲究？帖子最后的结论是，这些都不靠谱，不过是一些没有科学依据的老习惯而已，中国人外国人都一样，该吃吃，该喝喝。魏小菊就又把那盒冰激凌从垃圾桶里拎出来，吃掉了。

她忍着腹痛，下床去倒了一杯水，水温吞吞的，可能已经在水壶里两天了。就着温水，她吃了一片索米痛。每次不管什么地方痛，她都会吃一片索米痛，大多数时候，它都能帮她抵挡过去。她知道自己不可能睡着，就把被子枕头都垫到身后，手机连上充电宝，开始刷手机。她打开相册，翻看自己的照片，一张接一张看，忽然想到，下午之所以拍不上照片，可能是因为手机内存不够了。她删了几个小视频，再自拍，果然可以了。

把自拍照发到朋友圈的时候，她心里想该配什么文字。魏小菊手机里有一个素记 App，上面收录着她从各种各样的地方看到的励志、文艺、抒情的句子，什么“出走半生归来仍然是少年”啦，什么“我是你路过全世界的美好”啦，什么“别低头泪会掉而仇人偷偷笑”啦，每次发朋友圈，如果自己想不出什么有意思的话，就挑一段放上。她早就隐隐地知道，朋友圈不是给自己看的，是给别人看的。但这个别人是谁呢？

她又讲不清楚。是远在南方老家的父母？好像不是，他们都不会用智能手机。是两年前离婚的前夫？好像也不是，她对郑智早就没了感情，而郑智对她也一样，他们分开后反而能彼此平和对待了。是自己那些咋咋呼呼的姐妹？来北京之前，她在老家的小镇里当了一年的饭店服务员，当然会认识一些其他的服务员。她们白天一起端盘子擦桌子扫地招呼客人，晚上住集体宿舍，分享各自无伤大雅的隐私，讨论哪桌客人难伺候而哪桌客人出手大方。现在，她们仍然在火锅店里帮客人递着羊肉蔬菜，只有魏小菊阴差阳错地来到北京。有可能是她们，她得向这些姐妹表明，自己现在过的是完全不一样的生活，或者她本来就和她们不一样。这想法她自己其实也觉得可笑，因为她们发的朋友圈跟她差不多，都是美颜过的照片，都是心灵鸡汤文艺段子。她想不清，好在索米痛永远不会背叛她，她渐渐感到腹部的疼痛缓解了。

这时，她才想起另一个问题：家里没有卫生巾了。而这么晚，小区旁边的超市早就关门了。她准备好了一大卷卫生纸，三条内裤，想着将就一晚上再说，突然看见微信跳出一条消息：姐，在家吗？

是妹妹小竹。

她回复说：在，有事？

小竹发来一段语音：我现在去你那儿，你跟姐夫离婚，但你名下的地还在他们家。爸帮你弄了好久，得把那些地拿回来，需要签字，已经托人把材料捎到北京了。

魏小菊说：不能明天吗？这么晚你跑过来多不安全。

小竹说：人家明天一早就回去，必须今天签了，明天一早送到火车站。

魏小菊说：那行吧，小竹你来的时候，看哪个超市开着，给我带一包卫生巾，我来事了。

小竹回了一个好，就没消息了。

2

郑智和魏小菊是一个村的，两家只隔了几百米，从小就在一起玩。魏小菊四岁后还经常尿裤子，尿了就哭着喊石头哥哥。郑智小名叫石头。石头背着她，把她送回家换裤子，然后再去芦苇荡里捉鸟。村里的孩子，大人没时间管，都是这么玩的。上学后，郑智比魏小菊高一个年级，可在四年级时因为打架，留了一级，两人就一个年级了，还在一个班。读到小学毕业，郑智不读书了，跟着父亲去山上砍毛竹。那些年毛竹价钱好，郑智父亲又懂经营，做了几年就当了中转商，雇人来砍，郑智成了小管家。他们家里很快盖起了两层楼。对竹溪村的人来说，一辈子的愿望就是盖起这样一座小楼，二层住人，一层通常很空，像仓库，堆放着各种杂物。每年夏天，翔河都会发洪水，不知道祖先怎样想的，村子建在了离河滩不远的地方，洪水总是漫过矮矮的堤坝，涌到村庄里。每一家的堂屋都流淌着腿肚子深的水，脸盆、抹布和杂乱的树叶、塑料袋一起，漂浮在水面上。所以一到雨季，人们就会把那些怕水的粮食衣物什么的，堆放在高高的木架子上。有了楼房就不一样了，不再担心雨水。郑智会趴在二楼的阳台，无聊地看着浑黄的河水从楼下流过。

那一年，魏小菊考初中没有考上，第二年又考，还是没考上，分数差了一半，再复读多少年也是没希望，也就不读书了，回家和母亲养鸭子。魏小菊每天很早起床，把鸭子赶到水塘里后，就开始清理鸭粪。鸭粪很臭，乡下又没有口罩，她就把自己的围巾绑在口鼻处，其实也抵挡不了什么。魏小菊最怕下雨的时候，因为水塘里的水会溢出来，鸭子只能关在铁丝围成的栅栏中，不停地嘎嘎叫，和雨声一起，让人烦躁。这时候活儿变得更多，她得跟着母亲一起，背着竹篓去田野里割草给鸭子吃，还要清理被雨水稀释的发绿的鸭粪。做着做着，她有时候会哭起来，或者不过是雨水流过脸颊，她以为自己哭了。父亲那些年在跑长途，先是给郑智家里运竹料，后来临县开起了矿山，他又去拉矿石，常常一两个月才回一次家。她盼着父亲回来，他每次都会带一些小东西给自己和妹妹，可又怕他回来，待两三天就又离开了。她特别不适应这种分别，母亲和妹妹早已经习惯了，只有她，每次都会哭得要断气。一开始，父亲还觉得女儿依恋自己，心里有些感动，次数多了，她声嘶力竭的哭泣就像是某种不祥的预兆，仿佛他一去就再也回不来的样子。于是他会毫不留恋地发动汽车，开出村子，留下魏小菊追着汽车尾气，跑到双腿发软。长大之后她才有点儿明白，当年的自己，其实是想跟着父亲一起离开。

两个人辍学后不在一起玩了，只是偶尔在水塘边或村路上碰到，打个招呼，就擦肩而过了。有时候，魏小菊会回过头看看郑智的背影，发现石头哥哥长高了，也变黑了，很快就成了一个大小伙子，很瘦，像竹林里的竹竿。再低头看看自己呢，大脚趾从磨破的鞋尖露出来，指甲黑黑的，但只能看见鞋尖了，因为渐渐鼓胀起来的胸脯已经挡住了鞋子的后半部分。

雨季又来了，魏小菊不愿意睡湿答答的床，就把一顶席子铺在放粮食的架子上，躺在两米高的空中。这样也睡不着的，只是刚好可以看到后窗口。后窗口对着的，正是两百米外郑智家的小楼，建在比魏小菊家地势高的地方。有时候，她也能看见郑智趴在二楼的阳台上。他肯定看不见我，更不知道我在看他。她想。他是她长到十七岁以来接触最多的异性，甚至比父亲还要多，他几乎见过她的一切。是呀，在更小的时候，她拉完臭臭，都是他用芭蕉叶给她擦屁股的。但现在不同了，他们都长大了，甚至已经无法再自然地提起童年的事，也不怎么见面，可他始终是她最熟悉和亲近的人。

他们是怎样走到一起的呢？好像还是因为一场大水。在这场大水之前，村子里就有很多东西改变了。比如，之前所有的嫁娶都是跟外村人，竹溪村的儿子娶了竹叶村的女儿，竹溪村的女儿嫁到了竹林村，从未有过村内联姻的。但是到了2000年左右，那些退学的男娃女娃，经常一起跑出去打工，再回来时就成双成对地谈起了恋爱，分分合合，总会剩下几对结婚生子，过起日子。人们起初还觉得是在外面跑野了，不合规矩，后来慢慢也就习惯了，再后来那些没有出去打工的青年男女，也借着各种机会开始了眉目传情。只要是出了五服、没有血缘关系的，都能谈恋爱了。魏小菊的堂姐，甚至跟她的一个表哥好了，表哥和表姐之间没有血缘，但是有亲缘。这在以前是不可想象的。

再有就是，这场大水之前的另一场大水，还是前年的时候。郑智家拉竹子的车队，因为他父亲逼着司机们赶路，冲上了一座危桥，车辆又超载，两辆车掉进了河里。郑智的父亲和另一个司机淹死，两辆汽车报废。郑智把生意整个卖掉，才够赔汽车钱和司机家人的赔偿金。生意自然没得做了，父亲又丢了命，母亲每天哭哭啼啼，而且因为哮喘，总是有一口气不够喘。郑智还算有些小头脑，开始自己学篾匠，用竹子编扎各种家庭用具，竹篓、竹凉席、竹椅子，甚至是有点儿工艺性质的作品，拿到镇子上去卖，销路可以，生活又渐渐稳定下来。好在，父亲盖的二层楼终究坚挺着，这个家仍然在他的荫庇之下。他二十岁了，有人给介绍对象，他相了几个，都不满意。这时候，姑娘们嫁人，首要的条件都是到镇子上去买楼房。家里有楼房嘛。郑智说。对方说，怎么能一样呢？镇子上的楼房，有抽水马桶，想什么时候洗澡就什么时候洗澡，干干净净。郑智远没有那么多钱，最后自然都是谈崩了。见了几次心里就有数，也就淡了。他也想过和别的小伙子一样，出去打工，可一个随时会死掉的母亲赘着他，哪里也去不了。好在，他编制的东西销路还可以，虽不能发财，也渐渐有了点儿小积蓄。他的手已经被竹条割得到处是伤，伤口愈合留下淡淡的疤痕，疤痕叠着疤痕，那双手慢慢就像是被伤痕编织出来的，跟他用竹条编的东西很像。一个人干活久了，他的话越发少，碰到人，甚至连点头的动作都看不见，你只能感到他眼睛里闪过点儿什么，算是打招呼。他的脸很瘦，像是用篾刀砍削过，极少有明显的表情。

魏小菊母亲说，幸好你爸爸离开老郑家的车队了，要不然死在河里的就是他。魏小菊说，妈，怎么好说这样的话。这时候，旁边做作业的妹妹小竹不耐烦地说，你们能不能小声点儿呀，我这道题算了三遍了，总是错。小竹去年高考落榜，今年发奋要考上大学，她读书比魏小菊有天赋，而且一心想要离开竹溪村。她烦透了一年四五个月的阴雨天，衣服永远湿答答，地上永远泥泞，对女孩子来说尤其难受。自从到了青春期，来了例假，小卖店里买的廉价卫生巾总是让她下身发炎，发痒。有时候坐在教室里，她痒得厉害，可又不能抓挠，只好狠狠地掐自己的大腿。如果在一个干爽的地方就好了，她总是想，她一定要考上大学，而且是一个北方的大学，哪怕是哈尔滨呢，她宁可去风里雪里挨冻，也不要再承受这梅雨天气了。通常，魏小竹一说话，全家人都会闭嘴。不知不觉，她已经是家里最受尊重的那一个，这种威望当然是满墙的奖状树立起来的，班级第一、年级第一、数学比赛金奖、物理比赛银奖，红彤彤一片。魏小菊有时候会看着妹妹的奖状发呆，她会想，如果自己是后出生的那一个，学习好的那一个，会怎么样，至少不用每天捂着鼻子铲鸭粪吧。养鸭子一直持续着，可是家里的经济状况并没有起色，前些年父亲在车队，收入还不错。她们没有盖起楼，却是村里第一拨买彩电的人家，而且常常能吃到父亲带回来的红烧猪手和凤梨罐头。后来，父亲看东西开始模糊，到医院检查说是眼角膜有点儿问题，已经不再适合开长途了，只好把车卖掉。那辆跟了他好多年的卡车，已经四处破旧，卖不了几个钱。回到家里，他似乎什么都不能做了，这一辈子除了早年种过几年水田，砍过几年毛竹，后来就只有开车，他也确实没做过什么。如今眼睛又不好，吃饭时筷子伸出去半天也夹不起一根青菜。

父亲终于把那根青菜夹起来，全家人都会松一口气。他的脾气变得暴躁易怒，常常因为不知所谓的小事生一整天气。最近呢，他生气魏小菊不去耍朋友谈恋爱。看看呀，和你一样大的小姑娘，都生了两个娃娃了。你要老死在家里吗？魏小菊心里很清楚，父亲催着自己找对象结婚，其实是想尽快拿到彩礼钱。他打麻将的时候听人说，只要有足够的钱，就能去换一个眼角膜，重新看清楚这个世界。对他来说，这笔钱唯一可能的出处就是魏小菊的彩礼钱了。魏小菊不怪他，而是可怜他。所以她就想，如果有一个合适的人的话，我会嫁的，要一点儿彩礼，给他换眼角膜，这样他就不会折磨妈妈跟妹妹了。

然后那场大雨，和大雨带着的那场大水就来了。天上乌黑的时候，人们还不慌不忙地把地上的东西搬到高处，随口聊着村子里的新闻，不过是一场雨嘛，没什么大不了，年年下。可是等第一滴雨掉下来，人们就有点儿惊讶，哎呀，怎么会这么大一滴，好像是半瓢水。然后是第二滴第三滴，接着就数不清了，真是整个天空的水都在往下倾泻。平常下一天雨才会溢出来的水塘,不到两个小时就漫了。接着屋子里开始进水，水势噌噌往上涨，坏了，这不是普通的洪水，这是百年不遇的大洪水。魏小竹在镇子里准备高考，家里的三个人先是爬上了架子，接着爬上了房顶，骑在屋脊上，脚都能被水花打到。魏小菊和母亲一直在哭，父亲本就看不清，加上阴雨，他只知道咒骂。咒骂老天爷，咒骂自己的眼睛，咒骂母亲和魏小菊。他们觉得自己要死了，因为水还在涨。不知过了多久，屋脊已经渐渐被水淹过，魏小菊看见后面郑智家二层楼的窗户里，漂出来一只竹筏。一个竹竿样的男人站在竹筏上，两手撑着另一根竹竿，在洪水中摇摇摆摆划过来。竹溪村的洪水只是大，而不是凶猛，因为他们离山要远些。从山上下来的山洪走到这里，凶猛的态势基本平息了，只剩下不太急躁的顺流而下。所以，竹筏还算顺利地划了过来。魏小菊看清了，撑篙的人是郑智。

石头哥哥。她大喊，接着又哭起来。

郑智把竹筏靠在屋脊上，让他们一个个爬上来。竹筏上绑着一些麻绳，可以握住。郑智站在竹筏的一端，用竹篙使劲地把他们撑起来，一片瓦钝钝地碎裂，翻起小小的水花，随着洪水漂走了。眼神不好的父亲竟然看见了，嘴里嘟囔：瓦坏了，房子会漏雨的。你闭嘴，魏小菊说。她想自己可能不用死了，但还说不好，因为竹筏载着四个人显得岌岌可危，郑智仅凭一根竹篙，能不能划回他家那里，还是个未知数。她不希望父亲让郑智分神。天已经微暗，并且看起来很快就会黑起来，回去时是逆流而行，而且要撑四个人。郑智紧绷着脸，尽最大努力平衡着竹筏往前划。过了一个多小时，他们终于靠在了郑家的二层楼上，这时候二楼的窗子也被淹没了，郑智游进去，把竹筏拴在窗框上。不一会儿，他出现在房顶，递下一段绳子来，把三个人拉了上去。

魏小菊坐在房顶坚硬的水泥上时，心才放下来。她往远处看去，大水来处已经没有茫茫一片了，而且明显感觉到雨在渐渐变小，这场灾难终于要过去了。郑智累得躺在房顶上，魏小菊四处看了看，不禁吃惊。房顶不仅摆着一些竹条编的家具，而且有一口水缸，缸里是尚未发霉的大米，还有塑料布盖着的煤块、简易炉子、菜板、腊肉，以及一个塑料桶，桶里足足有一百斤重的水。魏小菊忽然兴奋起来，看来郑智早有准备。郑智的妈妈躲在一顶只容得下一个人的简易帐篷下，手里拎着一个塑料袋，里面是她全部的药片，一片也不敢丢、不敢坏。她呆坐着，看着洪水，像那些得了老年痴呆的老人。不知道从什么时候开始，她除了吃喝拉撒，便只会呆坐，没有人知道她在想什么，也没人关心这个。谁都清楚，她已经不会活太久了。

死亡的威胁一旦消失，母亲的全身关节开始疼痛，父亲眼睛里只有洪水流淌的黑色声音，他难得安静下来。魏小菊借着仅有的一点儿天光，开始淘米做饭。当油锅烧热，腊肉钻进锅里的滋啦一声响起，她明显感到自己脸上有泪水滑过，确定是泪水不是雨水。它流进嘴里，她贪婪地舔了舔，咸的，但有一种幸福的味道。

魏小菊做的饭太难吃了，米饭夹生，还成了稀粥，幸好腊肉只要炒熟就好味。四个人在渐渐凉下来的夜色里，大口大口吃着饭菜，就连父亲都能准确地把每一粒米扒拉进自己的嘴里。饭后，魏小菊爬到屋顶的边缘，用雨水涮洗了锅碗。

郑智铺好一块塑料布，塑料布上是没有被淋湿的竹席，四个人躺在上面睡觉。郑智靠西边，然后是父亲，然后是母亲，再然后是魏小菊。

三个人都打起了呼噜，只有魏小菊没怎么睡着，她听着缓缓流动的水声，觉得自己是在一条大船上。这一刻，她与石头哥哥小时候的所有往事，都重新涌上来了，好像是存留在什么地方，被洪水给冲了出来，而且浣洗得像新的一样。就是在这一刻，她想自己应该嫁给他，不仅仅因为他救了他们全家的命，更因为他划船时安静的脸。

3

魏小菊的婚离得很坚决。从严格意义上讲，她跟郑智之间没有什么本质上的问题，郑智没出轨，她也没婚外恋。家里的日子呢，总归要比前些年好很多，吃喝不愁，五毛钱一把的小麻将也可以打打，并且一个儿子一个女儿都还健康，只是学习成绩一般，这一点倒与他们俩的基因匹配。如果她一辈子就只是在村里养鸭子，或者帮郑智打下手，整理竹条，她是不会离婚的。

两年前的某个时候，她跑到镇子上去参加一个表弟的婚礼。婚礼结束，路过一家超市，看到门口贴着招聘收银员，月薪 2000 元，还有奖金，她心里就一动。但也只是一动，对竹溪村的人来说，打工是很正常的，但到镇子里打工还是没出息。要去就去大城市嘛，北京上海，最不济长沙武汉。妹妹小竹也回来参加婚礼，还带她一起去做了个头发。妹妹给她带了一件礼物，是她刚刚换掉的智能手机。魏小菊之前用的都是老手机，不能上网，这个手机可以上网，只要有流量，还能看各种视频。

回到村里后，梅雨季又开始了，翔河前些年已经重修了堤坝，再也不会有洪水漫溢到竹溪村了。不过每年一到五月底，郑智还是会习惯性地在房顶储存好东西，以防洪水来袭。魏小菊笑话他，说现在不可能有当年那样的洪水了，你难道还想着大水再漂来一个二奶？郑智不说话，他似乎永远都不太说话，只是把手里的砍刀挥动起来，把那些已经浸泡好的竹子劈开。有些时候，魏小菊会觉得，他用沉默劈开的是自己。年轻一些的时候，魏小菊喜欢他这种沉默寡言，觉得这才是一个男人的样子。可是随着年龄增长和生活的变化，她的想法变了，特别是看了手机微信上各种有关婚姻和恋爱的文章之后。她开始反思，当年嫁给郑智到底是因为爱情还是因为恩情。可能后者多一些，如果不是那次洪水，他们就不会成为一家人。刚结婚的几年里，他们感情很不错，她管着郑智，他想出去跟朋友喝小酒，都需要跟她请示。魏小菊挺享受这种一家之主的感觉。父亲的眼角膜也换了，他重新能看清世界之后，整个人变得温和起来，除了喜欢喝浓浓的茶，把烟酒都戒了。因为大夫说，喝茶对眼睛有好处。大夫还说，他的眼睛要多休息，所以父亲几乎大部分时间都是闭着眼睛的。母亲永远是关节痛，痛了这么多年之后，她已经习惯了这种折磨，而他们也习惯了屋子里到处都是她的呻吟声。这外人所不能体会的痛楚，像是她对这个世界的永恒宣言。在乡下的生活，经常是这样的，永远是这样，习惯了就好了。等儿子上了小学，女儿上了学前班，魏小菊从照顾孩子的辛苦里解放出来，她成了麻将桌上的常客，一打就是一天。除了接送孩子和吃饭睡觉，几乎都在打麻将。时间一久，她也感到了厌烦，但没有其他事情可以做，最后还是又坐到麻将桌上：快来，再玩两把。只有哗啦哗啦搓麻将的声音，能让她感受到一点儿充实感。

从镇子上回去，超市的招聘广告一直在她脑海里盘旋，工资不算多，也还可以。关键是，魏小菊向往的东西不单单是钱了，她早过了那个试图大富大贵的阶段。她是喜欢镇子上的生活，下了班跟朋友一起去烫个头发，吃几串麻辣烫或烤串，做什么都要比在村子里打麻将有意思啊。镇子上越来越多的商店，越来越大的超市，哪怕什么都不买，只是去逛一逛，也让人心里愉快。她可搞不明白那些城里人，何以开始痴迷乡下的菜园子，哪一棵绿油油的菜底下不是鸭粪鸡粪？鸭子粪是世界上最臭的东西。

魏小菊跟郑智谈了谈，说了自己的想法。郑智闷了半天说，你走了，孩子怎么办？魏小菊说，姥姥姥爷在家里，有人做饭，本来也不用我什么，我出去赚点儿钱，我们好早些在镇子上买楼，将来孩子就能到镇子上学。郑智又闷了半天，想说什么没说出来。第二天，魏小菊就坐班车到了镇上，去那家超市应聘。人家却说，人已经招到了。魏小菊不会就这么回去，她拿着打麻将赢的和自己攒的几千块钱，夜里住在一个小旅馆，白天出去找工作。五天后，她就到一家小饭馆上班了，洗盘子。魏小菊干过更脏更累的活，她不怕辛苦，一边洗盘子，一边寻摸着其他机会。很快，她发现小饭馆旁边的一家更大的饭店客人很多，每天都排长队，就知道他家的生意好，人手可能不够。她找机会去问，果然招人，她就跳到那里去。大饭店服务员多，租了几间房子当宿舍，魏小菊搬了进去，住的地方也解决了。

集体宿舍的好处是可以分享，不管有什么事情，哪怕只是一句话，她们都会聊半宿。一开始，魏小菊不说话，只是听，渐渐就听出了很多情况。宿舍里的老大，并不是领班晓华，而是唯一的90后璐璐，因为璐璐是她们的信息提供者。这些已经快四十岁的女人，试图跟上更年轻的人的潮流，至少是心态跟上。璐璐会教她们怎么画眉毛、涂嘴唇，会帮她们团购最便宜的韩国面膜，会告诉她们各种商品的打折信息，会指导她们搭配衣服。饭店总是晚上客人最多，白天事情少，她们就轮班出去逛街。魏小菊发现，自己不懂不知道的事情太多了，吸引自己的东西也太多了。她很快就对妹妹淘汰下来的手机不满了，内存小，速度慢，像素低，完全不够用。她跟家里谎称，火锅店里的实习期是三个月，其实是一个月，所以她只给家里寄回了实习工资，另两个月的工资刚好拿来买了一款超大屏幕的智能手机，花了两千多。刚拿到手机时，同样得求助璐璐，各种设置只有她才懂。等第一张自拍照出来时，魏小菊觉得自己的钱花得很值，兴奋地去给姐妹们看。璐璐笑着说，就这你还美呀，你不知道有美颜软件吗？美颜软件？魏小菊还真不知道。璐璐就给她下了一个美颜 App，照片处理了一下，魏小菊大吃一惊，她完全换了一个人。

不久之后，魏小菊回了一趟家，再看到父母和郑智，甚至是儿子女儿时，她有点儿暗暗心惊，她跟他们之间本就淡薄的亲近感彻底消失了。她有点儿不太相信也不太适应，只好假装热情，把给他们买的礼物掏出来。她发现，除了儿子女儿，父母和郑智也在假装。因为她买的衣服，他们其实不喜欢，觉得那根本不是干活和居家穿的衣服，花里胡哨，厚不厚薄不薄。吃晚饭的时候，她又感到家里的菜油太大，太咸，很不健康，但她知道这种饭菜吃了几十年，他们一辈子也不会少放一些油盐的。

夜里，郑智想跟她亲热，他们已经许久没见了，这几乎是必然的步骤。魏小菊挡住了他摸向自己身体的手，说：你洗了吗？什么，郑智被问得愣住。那儿，你洗了吗？洗什么，郑智说，以前都不洗的。不行，这次必须洗。毕竟是他的欲望更强烈，毕竟是他受制于她，于是蹑手蹑脚地下床去倒水，洗。然后爬回床上，搂抱，亲吻，抚摩。她有些战栗，不是因为动情，而是她突然感觉到了郑智那双手的粗糙。那像是一双榆树皮做成的手，竹条编成的手，到处都是疤痕，划着她。她被这双手摸过无数次，从来没有过这种感觉。魏小菊控制着自己的战栗，觉得不该这么想，应该和以前一样，尽好一个妻子的义务。终于到了他要进入她的时候，魏小菊又拦住了他，说等一下。她光着身子下床，到自己的包里摸来摸去，摸出一盒安全套，打开，撕开一个，说：戴上。郑智有点儿被激怒了：这什么玩意？安全套啊，魏小菊说，为了健康，也为了防止怀孕。你不是戴着避孕环吗？我自己去医院摘了，人家说那东西对女人不好，不能老戴着。郑智无奈而笨拙地戴安全套，他没用过这种东西，感觉滑滑腻腻的，像一段猪大肠。戴了半天终于戴上，魏小菊却一把扯下：都坏了，换一个，我可不想再生老三。她又掏出一个，亲自给他戴上。他们终于做成了，郑智似乎得到了释放，但又似乎没有，他不习惯橡胶套子的感觉。他觉得自己不是在跟老婆做事，而是在跟一个橡胶套子。但身体里的那股火毕竟消去了，他们也感觉到了疲累，开始缓缓睡去。

魏小菊突然被郑智推醒。

你是不是有什么事瞒着我？郑智说。他从来没这么多话过，尤其是在两个人亲热完之后。

快睡吧，瞎想什么。魏小菊眼皮都没睁开，嘴里嘟囔道。

郑智使劲推了推她，她不得不醒过来：你干吗？

那个……安全套，我们从来没有用过，你怎么会那么熟练？你是不是在别处用过？

魏小菊愣了一下，她没想到他会这么仔细。

放屁，我跟谁用。你的手太大了，我的手小，戴起来快一些。

骗鬼你，我的手大，可我的手比你的灵巧多了，我编了十几年东西，一根线我都能摸出来。他被自己的想象激怒了，紧紧地攥着她的胳膊，常年劳作的手力大无比，她觉得自己的胳膊快断了。

我发誓，魏小菊说，如果骗你，我不得好死，而且我们都是住集体宿舍的，每天所有人都在一块儿，不信你可以去问。郑智的手松了些：等我去问。他松开了手，又说，你骗我，我饶不了你。他的语气，跟他对待那些竹子一样冷而狠。

魏小菊翻过身，不再理他。她确实没有跟哪个男人用过这种东西，但她不能告诉他，甚至不能告诉其他人，她偷偷在手机视频里看一个外国女人教人们用安全套。宿舍里的人，绝大多数都结了婚或有男朋友了，熟络起来后，话题自然渐渐开放，某一天就说到了夫妻之事。魏小菊才知道，原来两口子之间的那点儿隐私，还有这么多的神秘，还有那么多超出她的想象。有一天晚上，璐璐跟大家说，今天有好节目。等到十二点，各自洗漱完毕回到床上，璐璐打开手机，是一个专门讲述女性健康的小视频。视频里的外国女人说，百分之五十的妇科病都是亲热时的不卫生造成的。魏小菊相信她的话，她去医院摘掉避孕环的时候，妇科大夫说她至少有三种妇科病，她感到又羞愧又愤恨。从医院回来，她就在网上搜索相关的知识，才知道，亲热之前和之后，都需要清洗，最好戴安全套，等等。这是她连璐璐也不敢分享的东西，尽管她知道璐璐比自己开放多了，男朋友一个月换一个。有一次，她半路跑回宿舍，甚至撞见她跟自己的男友正在亲热。魏小菊只是暗暗地想，对于她的身体，她得照顾和保护。三十几年来，她从未想过这脸、这胳膊、这丰满到健壮和胖的大腿、这已经渐渐松弛的胸部、这双腿间的私密地带是属于她魏小菊的，或者，是她魏小菊有着这样的身体。

那个外国女人还告诉她，男人和女人的亲热，女人应该最大限度地实现自己的快乐（高潮？她好像用的是这个词），而不仅仅是让男人发泄。她在夫妻生活中有过这种快乐吗？根本说不清，每一次亲热都有点儿似是而非，都好像就快要到了，但始终没到。外国女人甚至还有更惊人的言论，她鼓励女人去“自给自足”。天哪，这些东西她怎么会想象，怎么可能想象。即便到现在，她也无法全部接受外国女人说的话。不知道为什么，她还隐隐地有些不安，不敢像她说的那样去追逐那种快乐。那好像……好像特别浪，她找不到更准确的词语了。她在青少年时，跟伙伴们说悄悄话，谈到村子里的某个妇女，就会说：你看你看，她穿的裙子都能看到红内裤了，她太浪了。这个词在她心里留下的痕迹太深了，就算她自己劝说自己，像外国女人说的一样，这一切都是她天生的权利，她还是不能坦然接受这一点。

这没什么可烦恼的，让魏小菊烦恼的是她隐隐地感到自己无法回到过去的生活了，可是郑智、父母、儿女，都还在过去的生活里。她想不好该怎么办。

离婚？她被自己的答案吓了一跳，但随即有了解脱感。

4

当当当，应该是小竹在敲门。魏小菊摁亮手机看了看，已经晚上十点了。她知道妹妹晚上很少出来，家里孩子还小，她也胆子小。只要太阳一落山，就会觉得到处都是坏人。小时候也这样，不过小时候在村庄里，她倒是不怕坏人，怕的是鬼。晚上起夜，总要把魏小菊喊起来：姐，陪我去嘘嘘。魏小菊只能爬起来，睡眼蒙眬地陪她去院子里的简易厕所。有一次，她太困了，在厕所旁摇晃，头碰到了绑竹栅栏的铁丝，划了一道口子，竟然没感觉到。第二天一早，她被小竹的尖叫惊醒：妈，妈，我姐被人杀了。她冲到镜子前一看，满脸血污已经凝固，流到脖颈那里的血淤在皮肤的褶皱里，好像被人抹了一刀。

开门后，小竹气喘吁吁地闪身进来，说：姐，快关门，快。

魏小菊赶紧关上门，说：怎么了？

我觉得有人跟着我，吓死我了。小竹惊魂未定。魏小菊对妹妹的大惊小怪早已经习惯，她知道所谓的坏人，最大的可能就是一个路人。

没事了，到家就好了，给我带卫生巾了没？

买了。小竹掏出来递给她，她就坐在床边换，厕所在外面，她不想跑出去了。

等她换好衣服，小竹已经掏出了那份文件，她想也没想就签上了字。离婚时，本来她什么都不想要，净身出户，毕竟孩子都留给郑智了，把那几分地给他，他也能多一份养家的收入。但那个常年闭目养神的父亲睁开了突然精光四射的眼睛：不行，地必须得拿回来。你别看你现在有工作，在外面打工，可等你老了呢？你总得有个养老的地方。说不定将来我嫁一个城里人，再也不回来。魏小菊对父亲想象的结局愤愤不平。

小竹想让姐姐送她回去，但魏小菊说，她今天来事，肚子疼得要命，不想动。她劝妹妹跟自己一起将就一晚上，第二天早点儿起来赶去车站，让人把这份文件捎回去。魏小竹试探了半天，还是没勇气自己往回走，就留下了。这是自从魏小竹上了大学之后，她们姐妹俩第一次挨得这么近。两个人像一对尴尬而害羞的新婚夫妇，直挺挺地躺着，谁也不敢动一下，为了让对方以为自己快睡着了，竟然不约而同地打起了微微的鼾。最终是小竹忍不住，轻轻唤了一声：姐。魏小菊心里一动，嗯了一声。她的手被小竹的手握住，有一瞬间恍惚了下，觉得又回到了二十年前，她们一起躺在家里小屋的床上。特别是那一次，对，就是小竹第一次来例假的那一次，她紧紧地抱着妹妹，安慰她说：别怕，每个女人都这样，流血不会死人的。她还让妹妹轻轻摸自己已经发育起来的乳房，说：你看，来了这个，你的身体会发生神奇的变化。其实这些东西，那时她也不过刚刚懂。

她想跟妹妹聊点儿什么，比如小时候的事，但不知道怎么开头。这时候，她发现妹妹的手松开了，一种淡淡的失落感袭来。她有点儿伤心，永远、永远都是妹妹从她这里寻求到安慰，一旦妹妹觉得安全了，很快就会离开她。而她，永远、永远不能从妹妹那里获得同样的东西。就像少年时期，到了一定年纪，小竹的身体发育得比她还要快，因为她读书而她辍学，所以小竹有权利要求母亲买更好的胸罩和卫生巾，而她，一个满身臭烘烘的养鸭子的人，经常穿妹妹淘汰下来的内衣，用小卖店里粗糙的卫生纸。就像她大半夜陪小竹去上厕所，回来的时候，小竹竟然看不见姐姐的脸被划破了。那个伤痕很淡，几乎看不见，但看不见不等于没有。

看不见的东西太多了。第二天她醒来时，发现小竹已经走了，可能是前半夜自己没怎么睡，后半夜睡得太死了。桌子上放着一杯豆浆和两个包子。还有，她发现小竹昨天给她买的卫生巾足足有五大包，够她用半年的。她心里又浮出一点儿温暖了，毕竟是姐妹。

所有人都不同意她离婚，她觉得有点儿可笑，因为他们说的话特别像电视剧里演的。在她看来，他们之所以众口一词地不同意，是因为他们不理解。为什么呀？他们说得最多的一句话就是这个。可没法解释，如果能解释得清楚，她也就不用去折腾了。跟郑智提的时候，她一直担心他会发怒，然后用砍刀劈了自己。魏小菊特意把时机选在一个非常安静的午后，两个人上楼顶，往下倒腾郑智为了抵御不会再来的大水而准备的东西。她拎着一坨已经风干的腊肉，而他正把缸里的米舀到一个尼龙袋子里。郑智——她喊。他抬起头，望着她，眼神里看不出任何情绪。他的心就像腊肉，随着时间的熏陶，已经没有了一点儿水分。咱们离了吧。她说完，身体开始微微颤抖。他愣在那里，这一次，她清晰地看见他眼睛里闪过一丝带着笑意的惊讶，他可能以为她开玩笑呢。他手里握着的满满的一瓢米，像沙漏里的沙一样，从边缘滑落到屋顶上，形成了一个小小的米瀑布。他似乎是突然醒过来，慌忙地蹲下，用手收拢那些散落的米粒，捧着放进缸里。她不得不上去帮他的忙，就算是离婚，他们也不能不管这些米。她想告诉他，别收了，不管他们收得多么仔细，总会有一些米粒要永远留在坑坑洼洼的屋顶的，而收回去的那些，也都沾染了泥土，吃的时候得一遍又一遍地淘洗。

真希望哪年再发一次洪水。这是他在屋顶上说的唯一的话。

最难面对的当然是孩子。他们还不太明白离婚是怎么回事，只知道，从此之后妈妈不在这个家里了。魏小菊搂着他们说：妈妈永远是你们的妈妈。其实她也才刚刚明白离婚是怎么回事，跟孩子说的这句话有多虚伪。永远，怎么可能呢？妈妈可不仅仅是那个怀孕生产的人，还是跟孩子一起长大的人。但是她很快就不那么焦虑了，这些年村里、家里各种亲戚离婚的太多了，离了又结，结了又离，儿子女儿的表哥表姐小伙伴们，多的是单亲家庭。所以，他们接受起来也没有那么困难。或许是直到这一刻，她才端详起自己的儿子和女儿，从这两张脸上，她看到了那个小时候的石头哥哥和小菊妹妹。这种相像令她有些伤感，后来的事情，早已经把童年的那些东西磨损得一点儿也不剩了。

因为离婚，父亲和母亲不得不从郑家的小楼里搬出来，回到他们闲置了十几年的老房子里。自从那次大水后，他们就没有再住，一直堆放着各种杂物。清理了两天，才清理出一个大致模样。窗子很小，屋里一直暗暗的，父亲几乎不需要闭眼睛，也看不见多少光了。母亲的呻吟里，又多了一层意思。她曾拍打着腿咒骂：我为什么不死了呢，让我活着受这么多罪。他们两个已经没有了正经的营生，也干不了正经营生，只能靠租出去的几亩水田过日子。所以父亲才一定要把她名下的几分地从郑智那里要回来，这样每年他能多拿2000块的地租。而且，村子里一直有传闻，有一条高铁要从附近路过，不晓得会占了哪家的田。如果占了他们的，补偿款可就是一个天文数字了。

就在她离婚那段时间，妹妹小竹急匆匆回家来，希望母亲去帮她带孩子。她的儿子嘟嘟两岁了，请了几个保姆，都不满意。最后一个保姆，竟然只顾着跟男朋友视频，而不顾嘟嘟的头栽在沙发空隙里。小竹从手机监控上看到这一幕，差一点儿疯掉。她冲回家里，给了保姆两个耳光，把她所有的东西扔出了家门。她再也不请保姆了。嘟嘟的爷爷早就去世，奶奶几年前嫁了一个老外，搬到了加拿大，她只好回来求助母亲。可是母亲很为难，因为她的每一个关节都疼，没法上下楼，更抱不动已经二十几斤的嘟嘟。小竹说，妈，看看咱老家的亲戚，哪一个合适，我多付一点儿钱给她。魏小菊刚刚拿到离婚证，从她们面前走过，她也搬回老屋来住了。小竹看见了她，也看见了她手里的绿色离婚证，说：我真笨。她和母亲都看小竹。小竹说，还用找人吗，就让我姐帮我带孩子，我一个月给你 5000 块钱，比你在饭店打工好多了。似乎好几个事情一下解决了，大家都很兴奋。晚上，母亲做了几个小菜，摆在院子里，四个人头碰头吃晚饭。还是在自己家里好，父亲突然说。给小竹带孩子，总比给别人打工要好些，而且 5000 块，吃住都不用花钱，一年下来自己能攒下不少钱。

让魏小菊心动的，不是妹妹答应的 5000 块，而是她可以去北京。在镇子上待了一段时间，她曾经觉得的那些好都不够了，她得去更大的地方，更大的城市。而且，她现在是一个人了，没有什么牵挂。

5

魏小菊只在妹妹那里待了三个月，姐妹两个的蜜月期连一个星期都不到。嘟嘟很调皮，很黏人，魏小菊虽然生养了两个孩子，但在这方面既没有积累下经验，也不够耐心细致。因为之前都是请保姆，虽然各有各的问题，但保姆毕竟是保姆，不是姐姐，魏小竹可以随时指出不足，甚至偶尔发点儿小脾气。保姆赚她的钱，不管心里情不情愿，表面上总要顺着她。可魏小菊不一样，她不是保姆，是她姐姐，虽然也拿工资。你不要总是用凉水兑热水给嘟嘟喝，要把开水晾温了；天这么热，你怎么给他穿毛线衣啊，应该穿套头衫；这就是你做的鸡蛋羹？蛋黄和蛋清都没打匀。真生活在一起，两姐妹才发现她们不一致的地方太多了，而魏小菊并不怎么认同妹妹的各种讲究。她最常反驳妹妹的一句话就是：我养了两个孩子，我还不如你，你看他们都长得很好。魏小竹不想讲外甥外甥女的不好的话，就说：这是北京，不是乡下老家。

磕磕绊绊中，嘟嘟跟她渐渐熟络了。她对孩子天生没有亲切感，连自己的孩子都一样，何况是妹妹的，她只是为着5000块钱、姐妹情分和留在北京而努力。不光带嘟嘟，妹妹还希望她能做晚饭，她和老公都下班晚，特别想下班之后吃到现成的饭菜。她完全不擅长这一点。本来她想，到了城里，点外卖太方便了，干吗还要自己做饭。可是雇主有令，她不得不尝试做饭，手忙脚乱，顶多是把食物弄熟。到了菜市场，大部分菜都分不清是什么，经常洋葱炒菠菜、莴笋不削皮，把小竹和她老公吃得要疯掉。为了表示自己已经尽力，她还特意从网上买了一个菜谱来学，结果更可怕。每天晚上，她会拿着菜谱让小竹点菜，第二天呢，她照着葫芦画瓢做，小竹和妹夫吃了一筷子就不再说话了。再后来，小竹就不强调让她做饭了，不光是难吃，还因为她一做饭就给嘟嘟放动画片，一看一个多小时。

她有点儿好奇，妹妹怎么会对自己在家里的情况这么熟悉，后来知道，客厅里有一个摄像头，小竹在自己的手机上就能看到全部情形。她当然知道这是之前请保姆时装上的，不是故意防自己，可还是心里不舒服。有一个周末，她跟妹妹带着嘟嘟去游乐场，妹夫小张自己在家。有人敲门，小张开了门，是一个快递员。请问是魏潇潇家吧？他问。不是，这里不是魏潇潇家。快递员念了下地址门牌号，确实是这一家。小张说这里没有魏潇潇这个人，只有魏小竹，再看留下的手机号，忽然明白，魏潇潇就是魏小菊，是她在网上买的东西，还起了一个网名。

接下来，她的快递越来越多，妹妹终于忍不住跟她谈了。

你不要再这么频繁地网购东西了，这很危险。

怎么危险了？

你没看到微信上到处都是快递员入室抢劫之类的新闻吗？还有把家里地址暴露出去也不安全。我和小张买东西，从来都是代收点代收的。

我要带嘟嘟呀，一直在家里，没必要代收。

就是因为有嘟嘟才要小心。

她们没谈拢，谁也说服不了谁。最后是以魏小竹发火而告终：这是我家，你是来我家干活的，不想干你就走。

她当然走，她早就不想干了。虽然才来几个月，她已经通过小区里的保姆们认识了很多人，首先她发现那些职业保姆的工资比自己多不少，心里很不平衡。再者，就像她当年在小镇上跳槽一样，她想干点别的了。有人给她介绍了一家家政公司，收拾屋子，做饭（这点上她有点儿犹豫），关键是时间很自由，不像带孩子，每一分钟都被拴着。更重要的是，她此前最担心的住的地方有了眉目。她跟一个小区旁边的中介小伙子搭上了线，他帮她找到了一间每个月只要600块的地下室。

她果断从妹妹家搬了出来，就像她当初离婚一样。她已经尝到了和自己不喜欢的生活斩钉截铁告别的甜头，她越来越认为并且相信，人是能主宰自己的命运的，哪怕这命运只能在有限的空间里辗转腾挪。而妹妹也无意挽留，经过多年的奋斗和运作，她终于调到了单位的图书馆，每天工作清闲，早晨不需要早去，下午却可以早退，而嘟嘟再有几个月就能上幼儿园了。只要撑过这几个月，她相信自己不再需要任何保姆或姐姐。只是，她以为魏小菊会回老家，她打算多付给她一点儿钱的。魏小菊拒绝了多出来的两千块钱，她精确地计算了自己的工资，一天不多一天不少，一分钱也没有多拿。

她喜欢这种感觉：我不欠任何人东西，任何人也不欠我东西。

家政工作有时候很忙，有时候又很闲，做了一周，她很快就顺手了。这份工她做得算不上好，顾客的评价永远是中等，但也不算坏。其中也有意外的东西，比如航天城那家的老人，有严重的心脏病，她总担心自己在拖地、擦玻璃的时候，他会突然死掉。他几乎没有什么牙了，但总让她做排骨，炖两个小时。她看见他用颤抖的手，直接把排骨放到只有肉红色牙龈的嘴里，嚼啊嚼，再吐出来时，排骨上的肉并没有少，只是被摩擦得有一些糜烂。他只能把那些汁液吮吸下去。她尝试着给他弄些汤，他却不接受，一定要艰难地啃排骨。

上下班的公交车、地铁上，或者没有活儿的夜晚，她就在地下室里刷手机，看各种各样的网络小说。对她来说，这是消磨时间的最好方式，不需要很多钱，却可以满足很多幻想。她从来不会追任何故事，再吸引人的小说，看几十章之后，她就会换一个。甚至绝大部分，她只是看完了试读章节就放弃了，她才不会为了这个去充钱呢。

就是在网上闲逛的时候，她读到了那篇很短的作品，那其实不是玄幻，而是科幻。那篇小说写到，再过五十年，人类会实现永生，但不会是所有人，只能是那些有钱的上流社会人。这个她懂，所有的灾难片里拿到逃生船票的，除了主角，就是有钱人。她从内心深处并未奢望自己能在大洪水来袭时登上挪亚方舟（这个词也是从电影里学来的），永生了又能怎么样呢？如果活得痛苦的话，永生也就是永远痛苦。令她悚然心惊的是，她突然意识到身体的各种器官正在悄悄走下坡路，比如脸上的皮肤，一到春天就花粉过敏，起各种小疙瘩；比如腹部的赘肉，已经能看到皮肤的褶皱了。年轻时她也不瘦，但那种胖看起来是圆润丰满的，像一颗刚刚成熟的果子。现在呢，果子的每一个角度都显示着衰老。她心里咯噔一下。我是不是……应该谈个恋爱啊，她想。她听人说，恋爱能让女人变得年轻，至少——雌性荷尔蒙可以分泌得旺盛一些吧。

6

她开始有意识地搜寻周围的异性。对于这一点，她从不好高骛远——年轻的小鲜肉、高知白领、有钱的都不是她的目标，她知道自己在哪些人群里有眼缘。她是一个中年女人，相貌普通，身材一般，唯一能拿得出手的就是心态。她很快认识了房产中介、天桥上的贴膜小哥、外卖员、做小生意的、修手机的，窝在地下室睡不着的时候，她会对这些人进行比较，结果是没有一个能让她义无反顾，也没有一个能让她直接拉黑。就算不谈恋爱，这些人似乎也对她很必要，只要她还住在这个小区里、这座城市中，总得需要点熟人。从雇主家里回来，过天桥时跟贴膜的黄头发小胡打个招呼。小胡嘴很贫，每次都笑嘻嘻地说：哎哟，小菊姐，又去接客了呀？魏小菊一开始不太适应，但很快就有点儿享受这种无伤大雅的玩笑了，回他说：怎么？不行？小胡说：行，我家里也缺一个小时工，要不你啥时候也宠幸我一下呗？魏小菊冷笑一声：切，你得付得起钱。

她几乎每顿早餐都是在天桥下那家小摊吃的，一个看起来有四十岁的男人，带着一个小男孩，板车上是几个铁皮桶，有皮蛋瘦肉粥、小米粥、豆浆、包子，小男孩收钱，男人忙着炸油饼。她喜欢他炸的油饼，也喜欢他们家的免费小酱菜。男人说，这是他自己腌制的。好吃，她由衷地夸赞。

后来有一天，她才捧起一张刚出锅的油饼，男人突然急匆匆跟她说：你帮我照看一下孩子。然后他就蹬着板车，急慌慌地跑了，完全顾不上车后面炉子上油锅里的油洒了一地，满大街都是油腥味。也就三十秒,一辆城管执法车停在了这里。小男孩怯生生地拉住她的手，她不太适应，但也不好摆脱掉。两个城管下车来看了看，又上车追过去。她有点儿担心男人被城管追上，又有点儿不知所措，小男孩似乎对这种情况并不太惊讶，比她要镇定。

她手上的油饼凉了，可还是忍不住咬了一口，又咬了一口，用比平时慢两倍的速度咀嚼。她其实是不知道该跟这个孩子说什么，只能用这种方式来等着男人。她相信他会回来的。一个小时后，她终于看见他骑着板车出现在路口。爸爸，小男孩兴奋地喊了一声。她松了一口气，开始感到自己的胃在跟刚刚吃下去的凉油饼较劲，她的胃输了，痉挛起来，但不太重，她还能忍受。

板车停在他们面前时，男人已经满头大汗，车后面的炉子歪了，锅已经消失。为了感谢她，他把今天带的酱菜都用塑料袋装起来给了她。她摆手拒绝，他一定要让她收下。她看见小男孩的眼神里也有一点儿祈求，就接了过来。以后，我免费给你提供早餐。他说。她没有接话，她觉得自己不太需要一个陌生人这种有些过分的好意。

下午的时候，她的胃终于承受不住越来越猛烈的痉挛，连索米痛也不管用了，她不得不到医院去挂急诊。急诊大夫给她开了注射的药，她去缴费。急诊缴费和住院部只隔了一层玻璃，她缴完费去拿药的时候，又一次在玻璃外看见了那对父子。男人拎着一个保温饭盒，一只手拉着小男孩，走进了住院部的大门。她去找护士打了针，然后不由自主地绕到了住院部这里。探视时间已经过了，她没能进去。

第二天早上，她又走到他的早餐摊面前。他对她笑笑，说：还是要一样的吗？我看见你了，她说，在医院里。他的笑容随即消失，变得有些警惕。我没跟踪你，我胃疼，去医院，刚好碰见的。他哦了一声，开始动手揉搓面前那块沾满了油的面团。她看着那双手，是男性的手里少有的白嫩，手指细长，沾染了面粉之后，像春天刚刚从地下挖出来的小笋。它们把面团揉得很匀，擀成一张薄饼，又拿起刀在饼上划了两下。然后，它们把饼拎起来，投进吱吱响的油锅。饼在油锅里很快变得金黄，随意划的儿刀，竟然成了一张笑脸。那双手把饼捞出来，放在一个塑料袋里递给她。她接过，正要离开。

他妈妈在住院。他说。

谁？她问。

我老婆，闹闹妈妈。

她觉得现在不太好走了，只好去吃那张油饼，被烫了一下。

这张饼吃得比昨天还慢，她不得不随时停止咀嚼，好配合他的讲述。

他说，他在北方一个小城里开饭店，老婆得了癌症，他把房子卖了给她做手术。她得住七八个月的医院，为了赚钱，他不得不在北京支起了早餐摊，跟城管打游击战。手术很成功，他说，但这段时间必须在医院里观察。她会好起来的，我们那个饭店，还要重新开业。我们那儿的人，跟你一样，都喜欢吃我做的油饼和酱菜。

那太好了，她说。

之后有人来买早餐，他便忙活起来。她无聊地站了几分钟，放下五块钱，走了。明天我得换点早餐吃了，她有些遗憾地想。

她上午要去给一个新雇主收拾房间，这次有些远，她得坐二十站地铁。这份活儿早已经超出了她们分店的片区，她是被临时征召过去的，这种跨区的活儿，她的提成能多一半。除了门牌号，她对自己今天的雇主一无所知。所以，当她敲开门，看见里面是一个坐着轮椅的年轻男子时，有些吃惊。

男子的左腿打着石膏，脸长得很精致，看起来比她小至少五岁。她介绍自己，进门，换拖鞋，戴上围裙，然后就开始洗洗涮涮、拖地擦玻璃。她干活的时候，他并没有回到卧室或别的房间，而是用手摇着轮椅，不时地躲闪着她的拖布，或者告诉她什么东西在什么地方，什么东西该怎么摆。

我刚搬来不久，他说，很多东西还没收拾，你正好帮我收拾下。

她没有停下手里的动作。我一个人住，饿了就叫外卖，只是我自己不太好洗澡。他继续跟她说话。这个人真奇怪，需要跟一个陌生的钟点工讲这些吗？也许他真是一个人住太久了。聊天的话，可要单独付钱的。她开玩笑说。还有呢？还有什么服务是需要单独付钱的？他不但不怕玩笑，胆子还更大了。她接不下去了，心里有点儿尴尬，甚至有点儿愤怒。她其实对自己还是清楚的，一个长得这么好的年轻男子，挑逗一个比自己大的小时工，如果不是故意消遣的话，还能是什么？她感到受了侮辱，手上的动作就用力起来，抹布把玻璃擦得吱吱响。

可是，她的心总归被这个看不透的男人撩得动起来。她首先想起了早餐摊的男子，接着想起了郑智，然后是小胡和最近认识的所有男人。他们像一串糖葫芦，被她用心思串了起来，她一个个吃下去，酸甜苦辣。就是在这个时候，他的轮椅悄悄滑到她旁边。她正站在窗台上，而他坐在轮椅上，一抬头，就能从她的裙子底下看进去。等她注意到这一点，想要遮掩的时候，他的手已经摸到她的大腿了。她尖叫一声，脚下一滑，从窗台倒在了他的怀里。轮椅被惯性推得向后滑去，刚好滑到了卧室门口。她开始喘息，即便这时候，她还在想，这是不可能的。

因为他的腿，整场事情都需要她主动。结束后，她才想起来没有让他戴安全套。他好像早就准备好了，随手从抽屉里拿出一瓶药递给她。她看了看，是避孕药。那种愤怒感再次升起，但是她应该以什么理由发火呢？

晚上，她窝在床上回想起白天的一切，有些恍惚。她开始反思之前的那个所谓谈恋爱的决定。她想到，自己并不是要谈恋爱，只是想借这个名头来获得满足。在这之后，她又去过石膏男人那里两次，最后一次的时候，他的腿已经好了。每一次，他都不戴套，总是完事后给她一片药。你就不怕我把药悄悄吐掉吗？她问。你不会，他说，你比我更不想怀孕。她沉默。为什么？她过一会儿又问。因为……他正要回答，她接着说：你看起来不像是缺女人的人，为什么会找我？他耸耸肩，像她在外国电影里看到的那样，又撇撇嘴，没尝过喽。我不会再来了，她开始穿衣服。嗯，他光着身子下床，走进书房里，过一会儿出来，递给她一个小盒子。

什么东西？

你回去再看。

那是一张小画，画的是一朵菊花，很小。画的空白处，盖着一个印章，上面的篆字，她在网上查了好久才弄明白：何必先生。她搜索这个名字，但只找到一个博客，并不是什么有名的画家。她有点儿失望，把那张画放在了床底下的箱子里。

7

她跟妹妹赶到老家时，北京已经来暖气了。老家阴冷潮湿，让人觉得自己身体里流淌的不是血，而是冰水。母亲要死了。她要死很多年了，但这回似乎是真的。接到父亲打来的电话，魏小菊就去找妹妹。小竹已经在网上买好了最早的一趟火车票。

在火车上，姐妹俩谁都不说话，对于母亲的病情，没什么好聊的，对于两个人的生活，都不想聊。小竹从各种渠道听闻了她的一些事，她也从家里人那里得知，小竹打算买第二套房子。老家那几亩地，真的要被高速公路工程占了，算下来要补偿七八十万。小竹心里有算盘，七十万的话，父母留十万，魏小菊拿二十万，剩下的四十万都给自己。她不觉得姐姐应该跟自己平分父母的土地赔偿的那一份。毕竟这几年父母的生活费、住院费，主要是小竹在负担，更何况她又永远是令他们骄傲的那一个呢。这话，小竹自然不可能和姐姐说，甚至也不能跟父亲说，她只跟母亲讲。如果母亲临死前做了分配决定，父亲和姐姐都不可能反驳，事情就能定下来。小竹对此还是有信心的，这些年来，她和母亲似乎组成了一个小小的同盟，她们守着各自的秘密，小竹还经常偷偷给母亲钱。母亲的秘密也和这些钱有关，在她的病还没有严重到住院的那几年，她跟着村里的妇女信了教。据说也是基督教，可小竹从她们的各种言语和做派上观察，这个教不过是顶了基督的名字，买了几本《圣经》，各种仪式都不正宗，特别像中国乡村的土信仰和外来的洋信仰杂交的结果。

母亲大半生经受病痛折磨，她唯一的念想就是希望下辈子不要托生为人，她做人做得够够的，即便再给她一个健康的身体、富裕的家庭，她也没兴趣再活一辈子。对她来说，活得越久越是一种折磨，她只想解脱。她信仰过各种各样的东西，狐仙、兔子精、王母娘娘，最后皈依基督，只是因为村子里另一个跟她很相似的人也信。她每个月要交香火钱，还不少，这笔钱都是小竹出的。

而小竹的秘密，源于她有一次突然回家。她跟母亲哭诉，丈夫在一次出差的时候，跟一个女同事有了一腿，虽然后来那个女同事很快出国，两人就分开了。但小竹心里一直耿耿于怀，她想离婚。母亲劝她不要离，这件事忍下来，将来就永远都有他的把柄。小竹听了母亲的话。

这两件事，她们谁都没有跟父亲和魏小菊讲。小竹特别怕母亲在她到家前死掉，她心里不知不觉地默默念诵：上帝保佑。可是一想又不对，母亲整日祈求上帝的，是尽快带走她的生命，让她托生为一只猫、一头牛，她想的是尽快死。

魏小菊看着小竹出神，用手肘碰了她一下，说：小竹，我想问你件事。

小竹回过神来，说：什么？

魏小菊顿了顿：你说，如果我没有北京户口，能一辈子生活在北京吗？

小竹扑哧一笑，说：当然，很多人都是这样，没有户口只是没法享受一些社会福利什么的，不影响你打工。你如果嫁一个北京老公，过些年说不定还有机会把户口迁过来呢。

魏小菊恍然。对她来说，户口不户口倒没那么重要，重要的是她已经不愿意回到之前的地方去生活了，她想留在北京，她甚至还想去外国呢。可是她也清楚得很，凭她的学历、能力和姿色，要嫁一个北京本地人，简直是天方夜谭。

火车在凌晨到站，冬日南方的清冷让两个人都打着哆嗦。她们坐上火车站外的三轮车，直接去镇医院。

母亲躺在病床上，鼻孔插着氧气管，看上去竟然比记忆中的样子胖很多，可能是最近住院没有动，也可能是她的病引发了浮肿。魏小菊走上去，轻轻摁了一下她的胳膊，一个小坑下去，久久没有浮上来。她确定，母亲不是胖，是浮肿。

小竹凑到她耳边，轻声说：妈，妈，我回来了。

我也回来了，魏小菊说。

过了几秒钟，床上的人终于睁开了眼睛，她握住了小竹的手，捏了捏，似乎在让她放心。

父亲走进病房，看到她们，辨认了一下，才认出是两个女儿。接着，他看见母亲和小竹悄悄说起了什么，便扯了扯魏小菊的袖子，又指了指床头柜的饭盒。魏小菊拿了饭盒，跟父亲一起去食堂买饭。食堂在地下二层，电梯上贴着封条，显示正在维修，他们只好又绕到楼梯。在一个拐角处，父亲停下来，看着魏小菊说：小菊，你和郑智……爸，魏小菊迅速打断了他的话，这件事，永远不要讲了。父亲叹下气，说：

家里的地要拆迁了，小竹和你说了吧？魏小菊大吃一惊，拆迁这件事她虽然从各种渠道里有所耳闻，但家里的地拆迁，她并没有得到消息。这么说，小竹早就知道这件事了。

多少钱？我能分多少钱？一共多少钱？她顾不得想妹妹何以不告诉她，直接问这个她最关心的问题。

一共七十五万，我跟你妈十五万，你二十万，小竹四十万。父亲说，他似乎有点儿理亏，说起来声音很小，本来就微弱的眼神也显得更飘忽了，她甚至从父亲的脸上看到一点儿惊恐。

魏小菊听完，愣了一会儿，反而笑出声来。你们还是最心疼小女儿，我妈临死了也还是这样。爸，你不要担心，我不会跟妹妹争的，你们俩的钱都分给她了，将来她给你养老送终，我也不用操心。我早就想好了，从今往后，除了我自己，我不会操任何人的心。

我们不用你们管。父亲说。

用不用无所谓，反正我拿我的二十万，其他的你们随便。魏小菊急匆匆往楼梯走，脚下一滑，她伸手去抓栏杆，结果手里的饭盒掉在了地上。一阵叮叮当当，饭盒顺着台阶滚落到下一层，魏小菊奔下去，捡起来发现很多地方磕瘪了。

等她端着一盒面条再回到病房，发现母亲正在喝粥。床头柜上，还摆着塑料袋和几个餐盒。小竹正在给母亲往外拿另一盒粥。

妈说想喝粥，食堂的东西吃腻了，我叫了外卖，没想到送来得还挺快。小竹说。

魏小菊哦了一声，把饭盒放在了柜子上。

这是母亲吃的最后一顿饭，下半夜，小竹把睡在走廊里的魏小菊喊醒，说妈走了。小竹陪床，夜里突然惊醒，抬头看见旁边监护仪上的曲线变成了直线，眼泪一下掉落。她把手悄悄伸进枕头底下，掏出了一张纸。这是母亲昨天给她看过的，纸里包着一张银行卡，写着账号和密码。她把纸和卡悄悄装进了兜里，然后去喊姐姐。

一切都是流程，医院经过简单的处理，就把母亲拉到了太平间。一个工作人员问他们，是否举行遗体告别仪式或追悼会，需要单独交费。她们俩一致商定不举行，一切从简，一方面是从费用考虑，另一方面也是母亲的心愿，她下辈子已经不想再做人了，又怎么会在乎这些。她一生都被这世界吵闹着，现在清静了，就让她清净地走吧。

三个人带着母亲的骨灰盒，从殡仪馆出来，站在马路上愣了半天神，不知该去哪儿。小竹说自己晚上得直接回北京，不能回家里了。她拿出一张银行卡，说：姐，这是占地分的二十万，密码是你生日。魏小菊盯着妹妹看了好一会儿，才接过来，说：不是爸妈分的，这是我的那些地的钱。魏小菊看了看父亲，他似乎一直在走神，她走过去说：爸，咱俩回去吧。两个人转到了另一个方向，慢慢走着。魏小菊特别想回回头，看看妹妹是否在目送他们，看看她的表情，可是她不能回头。虽然只是母亲离开了，父亲还在，自己还有妹妹，甚至还有两个亲生的孩子，可是这一刻，她感到自己特别像一个孤儿。但是随即，她又感到了一种从未有过的轻松感。她从父亲手里把骨灰盒接过来，她担心父亲会摔倒，把母亲撒一地。

8

魏小菊失踪了。

也不能算是失踪，魏小竹偶尔能从朋友圈里看到她发的消息，常常是美颜过的自拍和一段鸡汤文字，有时候是一个小视频，配的文字也是鸡汤型的。但是没有人知道她具体在哪儿。她的朋友圈有时候能看，有时候不能看，有时候可以看到三天内的内容。魏小竹想不明白她在干吗，后来也就不再关注了。她们的家族群里，偶尔有人问起：小菊在哪儿？有事问你。她也会冒出来，热络地聊一会儿。或者有人发红包，也能看见她在深夜抢了几毛钱。除此之外，这个人仿佛彻底消失了。

母亲去世的第二天，她拿着那张二十万的银行卡，跑去银行里取钱。她输入身份证上的生日，密码提示错误，她又输了一遍，还是错误。她才忽然想起，自己身份证上的生日其实不是真正的生日，而是母亲的。登记户口的时候，母亲早已经忘记了魏小菊生日的具体日子，就写了自己的。小竹有一次考证了一个日期，那还是她上初中的时候，学校布置了一个课外作业，让她们调查家庭成员的生日和教育背景。小竹拿着调查表回来，填写家里人的出生日期，惊讶地发现姐姐和母亲是同一天生日。母亲让小竹随便填上就可以，但她太过执拗认真，一定要找到那个准确的日子。为此，她访问了所有可能知晓这件事的亲戚，然后推算出一个日期，是1983年6月3日。

魏小菊花了三天时间，从回忆中打捞出了这件事，又去银行试，密码正确。她取出钱，存到自己新办的卡里，把那张旧卡用剪刀剪了，然后登上了离开的火车。她下定决心，在三年之内把这笔钱花完，然后再去想将来的事。钱花得比预想的快很多，才一年多一点儿，卡里的钱就只剩下一半了。这时候，她已经游荡到了一个西部的城市，兰州。起先，她是跟一个旅游团跑到敦煌去玩的，后来又走了整个河西走廊。西北的风沙很大，但让她奇怪的是，她敏感的皮肤除了有些高原红和粗糙了些，没有任何过敏反应。一圈逛下来，体重降下来不少，人也变黑了，她就在兰州停留下来了。理由很简单，作为一个南方人，她竟然不可救药地喜欢上了这里的牛肉面。

牛肉面只是借口，真正让她短时间内不想离开的，是这个地方的干燥。童年和少年时，她总在躲避梅雨季节的潮湿和闷热，在这里，就算是盛夏的天气，也一样能有凉爽。魏小菊很快做起了老本行，家政服务，她做饭的手艺并没有长进，但偶尔给西北人炒一个南方的小菜，雇主们也吃得很开心。在一个风沙大的城市，人们对干净的首要认识就是没有灰尘，所以她花最多力气的地方是打扫和用抹布擦。他们喜欢茶几和桌子看起来光亮亮的，能照出人的影子。

这里的房子，似乎比南方的都要开阔些，楼层很高。有时候，做完了活儿，她会像在北京时一样，坐在阳台上发呆。天真蓝，比北京天最蓝的那天还要蓝。这里的空气倒不那么好闻，而是有一种土的味道，她甚至可以感觉到，一些特别细小的尘埃颗粒飘进鼻孔，附着在鼻黏膜上。魏小菊只会偶尔想起家，比如手机新闻里报道南方某处又发大水了，她脑海里就会有大水一漂而过。但这只是回忆了，不会再有之前那种一想起就要被淹没的感觉。

只是，她每天晚上都做梦，有些梦完全没有情节，醒来只留下一个做了整夜梦的感觉，什么具体的东西都想不起来。还有一些梦特别清晰，主要是跟两个孩子有关的。有一天，她忽然想到，自己三十多年来的生活，仿佛突然间做了一个白内障手术，终于清清楚楚地看清了。那她生下来的孩子们呢，他们要多久才能有这种感觉？还是说，他们很早就有了，那他们又会怎么看待一个妈妈？这些想法不会在心里停留多久，很快就被路上遇见的陌生人给遮蔽掉。

有一天，她干完活，到最常去的那家牛肉面馆吃了一碗柳叶宽的面，买了两个苹果、一扎香蕉，往住的地方走。这是兰州最舒服的季节，此时南方的梅雨季才停了没多久，仍然滞留在湿热之中，兰州已经显出了北方的秋凉。走在路上，总能感到有轻微的风在吹，不是春天那种和煦而带着微温的风，而是清爽的风，特别像薄薄的一层水安静地漫过皮肤。魏小菊实在太喜欢这种感觉了，她不着急回去，就沿着一条人车都稀少的马路漫无目的地走。看着身旁匆匆而过的人，看着街边的小商店、面馆、地摊，魏小菊心里生出许多说不出的感受。最开始，她沉溺于这些感受里，但是没多久，她就发现它们背后是一大片虚空。特别像去一个绿草茵茵、鲜花盛开的地方踏青，走了几百米之后，一切景物都消失，面前只剩下一处深不见底的断崖。她走在悬崖边上，一面是让她开心、放松的东西，另一面却让她觉得，一旦坠落就会永远陷在失重的感觉里（她已经渐渐知道，不管从什么地方跌下去，自己再也不会粉身碎骨了）。失重的感觉她体验过，在游乐场坐过山车时，从高处下落的几秒钟，她感觉自己变轻了，身体快速地跟着过山车滑翔，可那个小小的自己却一直浮荡在半空中。

她想起自己晚饭时往牛肉面里加的那勺辣子，油汪汪、红彤彤。对她来说，没有这勺辣子，牛肉面就失去了灵魂。在南方老家，她们从来不吃这种油炸干辣子，都是吃剁椒、鲜辣椒。到了兰州后，她牛肉面里的辣子先是越放越多，多到整碗都成了红的，后来又逐渐减少，直到一个没法具体测量的分量。刚刚好，对她来说，刚刚好。她知道有这么一个度，可是这个度在现实中太难把握了。她放的辣子总是多一点儿或少一点儿，就因为这个，她有时候甚至一下要两碗或三碗牛肉面。今晚的辣子似乎多了，因为牛肉面馆换了盛辣椒的容器，也换了舀辣椒的勺子，勺子大了。

魏小菊在恍恍惚惚中回到住处，洗把脸，贴了一张面膜躺在了床上。她睡着了。后来，是腹部的一股疼把她弄醒，她往卫生间跑，推开门的一刹那被自己吓了一大跳，脸上的面膜还没摘掉。她坐在马桶上，算了下时间，不可能是生理期，以为只是闹肚子，拉一拉就好了。她最近经常这样。但是并没有什么东西排泄出来，却疼得越来越严重，她蜷缩在马桶上。

十分钟后，她知道自己挺不过去了，拨打了120。在等120的时候，她挣扎着提上了裤子，总不能人家来的时候还是这样，后来又挣扎着吃了两片索米痛，把门打开虚掩着。她担心自己疼晕过去，门锁着，别人想救她也进不来。索米痛丝毫不起作用，她疼得浑身哆嗦，出汗，牙齿紧紧地咬着。恍惚间，她感到自己又一次置身在多年前的洪水之中，只是这一回身边既没有父母，也没有郑智从不远处划着竹筏来救她。她想起自己看过的电影《泰坦尼克号》，结尾处杰克和露丝的生死离别赚取过她不少眼泪，而此刻，她发现漂浮在海上的露丝才是真正的绝望者，就像此刻的她。洪水好大啊，浑浊的水不停地往她的鼻子、嘴巴和眼睛里灌，但又同时把她冲浮上来，她趁这一小会儿大口吸气。然后又是水，循环往复，没有尽头。她模糊地意识到，自己是要拼命游到什么地方去。

她终于看见岸了，先是看见一些手，然后是天空，天空被洁白无比的云朵遮住了。云朵中有一个太阳照射着她。她闭了下眼睛，又睁开，慢慢看清头顶不是天空，而是白色的天花板和吊灯。

她在医院里。一个说话西北口音很重的医生说，她得了急性阑尾炎，很严重，必须尽快做手术。但是这个手术得有家属陪同，她得联系家属来医院。

我没有亲人，魏小菊说，我就是一个人。医生有点儿不太相信，说：想一下，不是直系亲属也行，否则我们没法给你做手术，就算做了，手术后的护理也需要人。

我不要再回到水里了。她突然说了这么一句。

什么？医生有点儿犹豫，剧痛会不会对魏小菊的精神造成了伤害？

我手机呢？魏小菊伸手去被子和枕头边摸，没摸到，一个护士把包递给她。她在包里找到了手机。我打电话给我妹妹吧，魏小菊说。她知道，自己没法那么孤绝，而且她真的不愿意再次陷入洪水之中。她打给魏小竹，她没想到，小竹答应得那么爽快，说会尽快去兰州。

但是一天后，拎着包进病房的是郑智，而不是魏小竹。郑智跟魏小菊说，小竹给他打电话，说了她生病的事，让郑智去照顾她。郑智放下手头的事，连夜坐火车到北京，魏小竹给他买了北京飞兰州的机票，他直接赶过来了。

这是我第一次坐飞机，郑智说，总是担心飞机掉下去，后来就好了，我觉得坐飞机和坐船差不多。他说了半天话，她都不知道该怎么接。以前，这个人的话是多么少啊，像他每天摆弄的竹条。她不知道自己离开的这段日子，他发生过什么，似乎像是春天的竹林里，又有细嫩的笋从他身体的某些缝隙里悄悄长了出来。

他竟然还带来了家里的剁辣椒和鱼干，他不可能知道西北人更喜欢炸干辣椒。

孩子还好吗？魏小菊终于说了一句还算顺理成章的话。

挺好，老大不念书了，准备去当兵。小丫头学习成绩不错，该上初中了，也不知道怎么回事，她突然开窍了，成绩越来越好，像她小姨。郑智说着，给她倒水，帮她把后背靠着的床头摇起来，擦床头的小柜子。这哪里是原来的郑智会做的事情呢？好像是一个陌生人，穿着他的皮囊而来，那种失重感再次伴随着阑尾的疼痛出现。魏小菊皱眉、呻吟，不由自主地紧紧抓着郑智的手腕。郑智大声喊护士，喊了好几声才发现自己用的是老家的方言，然后开始不自然地转换成奇怪的普通话。有人跑了过来，看了看魏小菊，说：先打止疼针，我去找医生。

打了止疼针，魏小菊在药力的作用下，又睡着了。

9

魏小菊回到小镇上了。手术后半个月，刀口拆线，她就跟着郑智一起回了老家。郑智没提，是魏小菊自己想回去了。她们先到北京，跟魏小竹见了一面。郑智出去买车票的时候，小竹跟魏小菊说：姐，你不会怪我吧？魏小菊知道她说的是什么，摇摇头说：没有。小竹说：你总不能在外面一辈子，回去挺好的。魏小菊没说好也没说不好，她问：你还记得那年发洪水吗？小竹说：哪年？魏小菊说：洪水最大那年。魏小竹摇摇头说：那时候我在学校呢，家里水大，学校没那么大。魏小菊说：哦。

回去了，魏小菊才知道。一年前，郑智也搬到了小镇上，他还是在做竹制品，摆在小店里卖。因为高铁要通了，镇子突然热闹起来，也有人过来旅游，游客们对郑智编织的东西很感兴趣。他熟练地给客人介绍这些小玩意，有时候，还现场表演一下，赢得他们的喝彩和掌声。

现在他们两个住得很近，所有人都觉得他们会复婚，但是没有，郑智似乎透露出了一点儿这个意思，但魏小菊从不搭茬。她可以这样和他相处，一起带着孩子出去吃饭甚至旅游，但她不会再跟他结婚。就像那一年的洪水，流过了就是流过了，谁也无法重新划回去。

她在郑智那家店不远的地方，开了一家牛肉面馆，不正宗，但没人在乎。当邻居们都在用坛坛罐罐腌辣椒的时候，魏小菊却在自己的面馆里挂着一串又一串红辣椒。辣椒风干了，她会把它们跟麻椒、花椒一起捣碎，放在一个罐子里，然后烧一大锅热油，滋啦一声倒进去。对每一个来店里吃面的人，她都会说：放点儿油炸辣椒，才是正宗的兰州牛肉面。但这里毕竟不是西北，总有些人接受不了，他们还叫嚷着要腌的剁辣椒。再后来，小菊牛肉面馆每张油腻腻的桌子上都摆着两个罐子，一个是剁辣椒，一个是油辣椒。人们再去吃面，老板娘会招呼说：正宗兰州牛肉面，想放剁辣椒放剁辣椒，想放油辣椒放油辣椒，一起放也行。

许多人，在这里吃得满头大汗。

少女苏慧兰

1

少女苏慧兰学过钢琴，能弹比《茉莉花》更难的曲子；还识得五线谱，哆来咪发嗦拉西，大附点小附点都能看懂。她也会点儿速写，坐地铁或坐公交空闲无聊时，常常随手画下陌生人的剪影，不过对方或许并不认可那是自己，她们这代人受漫画影响大，画出来的东西都是漫画感。跳舞也懂些，因为有段时间她去健身俱乐部的舞蹈社学了几个月，压腿抻筋拿大顶，原地转三圈之后还不打晃。教练说她有天赋，可惜现在才开始有点儿晚了，不过还是有很大进步空间，练好了，他可以推荐到区里的一个什么舞蹈队去。当然了，她很快明白，教练说这话的时候到了年底，健身卡该续费了。

苏慧兰几乎做过二十多岁年纪的女孩该做的所有事情，比如写几句诗发在朋友圈里，接受真真假假的点赞留言；再比如去三里屯街拍，参加草莓或迷笛音乐节，打卡各处的网红店，去沉浸式的俱乐部体验真人游戏，猫在咖啡馆里一夜刷二十集美剧，到机场给自己的爱豆应援接机，在微博朋友圈里为选秀歌手拉票……在做过所有的这些之后，苏慧兰对自己有了一个基本认知，她就是一个长相还不错，其他各方面都是中人之姿的普通青年，既不笨也不聪明，既不木讷也不油滑，既不过分理想主义也不过度现实主义。按年龄段划分，她早已不是标准意义上的少女，而是女青年了，但苏慧兰总觉得自己还是少女，至少，她希望能多在少女时代里待几天。

在更青春的年纪，苏慧兰也当过三好学生和优秀学生干部，但不是每年。初中三年里，得过一次三好学生；高中三年里，有过一次优秀学生干部。要说成绩呢，从小到大苏慧兰一直徘徊在班级的十名到二十名之间，不过作文写得不赖，得了几次作文大赛的一等奖，参加过演讲比赛。有一回是全市的一等奖，年底加了几分，于是压线成了三好学生。优秀学生干部，则主要是老师为了奖励她作为文艺委员每年张罗班级的新年联欢晚会——也只是张罗，弹琴班里有钢琴、小提琴十级的，跳舞有得过全国街舞冠军的，还有个小胖子从小痴迷魔术，立志要当魔术界的胖子奇迹，同学们都说，他身上唯一可能的奇迹就是瘦下来。用不着她上场，连主持人都有现成的，她只负责给她写串词。

所以，在基础教育阶段，苏慧兰一直过的是小康生活，温饱有余而学霸不足。父母对此坦然接受，甚至一度觉得本该如是，谁让她有一个同卵的双胞胎弟弟呢？弟弟苏慧伦是典型的理科学霸，各种国际大赛一等奖拿到手软，房间里摆满了形状各异的奖杯，都能当乐高拼一座大楼了。苏慧兰在高考考场上奋笔疾书、抓耳挠腮时，苏慧伦已经躺在空调房里打《王者荣耀》了，人家手握清华大学的自主招生录取通知书，可不就这么潇洒？父母看着姐弟二人，心里会想，老天爷是公平的，智商这玩意总有个数，苏慧伦 IQ 一百五，苏慧兰没成二百五已经是老天有眼了。

所以，苏慧兰的小康生活虽然过得安稳，但一直笼罩在弟弟无形的阴影之下。他俩从上学就在一个学校一个年级，人人都拿她跟弟弟比，当然很快大家就不这么做了，因为完全没有可比性。人们只会惊讶地问：你俩真是双胞胎啊？意思是，双胞胎怎么能差距这么大呢？苏慧兰冷哼一声说，哼，反正我比他早一分钟出生，他再牛也是我弟。她就是靠着这一分钟的优越性来抵御苏慧伦带来的伤害的，要是没有这一分钟，她都不知道自己怎么才能健康长大。

其实，生活里苏慧兰和苏慧伦的关系极好，弟弟对姐姐有着很强的心理依赖，没事的时候就黏着她，用自己的各种奖金给她买零食，自编程序给她抢爱豆的演唱会门票。苏慧伦除了学习好，在生活和社交等方面完全不行，学习也不是都好，写作文是他的短板。因此，他常常让苏慧兰帮忙写作文："姐，来嘛，你文思泉涌，赶紧给我整一篇作文。"苏慧兰说，我能帮你一次，还能帮你一辈子？将来高考作文你怎么办呢？弟弟瞪大眼睛说，我这种肯定会保送或提前录取啊，我不用上考场。苏慧兰立刻没话说了，打开电脑给人家写作文，题目是"我的未来不是梦"。写完了心里多少有点儿别扭，弟弟的未来的确不是梦，她的呢？

也是因为弟弟的存在，她很多时候享受了便利。弟弟从来都是学校的明星，苏慧兰偶尔犯点儿事，被叫到校长室去谈话，谈着谈着，校长就会说，算了算了，看在苏慧伦的分儿上，你就回去吧。苏慧兰有时候很不开心，就说，我不要看苏慧伦的面子，您就把我开除得了。校长说，我把你开除，你爸妈肯定得把苏慧伦转校，我找谁给我拿竞赛冠军去？苏慧兰噘着嘴离开校长室，心里想，这个臭弟弟，脸不大面子还真大。

不过，更小一点儿的时候，刚上小学那会儿，苏慧兰对弟弟的感情经过了复杂微妙的变化。他们的差距从幼儿园就体现出来了，但是那时毕竟年幼，对名次之类的不敏感，弟弟得了第一，她得了第五，都有小红花。小学不一样了，整个学校和班级里会不断强化你的阶层感，什么成绩就是什么阶层，什么阶层就什么待遇。晚上放学回家，弟弟的作业完全不用辅导，大部分都在学校完成了，剩下的也能自力更生，他的课业常常超前一到两年。而苏慧兰的作业就做得磕磕绊绊，父亲或者母亲一边指着书本给她讲题，一边心里头暗暗搓火，这么简单的算术，怎么就搞不懂呢？伦伦五岁就会了啊。很多次，弟弟已经在旁边的床上睡着了，她还在算 $2X+3Y=10$，X 和 Y 等于几。终于躺下时，她看着朦胧夜影中的弟弟想，我为什么不是他呢？我们两个为什么不换一下呢？是不是，如果他先出生一分钟，我晚点儿出来，我就是那个最聪明的孩子了？想着想着，她也睡着了。

她不止一次做这样的梦：梦想成真，她和弟弟的灵魂互换了，她成了人见人爱花见花开的学霸。但是，最后她总是卡在一道极其简单的算术题上，然后醒来。她沮丧到绝望，就算是在梦里，你不会的题目还是不会。苏慧兰做梦的时候，苏慧伦也做梦，而且是噩梦。这个学霸弟弟，竟然会在梦中哭，像个小婴儿那样啜泣。苏慧兰下床，悄悄走过去，把他摇醒，他看见姐姐，一头扑进她怀里，哭得更大声了。苏慧兰摸着他的脑袋，心里蓦地就柔软无比，而且对他生出了一种温暖的感觉。长大后，她慢慢清楚，那种感觉有点儿像一个母亲对一个孩子，又不全是，还有一定程度的自怜。在本质上，她们来源于同一个卵子，仅仅是因为出生时早了一分钟，她成了姐姐，但就是这一分钟，让她和他的关系有了本质的不同。他在她怀里睡着了，她把弟弟放下，看着他的脸，心里有些恍惚。因为是同卵双胞胎，她们眉眼长得很像，她仿佛在看着另一个自己。

在一些小学生看的科普书里，还有一些科幻电影中，她知道有一种理论叫平行宇宙，就是在我们生活的这个宇宙之外，还存在着一个宇宙，那个宇宙里有一个一模一样的自己存在。眼前的这个家伙，会不会就是平行宇宙里的自己？肯定就是。一这样想，她心底的那些不甘和委屈，竟然都渐渐消散了。如果他就是另一个自己，那自己承受的一切，也似乎都说得通了。在这之后，她渐渐对这种差异安之若素，不再纠结。她会暗暗去努力，以证明自己并非一无是处，也会偶尔借着“苏慧兰没有苏慧伦聪明”这个由头去偷懒耍赖。我笨嘛，有些事没做好是应该的，我又不是苏慧伦。如此久了，父母和大家也渐渐接受了她的人设。她在这种狭窄的缝隙里，获得了难得的自由感，从小到大，她就是凭着这夹缝里的自由暗自生长的。就好像一些树木或草，想从地下钻出来，就得把身体弯弯曲曲地从石缝里伸出去，等全部裸露在天空中了，再尽情地舒枝展叶。

高中的时候，苏慧兰参加了五六个社团，什么学校电视台、话剧社、诗社、模拟联合国，她都报名，都积极参与。她在这些场合里找到了存在感，尽管内心深处知道这种存在感是有保质期的，一旦到了高考考场上，它们就会瞬间过期。但是她又愿意徜徉在阶梯教室里，跟一群小伙伴去排演《雷雨》。她演周繁漪，以一种和年龄不太相符的心态，把周朴园给她的药喝下去。她背着相机和录音笔去采访知名校友，问他们关于如何成功的问题，问他们对母校有什么想说的。当然大多数时候她只能按照学校的要求，编发一条四平八稳的新闻，在校电视台播出，但也有很多时候，她在这份兼职中获得了乐趣和意外的收获。比如那个国际著名的数学家爷爷，竟然是那么幽默好玩，还有他家的一只大肥猫，像极了动画片里的加菲猫。数学家爷爷说，他之所以能解决那个著名的数学猜想，跟这只猫有着极大的关系。有一次，他在电脑上运算一个数学模型，而这只猫从沙发跳跃到他的桌子上，爪子碰到了键盘，打下了一整屏乱码。他在驱逐爱猫的一瞬间，从乱码中看到了一个数学式——其实也不是，是因为他一直沉浸在自己的运算中，几乎所有的脑细胞都在为此活跃，看到了跟数学式略微有点儿像的一个图案，立刻灵光乍现，想到了解题思路。这个思路已经在他的脑海里盘旋了很长时间了，只隔着薄薄的一层纸，加菲猫无意中帮他捅破了这层纸。她给弟弟要了一个数学家爷爷的签名，他高兴了一个星期。她又给他讲了那只猫的故事，他竟然想着把自己养了好几年的仓鼠卖掉，也买一只猫来养。所以，她在想，如果她当不了伟大的数学家、物理学家或者哲学家，不如做一只无意中改变历史进程的猫。

她不想在学习上花太多的力气了，所以，苏慧兰以自己中等偏上的成绩，略微失常的发挥，上了北京的一个市属大学，不是985、211，也不算重点。她学的是对外汉语专业，原因是她外语一直还不错，语文更是强项，这个专业真是适合她。她在大学里如鱼得水，专业课并没那么难，而且课外活动多，苏慧兰每一样都做得有声有色，是学院里的著名活动家。一周七天，她不是在开会，就是在筹备各种活动。等到大三左右，她就不太满足于各种学生活动了，年会时辞去所有职务，宣布下野，彻底金盆洗手。她的触角开始向外伸展。北京跟其他城市不一样的地方，就是它是全中国的文化之都，这里有各种各样的人，这些人做着各种各样的事。随着经济的发展，这两年大家都有了点儿闲钱和闲暇，城市文化也随之繁荣。每个周末，北京都有几十场各种剧、音乐会上演，书店里的新书分享、诗歌朗诵会等更是到处都是，只要你想，你可以每天流连于大悦城、爱琴海、望京、国贸的商场书店或者各种小剧场、艺术中心，见全世界的人，看全世界的戏。还有剧本杀、密室逃亡、CS 游戏趴，等等，永远有新鲜的东西等着你去尝试，也永远有一群人陪你玩。苏慧兰的豆瓣账号是“少女 SHL”，她最关注的就是豆瓣同城，每天必看，每周必参加，自由地徜徉于北京各种各样的文艺场所，像一条游弋在大海里的鱼。

2

自从上了大学，除了学费，苏慧兰的生活费就全部自己解决了。因为所学专业的原因，她的校园兼职很好找，给老外辅导汉语，或者暑期的时候给外国团做导游，收入都不错。大三上学期开学不久，她的兼职就固定化了。国庆假期，她去参加一个台湾散文作家的新书发布会，认识了一个北师大的毕业生，叫李戈。李戈是某语文教育公司的副总，在活动中听她自我介绍是教对外汉语的，而且发言时苏慧兰口才很好，就问她愿不愿意去他们那里做兼职老师，薪酬不菲。苏慧兰摸不准，只留了他的微信，说考虑考虑。

她在网上查了查，李戈不是骗子，那个教育公司已经开了五六年，在业界还蛮有名气的。一周后，她去了李戈他们位于中关村的公司总部。

十年前中关村到处都是卖电子配件的，苏慧兰曾有几次跟父亲来这里买手机，而现在，那些写字楼都被教育培训公司填满了，焦虑的海淀家长们带着孩子们在方圆不到两公里的地方兜兜转转：上午在新中关的五楼上英语，中午到地下一层吃个午饭，时间紧就只能吃麦当劳快餐，然后转战海淀黄庄上语文或数学。李戈他们的“全语文教育”位于新中关的七层，整个公司是由一个个的格子间组成的，格子大小不一，是他们的各种班型。提高班、全语文班、高级班、冲刺班等名目比口红色系还多，当然每种的费用也不同。苏慧兰旁听了一节李戈的课，发现对她来说并不难，凭她的知识储备和演讲能力，只要掌握到方法，再认真备备课，很好讲。但是要讲好却不容易，李戈是公司的名师，他们公司上至总裁都亲自授课，说是要保持一线的感觉。这里的每个老师都有自己的特色，李戈讲课风趣幽默，还能把语文的知识点和文化性融合在自己的讲述里，很受学生欢迎。

苏慧兰回去准备了一个星期，然后来试讲一次，当场就敲定了。她的课信息量大，而且总能提供最新的文化信息，正是全语文教育近期主推的一种课型。她每周讲三次课，薪酬是税后八千元，收入非常可观。

苏慧兰惊诧于前几年不受重视的语文，现在竟然也成了培训界的热门。这些年，教育部三令五申对奥数英语和物理化学竞赛加以限制，反而在课文里增加了古文，语文的地位明显越发重要。她有一次去前台拿自己的入职手续，看见一个母亲带着一个上小学的儿子在报名，一年三万多块钱，几秒钟就决定了，她刚好又跟他们一起旁听了李戈的课。其实那节课更多的不是教语文知识，而是告诉大家语文在这个年代的重要性。李戈开头第一句话是：十年前冯小刚有部电影，叫《天下无贼》，里面的葛优说了句话，二十一世纪什么最重要？人才。那我要问了，什么人才最重要？答案正变得越来越明显，能读会写的人才最重要。为什么？因为从你认字开始，一切事都要经过读和写才能解决。买房子签协议，你看不懂协议条款，能放心吗？领导让你写报告，你满篇错别字，能完成任务吗？追女孩子，写个情书都得去网上复制粘贴，你不孤独终老谁孤独终老？李戈说得义正词严，连苏慧兰听了都忍不住要点头称是。

苏慧兰开始了半上班半上学的生活，每周雷打不动三次课，其余的时间，她除了把学校剩下的课上完，写写作业，就是游走于北京的各种文化场所。她去得最多的是书店。去书店，既不是为了买书，也不是为了看书，更多的就是喜欢那儿的氛围。现在的书店，跟她小时候的那种新华书店可不一样，大都是文艺书店。装潢充满小资情调，卖书，更卖各种文创产品和咖啡饮料；有些书店还是会员制的，一年存五百块钱，送二十杯饮料，还能免费借书。古人说书非借不能读也，现在呢，不管借不借的，很多人买书也不是为了读。她也有这种经验，在微博和微信上被人安利了某本书，她从网上买回来，可很少能整本看完。这些书总是装在随身的帆布双肩包里，等地铁的时候，或者在某处等人的时候，会掏出来翻翻，可读过的内容永远都超不过三十页。

刚上大学那会儿，她挺迷恋一个叫大冰的作家，买过他好几本书，什么《乖，摸摸头》《我不》《阿弥陀佛么么哒》。她也不知道这些书名是几个意思，反正就是看当当的畅销榜上很靠前，网友留言也多，微博朋友圈里到处有人转，就下单了。她躲在刚来暖气的被窝里，旁边的床头柜上放着一杯珍珠奶茶，捧着大冰的书看。以苏慧兰的判断，这个人的文字水平并没有多突出，但是挺会经营故事的，事都是些很常见的事，他能营造一种现场感，让读者容易沉浸进去。到了三年级，特别是开始在培训公司讲课之后，阅历多了一点儿，她再也看不下这个人的书了。苏慧兰自己也感到奇怪，变化好像是一瞬间发生的，又似乎自己本来也未必是真的喜欢这类书，而是看到销量高，很多人点赞，就忍不住去读了。读的时候速度很快，有些东西似乎心有戚戚，有些东西又难以苟同。或者说，对那时的她来说，只不过是觉得应该读读畅销书，至于到底是什么书，书里是什么内容，并不重要。就像每一种在年轻人的生活里流行的东西，一阵风似的，过去就过去了。只是很快，一阵新的风吹过来，年轻的人们照样跟着风跑一段儿，然后停下来喘息，笑自己傻。日子永远这么忙忙碌碌，心情永远这么反反复复，跑着跑着，他们就会蓦然发现自己又抵达了生活的另一处路标。

苏慧兰很清楚，自己现在的生活自由来自她的“财务自由”。这不但是经济上的独立，更是心理上的，父母对她没有了任何约束力。何况，他们的精力除了在婚姻生活里对付彼此之外，这两年都集中在怎么把苏慧伦送到国外最好的物理实验室留学这件事上，也无心管她。苏慧伦进入清华后如鱼得水，两年就完成了本科课程，同样是念了三年大学，苏慧兰大三，而苏慧伦已经研一，而且是硕博连读。按说留学的事还早，但父母对苏慧伦的人生向来是未雨绸缪、长远规划，只走近路，不走弯路。他们其实不太赞同苏慧伦硕博连读，二人最早的计划是让儿子硕士就出国去念，但苏慧伦非常崇拜自己现在的导师，一定要跟他把博士读完才行。他还加入了导师的课题组，跟着他做一个非常尖端的项目。这些事，都是苏慧兰偶尔回家，母亲唠唠叨叨说给她听的。她耳朵里塞着耳机，一边哼着邓紫棋的《喜欢你》，一边听着母亲像说评书一样讲着弟弟的英雄事迹。母亲说累了，去客厅泡茶，她摘下耳机，扭头看见了桌子上的照片：她和苏慧伦两个人在奥森公园的路上奔跑跳跃，身体都在半空中，她的头发飞舞着，而他头顶正好是太阳。苏慧兰忽然觉得，自己其实比弟弟幸运，可能正因为没有他那么聪明，反而在家庭里获得了更多的自由。什么事她做得好，会得到表扬，做得不好，父母也不会失望。而弟弟一直处在高处不胜寒的位置，如果有哪一次他考试没有领先第二名很多，或者参加的某个竞赛没有得金牌，父母就会心惊胆战一阵子。他自己给的压力更大。想到这儿，苏慧兰特别想弟弟，甚至有点儿要落泪的感觉，仿佛这二十年来苏慧伦过得都是悲惨人生一样。

她立刻给苏慧伦发短信：干吗呢？

没回信。很正常，苏慧伦不经常看手机，他不是在啃论文就是在做实验。

过了半个小时，她都洗漱后准备回卧室刷韩剧了，苏慧伦才回复：实验室。

姐弟俩上一次见面还是两个月前，她硬拉着他去看了一场刚上映的电影。苏慧伦跑前跑后给姐姐买爆米花和可乐，电影还要半个小时，然后两个人坐在影厅门口的按摩椅上，几分钟，苏慧伦竟然睡着了。苏慧兰觉得这半年弟弟变了，既显得比之前成熟稳重了，也露出了某种疲惫。她知道，他对自己要求高，从小到大永远都要做最好的。高中毕业保送清华，苏慧伦一度很后悔，因为那年北京市的理科状元是他同校的同学，他统治下的千年老二。苏慧伦自信实力比他高很多，可是因为保送放弃了高考，这个同学一雪前耻，在老师同学圈里一时间风光无两。所以上大学后，苏慧伦比高中时还刻苦，要做班级第一，年级第一，要拿全校第一；甚至要破师兄师姐们创造的各种成绩纪录。姐弟俩此时一块儿走在路上，人们再也不会觉得他们是同卵双胞胎，因为发育，也因为完全不同的大学生活，他们已经越来越不像了。

苏慧兰继续发信息：等我，半个小时到。

她火速换衣服，下楼打滴滴，从家到清华的二十多分钟路程里，她在豆瓣同城上浏览了十多个活动，最后选择了一个时间、距离和内容都比较合适的小型活动——清华隔壁北大的百年讲堂，一个小时后有一场民谣演唱会，老民谣人小河、周云蓬和这些年刚火起来的两个歌者都会出场。这个活动因为各种原因一波三折，几乎取消，但刚才豆瓣上有豆友分享消息，照常举行，只不过推迟到晚上九点才开始。又过了一会儿，最新消息说地点也改了。

晚上八点左右的清华校园，仿佛是上帝的伊甸园，这些全中国最聪明的男孩女孩开始了最活跃最放松的时间段。每个麻辣烫摊位前都排着长长的一队女孩，每个烤串店前都有一群男孩碰着啤酒瓶子干杯。苏慧兰能明显感觉到这里和自己学校的不同，但又很难准确地描述这种不同，就像她和弟弟，尽管是双胞胎，却仿佛是截然不同的两类人。在男生楼下等弟弟，看他们门前布告栏的各种海报和广告，这上面绝大部分是跟出国和留学有关的，而自己学校除了社团活动，就是各种演唱会海报。一群又一群高大帅气的男生抱着篮球走过去，然后是一群又一群戴着厚厚眼镜的男生走过去，昏黄的灯影里慢慢显出一个瘦瘦高高的男孩子。几个月不见，苏慧伦长高了，远远地能看出父亲的轮廓。他的近视镜似乎又厚了不少。

姐。他喊了一声。我刚从实验室出来，还没吃饭。

苏慧兰看了看时间，说，来不及了，先买个鸡蛋饼垫垫肚子，等结束了我请你吃大餐。

干吗去?

别问我要去向何方，我指着大海的方向……苏慧兰唱了一句，拉着弟弟就走。

演唱会换到了另一个地方，七拐八拐，两人半天才找到。鸡蛋饼也是在北大的一个食堂门口买的，苏慧伦一边吃一边埋怨：你带我来这儿干吗啊？我晚上还要看论文呢。

苏慧兰做了个握拳的姿势：今天晚上你的时间我承包了。

他们进去时略有些迟了，周云蓬正在唱那首很好玩的《赠汪伦》：李白乘舟将欲行，忽闻水中喊救命，扑通一声跳了下去，捞起来一看，是汪伦。听到周云蓬说“李白同志，作为一名唐朝的老共产党员，请问您下水救人的时候是怎么想的呢”，苏慧伦笑了。因为嘴里的饼还没完全咽下去，他笑的时候食物残渣喷到了前面一个女孩的头发上。那是个短发女孩，穿着吊带裙，运动鞋，身材高挑。女孩回过头看了苏慧伦一眼，皱了下眉，回转身去。苏慧伦立刻尴尬得面红耳赤，看着苏慧兰求救。苏慧兰小声说，给人家道歉啊。苏慧伦畏畏缩缩地拍了拍前面女孩的肩膀，不想女孩一歪头，他拍在了人家脑袋上。女孩这回生气了，问：同学，你到底要干吗？苏慧伦说：对不起，我姐让我给你道歉。苏慧兰听了，强忍着要揍他的冲动，说：抱歉抱歉。女孩看了看她俩，突然笑了：你可真听你姐的话。又转过身去了。

苏慧伦有点儿窘迫，要离开，苏慧兰拉住他说，好好听。接下来，她们听到了网红歌曲《成都》《杀死那个石家庄人》，等等。听《成都》的时候，苏慧伦终于踏实了，甚至不由自主地哼唱起来。他的歌声让苏慧兰彻底震惊了，她一直以为自己才是那个继承了父母不多的音乐天赋的人，却没想到弟弟唱得如此之好。全家人，包括他自己都被他的聪明给骗了，从小到大也用不着他去表现唱歌，以至于全世界都以为他不会唱。而事实是，他的声音比苏慧兰好听，音准旋律都好。短发女孩再一次转头，惊喜而又开心地看着苏慧伦唱歌。苏慧伦仿佛突然发现这声音是自己发出来的，立刻停住。那个女孩说：唱啊。他又看向苏慧兰，苏慧兰假装没看见。女孩说：这也要你姐同意？苏慧伦摇摇头说，不是，我……不太会唱。女孩走到他跟前，把自己手里的荧光棒递给他一根，说：跟我一起摆动，唱……苏慧伦笨拙地跟着她舞动起来，又一次渐渐唱起，两人的动作越来越一致、协调，歌声也融合到了一起。苏慧兰对着弟弟的耳朵说：别忘了加微信。

后来，活动结束，姐弟俩往外走，苏慧兰问：你加那个女孩微信没？苏慧伦摇头，苏慧兰说，你怎么这么不开窍啊？那姑娘长得多漂亮。苏慧伦说，我没加她，是她加的我。苏慧兰被噎了一下，说：呃，你们理科生说话可真严谨。走吧，带你去吃夜宵。

她把苏慧伦带到了五道口的酒吧，给他点了比萨、炸鸡翅，还有啤酒。酒吧里主要是年轻人，当天刚好有一场西甲的国家德比，球迷们呼呼啸啸，场面热烈火爆。苏慧伦几乎从没来过这样的地方，他周围尽管也是年轻人，但是以学霸为主，每天都是实验、数据之类的。现在，他看着那些跟自己一样的年轻人在做着完全不同的事，心里产生一种怪异的感觉。他既更加觉得自己追求的东西值得，又感到多了一种隐隐的孤独。那些尖叫的女孩里，有一个看起来特别像刚才在演唱会上遇到的短发女孩，但他不敢去确认，更没有勇气发微信问。

球赛结束前他们离开酒吧，沿着成府路往学校走。已经是深夜，路上昏暗，姐弟俩没说话，各自想着心事。苏慧兰在想，她以后要多带弟弟出来玩玩，要不然他真成书呆子了。

还想，他和那个女孩之间，会不会发生点儿浪漫的故事？如果有，那可太好了。而苏慧伦想的是，坏了，他今天的学习计划彻底完不成了，当然，时间还是有的，大不了熬夜看论文；可是他同时很清楚，自己现在不在状态，因为脑海里总是闪现那个短发女孩的影子。其实，演唱会的现场影影绰绰，他根本没法看清她的样子，尽管他们离得那么近，有几次手臂碰到了手臂。

走到清华西门，苏慧伦看见门口的校名，突然站住，两秒钟后，掏出手机来点了几下。

你干吗呢？苏慧兰问。

我把那个女孩的微信删了。他说得坚决。

什么？你疯了？苏慧兰刚冒泡的浪漫想象就这样破碎了。

没有，本来就是陌生人，我还是好好读书做课题吧，我的实验在等我。我走了姐，你自己回去小心点儿哈。他摸了摸她的头。苏慧兰这才发现，弟弟竟然比自己高了一头了。

看着弟弟消失在校园里，苏慧兰心里忽然轻松了，也许，她完全不必为他的人生感到愧疚，他如此心无旁骛，又如此热爱自己的追求，她只需为他感到骄傲。他不再是那个依赖她的弟弟，而成了他自己。一晃中，她心里生出了一丝温暖而奇怪的感觉，那个背影像个哥哥，而不是弟弟。

3

2018年的最后一天，苏慧兰去参加一个书店组织的跨年朗诵会。那并不是一家她常去的书店，在西五环外面，挺远的，好在地铁能到。已经是数九天气，冷而刻薄，从温热的地铁站里出来，苏慧兰差点儿被迎面而来的冷风直接给顶回去。她犹豫了一分钟，还是走到了外面的马路上。这里似乎是她熟悉的北京，又好像不是，树木的叶子早已掉光，冷风吹着干枯的枝杈发出呼啸声，轻微的雾霾让一切都呈现出萧瑟的淡灰色，包括人的心情。再有半年，她就要毕业了，有人说这种淡淡的忧郁，是毕业综合征。

苏慧兰想，自己真是有病，跑这么远来参加什么跨年诗会，活动结束得下半夜，回去都不好打车。就在这时候，身旁的路灯亮起来，发出微黄而白的光，就是这点儿淡淡的光芒，穿过了弥漫在整个大地的雾霾和寒冷，让她感到了一些美好和暖意。她又抬头，看见旁边的居民楼里，很多人家逐次亮起灯光，人影在窗前晃来晃去，有的玻璃上贴的圣诞树和圣诞老人头像还没摘去，旁边就又贴上了新年快乐的招贴画。她又想起来，自己之所以来参加这个活动，是因为活动预告上说，诗会的间隙有茶歇，那些精致的小点心诱惑着她。这家书店最有特色的是奶茶，据说是正宗的丝袜奶茶，她更是垂涎已久。

哪个女孩子能在寒冬时拒绝奶茶呢？可又立刻想到，这几天好几个群里都在转一篇十万加的文章，说奶茶热量极高，特别长肉，于是又有些犹豫，但路上和楼里的灯光确实吸引着她。叮咚一声，手机有信息来。是新建的诗会群，群主发来一张现场照片，美食比一般的茶歇品种多，竟能看见现磨咖啡机和绝味鸭脖，跟一群精致小糕点放在一起，形成了独特的混搭效果。苏慧兰加快脚步，那些路灯和楼灯，仿佛是随着她的脚步亮起来的一样。她顿时有些雀跃了，竟然跳过了一个冒着热气的井盖，一回头，竟又发现井盖旁边的树，还有不少嫩绿的叶子在风中招展，大概是暖气管道让它的根系一直没有受冷的缘故。她的雀跃不免又增几分，连不放过任何衣服缝隙的寒风，也不如之前令人畏惧，清冷之中慢慢品出来一点儿甜味。

这样，在进入那家书店的瞬间，她蓦地想起自己最近一次写诗的事情。

大三的春末，她们宿舍跟人大的联谊宿舍一起去登香山。那些学哲学的男孩子中，有一个诗人，据说还小有名气。众人在香山顶上一处午休，那儿有一个简单的曲水流觞。他们就坐在水泥地上，一边吃零食喝饮料，一边唱歌。后来，不知是谁提起，让那位诗人朗诵一首他的诗。诗人丝毫没有扭捏，拿出手机，大声地朗诵了一首诗。她当时并没有很懂，但觉得很好，不明觉厉。诗人读完了，问苏慧兰，你觉得怎么样？苏慧兰狂点头，说，好好好，特别好。这个诗人一路都跟她很近，应该是比较喜欢她，急切地想得到她的认可。大家就起哄说，苏慧兰，那你也来一首。她第一反应当然是拒绝，可众人不依不饶，特别是那个诗人，几乎要抓着她的胳膊让她来一首了。苏慧兰想尽快从这种窘境中解脱，想起自己前几天在笔记本上记下的一句话：满大街的酒鬼，没有一个能借酒，驯服自己的生活。她脱口而出。大家都说好，比刚才的还好。其实，只是因为在童年时，有几年父亲常常酗酒，她和弟弟要跟母亲一起扶着他沉重的肉身上楼。那时候，他们住的是老小区，没有电梯，每一次他们都被父亲压得几乎瘫掉。这个男人身上是难闻的烟味、酒味，吐过的话，就还有更难闻的胃酸和呕吐物的味道。好不容易把他扶到家里，如果是夏秋，母亲就会让他瘫在卫生间的地板上醒酒，第二天，父亲会羞愧到不好意思在家吃早饭。因为这个，她走在大街上，总是会对那些喝醉的人特别敏感。小区附近有一大片饭店，每到夜晚时分路过，总会看见喝多呕吐的人，或者几个男人面红耳赤，大声地说醉话。她知道，他们都是酒鬼。等她稍微年长一点儿，她已然明白，这个男人之所以常常借酒浇愁，是因为他的憋屈。在单位里做了二十年，到现在还是副科级，每天被那个同样正科级了二十年的领导欺负。苏慧兰上初中时，那个科长突然患病离休，他递补为正科，不到两年又升到副处，酗酒的恶习才渐渐改掉。

书店里的暖气热得惊人，与店外几乎是赤道和北极之别，她进去后又不敢立刻脱掉羽绒服，只能先拉开拉链透透气。因为温差，她的脸、手臂，甚至羽绒服外面的塑料都氤氲着一层水汽。一个常见的书店活动场景：主席台、话筒、背景海报、几排座位。靠门口处有几张桌子，上面正是中西混搭的茶歇。苏慧兰终于可以脱掉外套了，她走去吧台，跟服务生点了一杯奶茶。服务生为难地说，不好意思，做奶茶的师傅请假回去过年，今天无奶茶可卖。我们的现磨咖啡很不错，咖啡豆是巴西进口的。服务生不忘介绍。她担心喝咖啡睡不着觉，又想到，今夜要跨年，本来就要晚睡，便点点头，扫码点咖啡。群主刚在群里道歉，说茶歇所有人都可以免费享用，但饮料只有嘉宾免费，来参加的观众得自己点。

那杯焦糖拿铁味道不错，特别是焦糖的甜味刚刚好，她一边啜饮着咖啡，一边看着这家书店密密麻麻的书脊墙。《了不起的盖茨比》，她翻过了，没看明白，后来出了小李子演的电影，她看了，也还是没看懂，但那种纸醉金迷的奢华确实让人动心。她倒不是想过那样的生活，而是因为世界上有这样的生活而感到开心，或者说，苏慧兰并没有过多的欲望，她对生活的全部渴求中，有很大一部分只需要远观而无须去触碰。她依然爱做女孩子们都做的美梦，只是不再觉得一定要去实现它们。她已然知晓，梦就是梦，只存在于闭着眼睛的想象中，很多生活，用想象就能过上，比如此刻。

胡思乱想中，晚上九点整，跨年诗会开始。开头都是她习惯的主持人介绍与会诗人、嘉宾致辞，等等。九点半左右，一个头发灰白的老人开始了第一首朗诵。他不是诗人，似乎是一个很有名的诗评家，很有激情。他颤抖着身体，大声地朗诵食指的《相信未来》。真是一个极好的开场，瞬间就把现场带入了诗歌应有的氛围里。苏慧兰在培训课上给学生讲过这首诗，她很喜欢它的语言的节奏感，也喜欢那种面对未来的坚定和信任。她把老人的朗诵全程录了下来，准备下一次再讲这首诗的时候，放给学生看。她面试时打动李戈和其他人的一个重要因素，就是她比那些80后老师更年轻，她有抖音号，尽管很少发东西；她熟悉现在的孩子们最喜欢的B站，能一口气说出近两年流量最大的明星。

然后是一个年轻的女诗人——可能也不年轻了，但是主持人介绍她是青年诗人，而且据说小有名气，得过不少奖。她穿着旗袍，皮肤其实很黑，但又敷了厚厚的粉，口红涂得红艳如血。她的脸配不上她的嘴唇，也配不上她嘴唇上的口红色调。这张红唇里吐出了一首诗，是她自己写的。苏慧兰听得目瞪口呆，以她并不太高超的欣赏水准，这首诗像极了她们大学元旦晚会的朗诵节目，几乎每句里都有一个夸张的语气词：啊，哦，哈，嗨。苏慧兰不免有些走神，恍惚间想起自己在抖音上刷到的一个人，好像就是她。苏慧兰也发现了，除了书店的直播之外，这个女孩上台前还在前面架了一个手机，显然她也在录抖音。她看过她很多视频，但是估计她的视频都用了美颜，她才一直没认出来。苏慧兰掏出手机，把相机调成美颜模式，镜头对准了台上的女孩——没记错的话，她的抖音号名字是吧里吧里——果然是那张熟悉的脸。

就在她对一张脸的两个模样感到惊讶时，话筒突然伸到了她面前。苏慧兰一头雾水，然后看清了那个有些秃顶的主持人站在她面前：你好，现在是我们的观众朗读环节，请问你愿不愿意朗读一首你的诗，或者你喜欢的诗？苏慧兰尴尬地站起来，她想起了，刚刚开场的时候，主持人说过，两个嘉宾朗读之后，就会请一个现场观众朗读，她没想到第一个就被点名了。所有的人都看着她，在嘉宾席里，有一个个子瘦削，头发有些自来卷，面容忧郁的诗人简直是直勾勾地盯着她。苏慧兰深吸一口气说：我写的诗实在不敢拿出来丢人现眼，我还是朗诵一首最近看到的吧，是里尔克的《严重的时刻》。这诗来自她课件的PPT，今天是跨年夜，也是一个严重的时刻：

此刻有谁在世上某处哭，
无缘无故在世上哭，
在哭我。
此刻有谁夜间在某处笑，
无缘无故在夜间笑，
在笑我。
此刻有谁在世上某处走，
无缘无故在世上走，
走向我。
此刻有谁在世上某处死，
无缘无故在世上死，
望着我。[1]

---

1 选自《里尔克诗选》，陈敬容译，中国文学出版社 1996 年版。

终于读完，她长出一口气，好像是刚才吸进来的那一大口带着暖气温热和人群气息的空气，在她的身体里盘桓了整首诗的时间。她甚至有点儿缺氧了。昨天备课时，她从网上下载了里尔克的两首诗，还有一首是《秋日》。《严重的时刻》的确触动她了，其实这不是她第一次看见这首诗，仅仅在豆瓣，她就读过不下五次。但那些时候，或是因为作者的文章不着调，或是因为阅读时的心态使然，她从未产生过类似感染的情绪。

她坐下时，听到一阵礼节性的掌声，而有一双手拍得特别使劲，跟所有人的节奏都不同。她瞥见了，是那个高个子的卷毛诗人。接下来，他不断地回头看她，她假装没有发现这一点，忐忑地看着台上的朗读者。她几乎没怎么听得清后来的几个人读了什么，然后，就看见那个卷毛上台了。他半垂着头，拿着话筒沉默了大概有半分钟，所有人都在想：怎么回事，他怎么还不开始？听众里的孩子已经失去了耐心，轻声地问着她妈妈：那个叔叔是病了吗？卷毛开始轻声朗诵一首诗，是他自己写的。他的声音跟他的面容一样悲戚，仿佛忧郁是他天生的气质，苏慧兰没怎么听清他带着方言口音的朗诵，但是记住了他的眼神和那种忧郁。她觉得，一个真正的诗人就应该是这样的，而不是像她在另一场活动中见到的某个诗人那样，永远咄咄逼人、玩世不恭，也不像某些人那样，文艺得掉渣。

朗读完，卷毛从前面走下来，竟然直接坐到了苏慧兰的身旁。

里尔克，我最喜欢的诗人，没有之一。他说。

哦，是吗。

然后他站起身，跑到吧台去，买了两瓶啤酒，回来递给她一瓶。

她刚想拒绝，他郑重其事地说：敬里尔克。

她好像没法拒绝了，好在只是一小瓶啤酒，还不至于喝醉。他们清脆地碰了下瓶子。

然后这个男人更加直接地说要加微信。苏慧兰并没有掏出手机，而是举着酒瓶说：谢谢你的酒。卷毛也不以为意，耸耸肩说，希望你不要逃走，坚持到零点。

夜越来越深，2018 年正度过最后的一点儿时间。跨年夜的人们，似乎获得了某种放纵的权利，朗读越来越自由，古体诗、打油诗、抢话筒、集体朗诵、二重朗诵都来了，可能是平日困顿时刻的强行清醒，让人们获得了狂欢的快感。绝大多数人都显出一种奇异的兴奋，除了苏慧兰和卷毛。卷毛的表情从来没有变化过，而苏慧兰因为卷毛的存在而显得小心和犹疑。在他讨要完微信之后，她一度想悄悄离开，但是她始终觉得他的眼神在瞟着自己。她倒并不担心他阻拦，或者他是个坏人，她不相信一个里尔克的粉丝会是个坏人。她只是不想像他说的那样逃走，虽然留下来的溃败感更强烈。

2019 年终于在人群的欢呼中到了，卷毛冲过来拥抱苏慧兰。其实，倒数十个数时，他就起身了，她也预感到了他想做什么，但是并没有挪动位置。直到他的手臂已经环住了她的肩膀，她仍未想起挣扎，他又试图亲她时，她才使劲挣脱。

新年快乐。她说。

新年快乐。他条件反射一样回复了一句。

真是太奇怪了，整晚的活动人们都保持着一种热情，像是不断充气的气球，可是零点一过，新的一年准时来临，气球却破洞一般泄气。人们纷纷掏出手机，要么首发祝福短信，要么在软件上叫车准备回家。趁乱，苏慧兰一闪身出了书店，她回头看了一眼，卷毛扭着头在寻找她，她快速地走进了夜色中。

4

跨年夜之后四周，他们一家人回内蒙古老家过春节。其实父母已离开老家三十余年，自从爷爷奶奶去世，再没有回去过过年。今年秋天，老家堂叔家的表弟磊磊到北京读大学，堂叔来送，跟父亲约定回乡过一个团圆春节。父亲其实每年清明都会回去给爷爷奶奶上坟，去年他因为被派出国学习，错过了，又刚好赶到爷爷去世十周年，奶奶去世五周年。堂叔说，乡政府下了文件，很多地方要退耕还林，村里的坟地也要集中起来，他们苏家的坟地就在村后不远，必须迁到北面五里外的坡地上。他们还商量，趁此机会，给爷爷奶奶立碑。父亲之前上坟时就发现，在老家的坟地上，爷爷那一辈兄弟五人，四个的后人都给父母刻了碑，只有爷爷奶奶还只是土坟一座，在石碑林里显得很是寒酸。

腊月二十三，小年那天，他们一家四人坐飞机又倒汽车到村里。还在老家的亲戚们和早些时候回来打工、上学、上班的，都在村口的汽车站迎接，还放了一挂鞭炮，几十个人热热闹闹，很有过年气氛。苏慧兰举着一只手机，对着鸣响的鞭炮录视频。出发前她就在自己的抖音号上跟不多的粉丝说了，她会直播这个乡下春节。这一路上，她几乎都开着手机，对准自己觉得新鲜有意思的事，比如赤峰汽车站外的红灯笼。她从没见过那么大那么密集的灯笼，在干冷的白天，这些灯笼看起来一点儿也不美，更不神气，北风把它们吹得颤动着，发出呜呜的呜咽声。苏慧兰有点儿遗憾，心里想如果是晚上，这些灯笼都点亮了，可能是完全不同的景观。网友们对她路上直播的内容并不太感兴趣，中国的每个小城，可能都有类似的装饰，就连北京，刚进腊月不久，主干路的灯杆上也挂上了灯笼或中国结，夜幕一降临，就红红的一片。她喜欢站在小区或者学校附近的天桥上看灯笼，如果刚好是一条宽阔笔直的路，那两排红灯笼仿佛一直从脚下延伸到天边。当眼神看向无限远，她脑海里会脑补《千与千寻》里的画面：一个在云雾中的灯火辉煌的楼阁，那里住着她喜欢的所有动画人物，千寻、哑鸣、海贼王、柯南。

内蒙古可真冷，她把回来前新买的鸭绒羽绒服裹紧，戴着口罩和耳罩，还是感到通体冰凉，从嘴里吸进去的空气如冰水，瞬间就将她的肺泡降温。那只举着自拍杆的手已经快麻木了，而且，她瞥见电池信号亮了红灯，温度太低，平时能支撑 10 个小时的电池，才 3 个小时不到就要耗尽能量。

然后，跟着人群走过一条宽阔但简陋的街道，进了一家院子。院子中间有一条通道，是用碎砖头铺的，零零散散，没有任何规律。苏慧兰觉得有点儿可惜，这完全可以做成一个马赛克图案，她去欧洲旅游的时候，看过很多马赛克建筑。两边的院墙是黄土垒的——不过苏慧兰并不知道，她还在好奇，院墙上下两部分的颜色为什么差别那么大，黄土墙上又加了一层砖帽子。东边的院子里，堆着一大片枯黄的玉米秸秆和风干的草；西边院子里，几十棵叶子掉光的梨树、杏树、樱桃树伫立在冷风里。她又想，如果是春天或夏天来这里，一定特别惬意：树下放个躺椅，泡一杯现磨的手冲，听音乐，看桃花，吃樱桃……

就在她的幻想中，随着院子里的喧嚣叫喊，一个庞大的黑色物体冲了过来。苏慧兰尖叫着闪开，但是她的羽绒服还是被蹭到了，瞬间黑了一片，她自己也倒在靠西的土墙上。就这么一瞬间，她仍然嗅到了土墙有一股鞭炮燃烧后的硝烟味儿。接着，一群人从她身边涌过，有的拿着棍子，有的拿着绳子。他们这是要去打架吗？苏慧兰有些惊恐地想，那个黑影吱吱尖叫着又跑了回来，因为大门不知何时被人锁上了，它走投无路，只得返回。那是一头足有三百斤重的大黑猪，身躯肥硕，可又灵活迅捷。她这才明白，人们是要捉住它，杀掉。回来前，父亲跟她说过，堂叔家的年猪一直喂着，等他们回去再宰杀。她跟弟弟对此十分好奇，他们吃过不知多少斤红烧肉糖醋排骨焖猪蹄了，但还从未真正见过一头活猪，更没有见过它们被宰杀的过程。一念及此，她甚至觉得比去参加悬疑剧本杀或者玩杀人游戏、蹦极都要新鲜刺激。

那头猪终于被捉住，奋力地在尼龙绳下尖叫挣扎。苏慧兰正懊恼手机没电，充电宝也被苏慧伦打游戏给玩没了，否则这个场面做个直播，一定吸粉。突然听见一个老家口音的女声大声喊：老铁们，今天给大家来点儿猛的，直播杀年猪啊，三百斤的大黑猪，今年猪肉多贵啊。不过你要是来我家，不管肥瘦，猪肉管够。一个手机屏幕从她眼前晃过，对着已经被放在院子中间方桌上的大黑猪一通拍。苏慧兰看清了，举着手机的是一个比自己大不了多少的女孩，黑色紧身皮裤，上身是看不出什么毛的大衣，涂脂抹粉，头发杀马特造型，还戴了唇钉、耳环，乍一看像一个朋克摇滚青年，但细看每一样东西都似是而非。

苏慧兰走过去，看她的屏幕，发现留言很多，打赏的也不少。苏慧兰又看了一眼，忍不住笑起来，屏幕上看上去哪里是大黑猪，简直成了小猪佩奇——这个女孩直播开了美颜，而且是多重美颜，那只垂死挣扎的猪看上去像是一个粉红色的肉团，长睫毛、大眼睛、红嘴唇，配合着背景音乐，它想要逃脱死亡命运的挣扎，竟如同某种奇异的狂欢式舞蹈。随着镜头的摆动，所有进入画面的人和物都显出了魔幻的色彩，苏慧兰惊讶非常，又大开眼界。真是太有意思了，去年春节全中国的网友都被那只粉红色的小猪给逗哭了，小时候天天看佩奇的苏慧兰和她的同龄人们，忽然发现农村也有佩奇。女孩也看到了苏慧兰，突然兴奋地掉转镜头，对着苏慧兰，大声说：看完了大黑猪，看看我美丽的表姐吧。苏慧兰惊慌失措，想要逃走，可是手臂被女孩抓住，而且四周不是杀猪的伙计就是串门的亲戚，无处可逃。女孩把自己的脸贴上苏慧兰的脸，说：看我们姐俩像不像啊？苏慧兰终于想起也认出了她，堂叔家的二妹苏慧莲。她听父亲说过，这个堂妹从小成绩不好，也不喜欢学习，高中没考上，就读了个职业中学学绘画。学了一年，又转行想学影视，据说后来为追逐理想，在一个民办的影视学校念了一年，毕业后一直在横店，等着哪个大导演慧眼识珠，挖掘她当大明星。她最值得称道的就是，曾经在尔冬升的《我是路人甲》里演过一个路人，在周星驰的《新喜剧之王》里当过群演，巧得很，这两部戏都是反映他们这些群众演员的。然后影视行业进入寒冬，活儿越来越少，她一个月连个房租钱都赚不回来，就回老家来了。又据说，她回来后开了个直播，但苏慧兰从没关注过，她可不觉得一个乡下女孩的直播有什么可关注的，她看过一些，无非是一些吃播之类的，卖卖乖、卖卖怪。有这个时间，她宁愿去得到或喜马拉雅听一本世界名著，刷刷最近的热播剧。

苏慧莲很快又转移阵地，因为杀年猪正式开始，苏慧兰自然也一旁围观。不过她是一边看杀猪，一边看苏慧莲的直播，充电的手机能开机了，弟弟也帮她连上了堂叔家的无线网，她依稀记得刚才看到了直播号，搜到，点了进去。她没想到，苏慧莲的直播间里竟然有那么多人，而且互动如此热烈，很多人给她送花刷礼物。苏慧兰点开自己的直播页面，连最后的几个粉丝也被寒冷的天气冻走了，直播间里空空荡荡。

新鲜的猪肉很香，不过苏慧兰吃得不多，对她来说太油腻了。她想吃点儿青菜，可是在北方的冬季，很少有青菜可吃，唯一的蔬菜就是大白菜或者用大白菜腌渍的酸菜。苏慧莲看她吃不下，就拉着她跳下热得烫屁股的炕头，到外屋，打开一个巨大的缸，从里面捞出两棵酸菜来。苏慧兰摸不着头脑，苏慧莲把酸菜的菜白切成薄片，递给她。苏慧兰吃了几块，酸酸的很爽口，有点儿像四川泡菜，但没有辣味。

饭后，苏慧莲把苏慧兰带到自己的小屋子里休息。那是一间奇特的房间，在院子西边的几间仓房里。仓房是用砖盖的，红砖裸露着，没有抹水泥，也没有刷白灰。仓房的里间有十平方米，架着一个小炉子，黑色的炉筒从窗户伸到窗外，因为刚好在风口，炉子烧得旺，炉座上的热水壶吱吱吱冒着热气。最让苏慧兰震惊的是，这个外面看起来简陋无比的地方，里面竟然贴着粉红色的壁纸，迪士尼公主的海报和韩国美女演员的照片混搭在一起，还有五彩的拉花、彩灯及许多叫不上名字的装饰品。一张桌子上，摆着一个专业的直播设备，用来打光的，圆圈形，她在网上见过。整个房间充满一种乡村少女的梦幻感，粉嫩、青涩，毫无章法而自成一体。

怎么样？这是我的房间，也是我的直播间。苏慧莲说。

苏慧兰不知该如何评价，就说：你的直播有多少粉丝了？

二十几万吧，有波动，不过今天一下涨了好几千。苏慧莲兴奋地说。

你就靠他们打赏挣钱？

也不全是，我也带货啊，虽然我的带货能力比起薇娅、李佳琦差太远了，不过我们都有自己的分销系统，针对我粉丝里的主流人群。我什么都带，没办法，没有团队，就一个人，只能谁给钱、谁分账多就给谁做。主要还是化妆品和衣服，然后也有村里的农产品。

苏慧兰越发好奇，说：你是不是村里第一个弄这个的？

苏慧莲扑哧一笑，说：村里好多人呢，不过现在我的粉丝数确实是村里第一名，可我的收入都排不进前三。最赚钱的是几个游戏主播，他们每个月都能挣好几万。

这么多？苏慧兰惊呼。她第一次觉得，自己对生活的这个世界了解得太少了。

两天后，一大家子人去给爷爷奶奶迁坟立碑。

天气奇冷，堂叔在村里雇了几辆轿车，还有自己的一个皮卡，顶着北风开到村子北面山沟。因为天寒地冻，不好开土，坟坑是堂叔他们刚入冬就挖好了的。苏慧兰和弟弟、堂妹，都只参加了立碑的仪式。两块青石碑竖起来，她看见上面写着：慈父苏北强、慈母苏梁氏之墓。原来奶奶都没有名字。苏慧莲还想直播，被苏慧兰制止了，这种场合还直播太过分了。苏慧莲不以为意，说她在抖音上看过好多死人直播的呢。苏慧兰说，你要真播，肯定会掉粉无数。大过年的，都是喜气洋洋的，谁愿意看这个啊。苏慧莲这才被说服。

在阻止苏慧莲的那一刻，苏慧兰心里才对网络直播这件事上了心。倒不是她也转行干这个，而是堂妹的生活，让她对这个以前不太在意的事物，多了一些好奇。如果慧莲在农村老家都有二十万粉丝，那她在北京能怎么样呢？从这一刻起，她觉得自己的抖音号应该重视起来。

也可能是，自从开始做语文培训后，她的生活越来越循规蹈矩，学校里的课还能逃，工作的课却一分钟也不敢耽误。她手机的闹钟，总是比应该响的时间早十分钟，她得给自己留足慌乱的时间。她对这份工逐渐失去新鲜感，因为一波学生结课，很快又来一波，她大多数时候需要重复以前讲的东西，这当然省事，可也枯燥。再有就是，李戈调去分公司当老总，这边新来的副总是做社会调查出身的，笃信一切表格化的管理：每个老师都要提前交教案，课后还要有课堂总结，哪怕你只是在网上复制一段话放那里都成，关键是表格的每个空格都要填满。这让苏慧兰很恼火，但是她同时清楚，她很难再找到另一份兼职，能同时具备不错的薪酬和相对自由的时间。这时候，人的惰性就显现出来了，一件事做顺了手，也就成了习惯，曾经那么喜欢尝试新事物的苏慧兰，在工作这件事上，已经变成了一个能不变就不变的保守主义者。

5

两个月来，抖音博主苏慧兰为了获得关注，把自己的想象力发挥到了极致。春天，她带着一只凤凰风筝去郊外放，在风筝上绑了一支香。风筝飞上半空后，香火点燃了它，很快就熊熊燃烧起来，她的粉丝看到了在天上化成火焰的风筝。风筝线断了，那只着火的凤凰被风卷着落向远方。苏慧兰突然发现，那里是一片树林，如果着火……她大惊失色，朝着那儿狂奔过去。路上有一条小溪，直线跨过的地方溪水有点儿深，但是绕到浅滩的话可能来不及，她已经看见那只残缺的凤凰落在树林边了。苏慧兰只好蹚水过去。这时的温度也就零上十度，身体沾染了水之后被风一吹，非常冷。她顾不了那么多，奋力冲到树林边上，幸好凤凰快烧完了，也没有起大风，骨架最后落在她的脚边，冒着烟。

她哆哆嗦嗦回到家，感冒了一个星期。这次意外事件让她涨了两百个粉，也让她发现，人们对生活里的小意外特别感兴趣，不该摔倒的地方摔倒，吃饭烫到嘴，马路上认错人，都能让很多人开心。闲极无聊，她开始有意识地故意搞一些小意外来吸引眼球，一扇本来应该推开的门，她不断地去拉；反穿着衣服一整天……但是很快也就黔驴技穷了，抖音号还是不温不火，粉丝涨五个掉十个。不久之后，苏慧兰的那点儿热乎劲渐渐消耗殆尽，变成偶尔心血来潮发一段，想不起来则好几天不发。苏慧兰回溯了一下，发现自己对很多事都是如此，微博、公众号，都是兴冲冲地去参与，没过多久就兴味索然，都变成有一搭没一搭了。不过，她喜欢的就是这种随性。

五月的一个清晨，苏慧兰在明亮的阳光里醒来，昨晚睡觉时她贪看那轮满月，忘了拉窗帘，以至于今天太阳一转到窗口，就把她照醒了。洗漱完，打开冰箱，发现面包已经过期，只剩下两盒牛奶。她打开手机，想点块儿蛋糕和一杯咖啡，微信订阅上弹出麦当劳的早餐优惠券。她就想，反正要出门的，五月这么好的天气，走路去麦当劳吃早餐，然后顺着小月河的海棠花溪看看春光也很好。

已接近十点钟，麦当劳店里人不太多，苏慧兰在给咖啡加奶时，看到了一对奇怪的母女。母亲四十岁左右，女儿六七岁的样子，两人都面有泥污，穿着掉色的旧衣服，在靠门口的桌旁坐着。有人吃完东西走了，桌上还剩了半份薯条、一片汉堡坯什么的，她们笑嘻嘻地去拿过来，两个人分享着吃了。有个男人吃到一半，去吧台要番茄酱，小女孩以为他吃完了，蹦跳着过去用一双小黑手捧起，男人回来看见，怒喝她：你干什么？女孩吓得赶紧逃回母亲那里。她母亲并不斥责她，也不给那个男人道歉，只是笑笑。男人看了看被小脏手摸过的汉堡，丢在桌子上气冲冲走了。母亲便过去，拿起递给小女孩，努努嘴，让她吃。小女孩一笑，露出参差不齐但洁白的牙，和她黝黑的脸形成了鲜明的对比。看起来，那个母亲似乎精神不太正常，而小女孩整日只和母亲在一起，智力也没有得到很好的发育。

苏慧兰忽然想起，这不是她第一次见这对母女。近半年来，她们一直在健德门桥到马甸桥附近徘徊。有些回忆一旦被什么牵扯起来，会变得清晰无比，且暗自丰满。她记起，自己曾在马路上见过她们，情境如在昨日：小女孩前面跑着，母亲后面跟着，也不去管来往疾驰的汽车危险。她们都笑，笑得很单纯，毫不顾忌周围人讶异的眼光。她甚至记起了她们当时穿的衣服，母亲穿一件已经发黑的红色外套，在春末的天气里略微厚了些，所以敞着怀，或许根本就没有拉链。小女孩的头发不太长，坑坑洼洼，应该是被某种很钝的剪刀修剪过。她们脸庞黑亮，牙齿却都是白色的，很白。由着这一点，她又自然而然地想起另一次碰见她们。那是个雨后的清晨，她在马甸公园晨跑，她们两个正在草坪浇花的水管破裂处洗脸、刷牙。小女孩不停地要把嘴里的泡沫咽下去，母亲大声呵斥，但并不出手制止。

两个流浪的人竟然在刷牙。这是她当时一闪而过的念头。

那些被回忆牵扯出来的清晰场景，和眼前的一切叠加映照，让苏慧兰涌起一股柔软的冲动。她跑到吧台又要了两份6元的早餐，还加了一个菠萝派，递给她们。母女二人接过去吃，不说谢谢，也不理她，仿佛她们是熟人。苏慧兰坐回座位，刚才涌起的冲动并没有得到暗中期待的回应，她心里略有些不爽，但很快又生出些羞愧。自己不过是帮人买了两份简餐，竟然想着一定要被对方感谢，好丢人。再看她们，发现小女孩咬了一口菠萝派，显出满足而惊喜的神情，递到母亲嘴边。女人也咬了一口，然后夸张地张大嘴巴。

有店员过来收桌子，苏慧兰指了指这对母女。店员耸耸肩说，她们一直在这里，店里偶尔有即将过期但还能吃的汉堡，也会拿给她们。

她们没有家吗？苏慧兰问。

店员说，这我也不太清楚。

几天后的深夜，苏慧兰加班回来，不想叫外卖，便到麦当劳吃夜宵。这附近只有这一家24小时店，它已经成了她的深夜食堂，特别是这段时间，为了写各种教案总结，经常熬到凌晨。她又看见那对母女了，还是在那张靠着门口的桌子旁，脚下放着一堆捡来的塑料瓶。女孩在妈妈的怀里，小脸还是脏兮兮的，两个人都睡着了。

苏慧兰点好餐，刚要端走，又说要加两份，服务员点到一半，抬头问：你是不是给她们点的？

什么？

她们——服务员指指那对母女。

哦，对，有什么问题吗？苏慧兰有点儿诧异。

那个看起来年纪比她还要小的服务员摆摆手说，姐，不用了，她们吃过了。她们几乎每天都在这里过夜，晚上来消费的好心人，总会给他们点一份吃的，今天她们已经吃过两次晚餐了。

苏慧兰说了句这样啊，端着自己的汉堡可乐走了几步，又转身问：你值班到几点？

女孩说，明天早餐后，十点左右。

苏慧兰靠近说，能加下微信吗？

女孩有点儿疑惑，问：嗯？但还是把二维码打开了。

苏慧兰扫二维码，女孩通过，她马上转了二十块钱过去，说：麻烦你，明天她们醒来，请你帮我买两份早餐给她们吧。

女孩恍然，笑说：好的，保证完成任务。

苏慧兰给她的备注是女孩M。

苏慧兰在离二人不远的桌子旁，吃自己的午夜汉堡，喝冰块叮咚的可乐。她的浅表性胃炎不允许她喝冰可乐，但是在深夜，她总是喜欢碳酸汽水对胃部的刺激，特别是那股气从肚子里顺着食道升腾，然后打一个大大的嗝的过程，仿佛是一次招魂，把自己从疲惫中拯救出来。在耳机中的音乐声里，苏慧兰偶尔抬头看看母女二人。她们的姿势一直保持不变，像两尊雕像。不管是对小女孩还是抱着她的母亲来说，在麦当劳的椅子上睡觉，都不可能舒服。她抱着孩子的胳膊不会麻吗？还有她的腰，明显是斜靠着坚硬的椅背，肯定要痛的呀。但她们始终一动不动，睡得很熟。过了一会儿，女人的嘴嘟嘟囔囔，说起了梦话。苏慧兰摘下耳机，想听清，但听不清，或者说听不懂，她说的似乎是西北的方言。再听，则发现语言的节奏并不是梦话，而是在哼一首歌。苏慧兰很想听清听懂这首歌。

女人还在唱着，而且声音更大了些。苏慧兰拿起手机，打开了录像功能，她录下了她梦里唱的歌，也录下了她们的样子。直到苏慧兰离开，她一直在重复地哼着那首歌，像是催眠曲，又像是某种地方小调。

临睡前，苏慧兰又听了几遍，还是一头雾水，忽然想起，自己可以发到抖音上去，或许有网友能听懂。她稍微剪辑了一下视频，就传到了自己的抖音号，说这是一对流浪母女，希望能找到家人。然后关上手机睡了。苏慧兰无论如何也想不到，自己无意中发的一条视频，引发了一场小型的网络热潮。

第二天一早，她一开机就发现消息栏里有几百条留言，自己发的那条视频被转了两万多次。苏慧兰感觉身体像被凉水过了一遍一样，瞬间浑身清冷，汗毛倒竖，她仔细确认了一遍，的确是有这么多转发。很多网友给她翻译那首歌，有人说是山西某地民歌，有人说是陕北某地方言，还有人说是宁夏的、青海的、甘肃的。除了都是西北部地区，没有什么相同点。更重要的是，她随手就刷到了几条根据自己的那条视频改装的短视频，有人用音译的方式给女人的歌配上搞笑的词，有人做成了鬼畜，这些视频的点击率不断上涨。

苏慧兰感到害怕，她想删掉自己发的那条，可是那些被别人下载和改装的怎么办呢？她想自己可能不小心闯了大祸，昨天迷迷糊糊，怎么就没想到至少给她们的脸打个马赛克呢？她们是流浪者，自然不会来告自己侵犯了肖像权，但是苏慧兰仍记得那个流浪大师成了网红的新闻，有些事情一旦推倒第一块多米诺骨牌，会引发谁也控制不住的连锁反应。苏慧兰不知道该怎么办，也不知道能去找谁商量，思来想去，她还是删掉了那段视频，关闭了抖音号的评论功能。

接下来的一周，苏慧兰都过得胆战心惊，她既想看看怎么样了，又害怕情况完全超出了自己的预期。好在对网络和网友来说，永远不缺少吸引他们的新事物，等她终于忍不住，重新刷起抖音时，发现才不过七八天的时间，和流浪母女有关的视频热度就降下去了。再过一周，全网都在野狼 disco，左手画龙右手画彩虹，然后是其他的。总有新东西吸引网友们的注意力。

苏慧兰长出一口气。她再次遇见母女二人，心中不免怀着一点儿无法言说的歉疚，她们当然不知道这件事，尽管这个视频的传播，让更多人开始关注和关心母女俩，有人给她们送来衣服，有更多人帮她们点一份套餐。

她们仍然继续流浪着，并不知道自己差一点儿成了网红。

6

苏慧兰的心跳得肋骨都在震动。外面的脚步声几乎是在暗合她心跳的频率，一下一下，似乎越来越近，她觉得自己听到了近在咫尺的呼吸声，甚至闻到一股长期吸烟的人才有的那种烟油味。她努力控制着身体不发出任何声音，全身绷紧的肌肉几分钟后就变得僵硬、麻木。

她觉得这次完了，再也隐藏不下去了，他们不但会找到自己，而且会杀了自己，因为她杀了别人。她想起自己把毒药倒进水杯时的感觉，看着白色的粉末倾泻进去，杯子中的温水泛起阵阵气泡，这一刻，她已等待太久，那是缓慢降落和融化的复仇的快感，掺杂着令人颤抖的恐惧。那个人走过来，端起水，喝了下去。他竟然没有推脱和拒绝，就这么直接喝下了毒药，以至于她都有点儿失望。她本以为，还要花费一些心力和唇舌才能让他“就范”的。她深爱的王子，她为之付出了青春、肉体和灵魂的那个男人，嘴角流血，倒在她的怀里死了。而她没有悲伤，而是感受着欢愉。但是她必须马上离开，王子的护卫已经找来了，如果不能及时逃走，她会被送上绞刑架……

——有几年了，苏慧兰常常从半夜中醒来。并不是失眠，她睡眠一直很好，只是睡到凌晨两三点时会突然清醒。那些独自安静的夜晚，她总觉得是生命给她的一个暗示，可是二十多年也没有彻底参透谜底。很小的时候，她醒了，会从自己和弟弟的房间，走去父母的房间，跟他们说，爸爸妈妈，我睡不着了。母亲迷迷糊糊地给她让出一点儿位置，拍着她，十几分钟后，她会再次入睡。但是上了高中，她不再可能半夜去敲父母的房门了，再醒来时，就靠在床头想很多很多事情。这些事情是她在其他时间完全不会想的，比如，她靠在床头，想着把第二天要交的作业全部拿到厨房去烧掉。她还想过，穿上衣服离家出走，但始终没决定好目的地。还有些更隐秘的想法，来例假的日子，她能清晰地感觉到血从腹部流到下体，然后缓缓地浸润在卫生巾中。她还幻想过自己喜欢的男孩子，就躺在自己身边，她们互相抚摩，甚至进行更亲密的行为。但是这一切都只是在她午夜的想象里，从来没有实践任何一件。

这段清醒有时长有时短，长的时候一个小时，短的时候只有几分钟。她也怀疑过这是梦，或梦游，有一次为了验证这一点，她提前把手机摆在床头柜上，设置了录像模式。第二天检查录像，她只看见自己坐了起来，靠在床头，双目炯炯有神，十几分钟后，重新躺下睡了，没有做任何事，甚至都没有喝水或上厕所。她在微信上看过一篇文章，说世界上有一种精神病叫多重人格，最多的有几百种。她自己去验证是否是多重人格，验证的结果好像并不是。后来，她用这样的说法说服了自己：她能意识到的自己，只不过是自己的一部分，她身体和头脑里还藏着其他部分。

想通这一点，她开始对此有了隐隐的欢喜，也有了隐隐的恐惧。这个隐藏的苏慧兰帮助她实现了很多幻想，可她又时时担心会被她吞噬。她的那个抖音号，就是在一个担心的时刻注册的，她把那儿当成了一个存储器，只用来释放自己的另一个部分。但这远远不够，她还需要更特别的东西来安置半夜的情形，那仿佛是一个精神闹钟，没有停止键，但可以调整时间，如果想制止它在凌晨尖叫，就得把它定在白天，比如现在——

苏慧兰一见到那群人，就感觉到戴着卡萨诺瓦面具的对自己特别关注，那双看似迷离的眼睛，总是有意无意看向她。但她想，或许是今天这里只有自己一个漂亮女孩的缘故，另外两个女孩，一个胖到两百斤，一个是光头，始终目光冷峻。而且，因为服装的缘故，她今天不但露着光洁圆润的肩膀，连乳房也露出了小半个，这可是二十一岁的少女的乳房，尽管有些娇小，但滑腻的皮肤所反射的光芒，比任何其他事物都耀眼，被人盯着看，毫不意外。只经过一分钟的不适，她就对这样的境遇坦然了，她今天不是苏慧兰，而是一个中世纪的风尘女子，更何况，她也戴着面具，那是一张洛丽塔的脸。

当然，她主要是杀人凶手。一整场，她都很好地隐藏了自己，这得益于她对剧本的精确分析，其他人的反应几乎都在她的预料之中。在几场戏里，为了寻找新鲜和刺激，她甚至过多地暴露了一些剧本之外的信息，暗示自己就是凶手，但是那些人竟然丝毫没有察觉。直到最后一场，她的角色需要朗诵一首诗，她很自然地就说出了《秋日》：

主啊，是时候了。夏天盛极一时。
把你的阴影置于日晷上，
让风吹过牧场。
让枝头最后的果实饱满。

再给两天南方的好天气，
催它们成熟，把最后的甘甜压进浓酒。
谁此时没有房子，就不必建造，
谁此时孤独，就永远孤独，
就醒来，读书，写长长的信，
在林荫路上不停地，
徘徊，落叶纷飞。[1]

她没想过为什么会是这首诗，只是头脑里第一时间浮现了里尔克——这两年来，她在课堂上提到次数最多的诗人；接着她略过了里尔克的《严重的时刻》，同样是一闪念。然后，卡萨诺瓦直接指认她是凶手。他们一起摘下面具，她有些沮丧，想不明白哪里露了破绽。但真正意外的是，卡萨诺瓦面具下面是卷毛。这时距离他们跨年夜第一次见面已经快两年了，苏慧兰已经毕业。她没有找新工作，而是增加了培训班的课时，每周两个整天加一个半天。其余的时间，她继续着以前逛书店、跑各种活动的爱好，偶尔参加奥森公园的马拉松，或跟朋友去烧烤。还有几次，有网友约她去玩射击，她

1 里尔克《秋日》，北岛译，载于《收获》2004 年第 3 期。

渐渐对这项运动有点儿上瘾。她喜欢枪响时全身的震动，也喜欢子弹爆射后留在空气里的硝烟味，它现在比其他任何东西都更能刺激她的鼻翼，进而刺激她的心。“让子弹飞一会儿”，是她们的接头暗号。

她明白自己是怎么暴露的了，但问题在于：卷毛即使知道洛丽塔是她，又如何判断她就是凶手呢？她在后来吃饭的时候问卷毛，卷毛说，我不知道，我只是想确认面具下的人是不是你，你读里尔克，而且我记得你朗诵的声音。她不禁愕然。其实这是她第一次玩实景剧本杀，地点是在朝阳区青年路的一家剧本推理馆。她两周前在网上团的票，今天下午两点场。她来这里的初衷，既是想玩些新鲜有趣的东西，也是看网上评价说，他们家的服装很漂亮。看图片时，确实有好几条裙子她都喜欢。已经有好几年，她没有再 cosplay 过了，高中时她参加过 cosplay 社，几乎 cosplay 过自己喜欢的所有漫画角色。

这之后，她跟卷毛每个月都会去玩类似的密室游戏：校园大逃杀、小岛惊魂、盗梦空间，等等。有时候，他们是对手；有时候，他们是队友。有一次，他们中途被困在一个衣橱里，他的手伸进了她中世纪的裙子，抚摩她的乳房和大腿。他们竟然就在这里做了一次爱，她本来想拒绝，可是他说，你现在扮演的是一个荡妇，她阻止的手竟然就松了下来。

苏慧兰说不清对卷毛是什么感觉。在大学里，她谈过两个男朋友，一个是同系的，另一个是经济系的。谈恋爱时和别人没两样，约会、吃饭、看电影、接吻、拥抱，偶尔有机会做做爱。但是这两段恋爱开始半年后，她都会被一阵虚无感掳住。

作为一个正常的年轻人，她当然享受性的快乐，每次大汗淋漓筋疲力尽之后，都有一种洋溢全身的困倦的满足感，仿佛每一颗细胞都缓缓地进入休息状态。她很快就睡着了。然后，在凌晨两三点时突然醒来，手机屏幕所映照出的身边男孩的脸，安静而陌生。苏慧兰在想，那个白日看似非常熟悉而亲密的人，此刻竟然用一种极其难看的姿势在昏睡。同系的男孩有一个怪癖，睡觉时常常把一只手伸进内裤，仿佛是在护着他的下体。苏慧兰觉得这真是太怪异了。经济系的男孩呢，睡觉不习惯跟其他人共用一床被子，所以他们开的房间都是标准间，狂欢之后，各自躺在一张床上。他睡觉时把被子卷成一个筒，整个人笔直地躺在床上，正面朝上，除了上厕所，竟然能一整夜保持一个姿势。他们一共在旅馆住过三晚，最后一次苏慧兰醒来后再也没睡，她一直盯着对面的床，只想看看他是不是真的纹丝不动。他像一块石头那样静止，直到清晨醒来。

再后来，特别是毕业后，苏慧兰没有再谈固定男友，但她也不拒绝一夜疯狂。已经记不清是从哪一刻起，她对性这件事感到放松了，倒不是随便，而是不再把它看得那么严重。在年纪更小一点儿的时候，她偷偷在网上看过日本的色情片，第一次看，面红耳赤心跳加速，但后来有了性经验，也就坦然了。再后来，她看到美国电影里的人们，似乎对这件事想得更明白，只要是两情相悦，就可以上床，就可以做爱。之后互不欢喜了，就一拍两散，甚至还能做朋友，这是她向往的一种洒脱。她当然也知道，社会上有很多专门“约炮”的人，用陌陌或者摇一摇之类的软件，纯粹为了欲望的满足。她不是，她既是为了性，又是为了情，可这个情不是爱情，就像女人在商场里看见漂亮的衣服，总要忍不住试一试、穿一穿，不一定买，买了更不一定要一辈子留着。所以，她跟人亲热，只有一个前提就是对方自己喜欢，还得是正经人，或者说是正常人。有几次，对方长得清爽，言谈举止文质彬彬，但稍微接触一下就能发现，他们有着奇怪的趣味。苏慧兰都借故离开了，所以最终她亲密接触的人并不多，一只手都数得过来。

有段时间，她看了豆瓣推荐的两本小说，一本是台湾作家林奕含的《房思琪的初恋乐园》，另一本是韩国的，叫《82年的金智英》，还写了两段读后感贴上去。微信文章和微博上，对这两本书的讨论都不少，她又回过头去把国内外有关METOO运动的新闻捋了一遍——最热闹的那段时间，她看到过，但没太关注，这会儿跟两本书一起看，苏慧兰有了自己的想法。她觉得自己经历了一个严重的时刻，然后一切都变得不同了：我是女人，性是我的权利，我有权自己决定怎么去对待它。甚至，完成这件事也不见得非得靠男人，她也可以靠自己。苏慧兰第一次去成人用品店买情趣产品时，跟所有第一次做这件事的人一样，窘迫异常，恨不得戴着面具。可是，当她走进去，店里那个长着一张刀子样黑脸庞的中年妇女如数家珍地给她介绍各种产品时，她忽然想，如果一个卖这种东西的女人都不尴尬，自己尴尬什么呢？那个女人很像理发店和美容店的店员，介绍每一种的用法和性能，还有打折信息，苏慧兰冷不丁问她：你最喜欢用哪种？

女人愣了一下，说：我？

对啊，你该不会说你卖这个，但自己从来不用吧？

女人挥舞着手里的橡胶制品，笑了，说，你还是第一个问这件事的人，我更喜欢真家伙。苏慧兰终于还是买了一件产品，她在想，哪怕我从来用不到，我也有权利买。

所以，密室那次，她没有制止卷毛的手，接下来的事情也都是顺其自然。但苏慧兰从未看过卷毛睡着的样子，每次结束后，她立刻就撤，而卷毛也从不对此感到诧异。他常常是点燃一支有着奇怪香味的烟，蹲在宾馆的椅子上吞吐，神情陶醉，如在梦中。有一次约密室游戏，苏慧兰临时有事没去成，他们就没再联系。他们有彼此的微信电话，但是如约好了一样，谁也没有再主动发信息、打电话，就像两个在十字路口擦肩而过的人，只不过这个擦肩有几个月那么长。

很快，她对他的记忆除了一脑袋卷毛，就剩下他偶尔间说的一个笑话。也不是笑话，而是那天他们在密室碰见，后来一起去吃饭。他嗦着米粉突然笑了，苏慧兰问他笑什么。卷毛说，我想起你今天读的那首里尔克的诗。

《秋日》？

嗯。

这首诗有什么好笑的。

谁此时没有房子，就不必建造，谁此时孤独，就永远孤独。

他念了两句。

她疑惑地看着他，不明白这两句诗到底如何引他发笑了。

卷毛说，你不觉得里尔克说的就是现在的我们吗？谁此时没有房子，就不必建造。意思就是，房价太高了而且不停地涨，谁现在买不起房子，也就永远买不起了。谁此时孤独，就永远孤独。说的是谁这时候单身，就永远单身。哈哈哈，太逗了。

在他几近狂笑的笑声里，苏慧兰一点儿也笑不出来，只是看着他，面前那碗浮着红油的米粉，一根都没吃下去。

7

一整个夏天里，苏慧兰都荡漾着一种满足感，这种满足感既来自她努力工作之后，银行卡里增长的数字，以及这些数字给她带来的对生活的掌控感，更来自那对母女。她们重新出现在她的生活里，或者说，经过短暂的自责和愧疚之后，苏慧兰觉得自己不能再逃避这件事。

她们又一次在路上相遇。女孩在一家小卖店门口，眼馋地看着其他孩子吃雪糕。苏慧兰买了两支，递给她，她开心地吃起来。很快，她们如约定般不断碰见，渐渐地，母女二人一改曾经的淡然，对苏慧兰表示出热情。不管在哪儿碰到，女孩都会冲到她面前，并不说什么，那个女人则给她单纯的黑面笑容。她把包里随身带的巧克力、牛奶、饼干掏给小女孩。一如以往，她们从不说谢谢。小女孩自顾自撕开包装，贪婪地去吃美味的食物，女人叽里咕噜跟她说话，她还是一个字也听不明白。她只是猜测，女人似乎在说昨天，有一个男人试图骚扰她——她比画着，两只手使劲地握着自己的乳房，甚至还学了几声男人的笑。苏慧兰说，别让任何人碰你，不管是谁，你可以反抗，捡石头打他。只是，那个女人讲述这一切的时候，不像是在说一件愤慨的事，反倒像是在说一个好玩的故事。苏慧兰心生难过，唉，她竟然连这样的戒备也没有了，她的精神坏到了什么地步，她到底经历了什么样的事啊？

她每个月都会给女孩 M 一点儿钱，让她值班的时候给她们买吃的，如果没有其他的好心人帮她们的话。因此，当温凉的秋风开始把夏天的溽热吹走的时候，母女二人体重的变化肉眼可判。更令人惊讶的是，两张黝黑的面孔，经过了一个夏天的炙烤之后，竟然显出了某种白，是那种红晕晕的白。可见之前的黑，有很大一部分是吃了上顿没下顿，或者在垃圾桶里翻捡过期食物之后对身体造成的伤害。她们偶尔会消失一段时间，三五天到一周不等，无人知道去哪儿了。很快，她们会重新出现在麦当劳店里，这已经成了她们的家。有时候，她们带着不算重的伤回来，神情黯然几日，过不了多久，又恢复到原来的样子。

暑期是培训的黄金季，几乎每天都有课，可一到开学，作息马上宽松起来，除却周末，苏慧兰一周晚上只有周三有夜课。因此，她常常在周三的午夜光顾麦当劳，也就很规律地在周三遇见她们。当规律成了习惯，意外就让人感到不安。九月的最后一个周三，下了一场秋雨，夜晚的空气里氤氲着湿湿的水汽，让整座城市的灯光都变得雾蒙蒙的。苏慧兰并没有在麦当劳看见她们，心里充满疑惑，女孩M还不到值班时间，没来呢。她问其他店员，他们都摇头。苏慧兰有点儿不放心，但又不知去哪儿找她们，汉堡吃完，可乐喝了一半便扔掉。她这几天来例假，本来一点儿凉的都不该沾。苏慧兰踩着湿润的地面上零星的落叶往回走，过健德门桥的时候，被桥墩下的突然一响吓了一跳。是电子玩具发出的一句外语"Hello girls"。苏慧兰仔细看了看，桥墩下的暗影里，闪着微弱的红光，那个玩具又叫了一声。其实声音很弱了，一听就知道电量即将耗尽。借着远处的灯火和这点微光，她看清蜷缩在角落里的正是那对母女。

你们怎么在这里？苏慧兰问。

女人不说话，紧紧搂着女儿。

为什么不去店里？他们不让吗？不可能啊？

女人突然呜里哇啦大声说话，苏慧兰听不懂，但很快，她看明白了她的动作。女人让她去摸小女孩的额头。

苏慧兰摸了摸，滚烫，很明显发烧了。

我带你们去医院吧，走，不能再耽误了。苏慧兰说。

女人拼命摇头，不不不。这一次，她听明白了她果断坚决的拒绝，甚至有点儿歇斯底里。不不不，我不去医院。

可是孩子在发烧啊，这样下去会烧坏了的。苏慧兰有点儿着急了。

女人抱紧了孩子，又开始唱那首歌。孩子剧烈地咳嗽起来，咳得整个背都弯了下去，像一只小小的煮熟的虾米。

苏慧兰突然想起，附近不远处有一个药店，如果她坚持不去医院，自己可以去买点儿药，孩子看起来，应该就是感冒着凉。她打开自己之前用过的春雨医生，花了一百二十块钱，电话跟一个医生咨询了用药，然后奔跑着找到那家药店。店员已经休息，她敲了半天门才把他叫醒。她说明来意，睡眼惺忪的店员没有打开门，而是通过一个窗口，给了她儿童退烧的泰诺，还有两盒小儿豉翘清热颗粒。苏慧兰又要了两盒消炎的头孢。

她顺道去麦当劳要了两杯热水，还有两份套餐，回到桥墩那里。

苏慧兰把药和食物给女人，告诉她用法和用量，帮她给孩子吃了药。

我找一家宾馆，你们去住一晚好不好？苏慧兰说。

女人还是摇头。她的眼神里投射出戒备和不信任，似乎苏慧兰会把怀里的孩子抢走，或者骗走。苏慧兰无计可施，就说，那我先回去，明天一早我再来，如果孩子还没有退烧，就一定要去医院。

女人点了点头。

苏慧兰回到家里，洗了个热水澡，怎么也睡不着。打开手机听音乐，听着听着，迷迷糊糊的当儿，突然惊醒：她刚刚急乱中给小女孩吃了头孢，但是并不知道她是否会抗生素过敏，而且，她们是不可能喝酒的吧？可是万一呢？苏慧兰立刻坐起来，穿上衣服下楼，看见单元门口有一辆共享单车，扫码骑车就往健德门桥那儿飞奔。

离桥还有几百米，她就看见那儿闪着救护车的红灯，心里咯噔一下，不由自主地停下来。就在她犹豫的几分钟里，救护车开过来，从她身边疾驰而过。她感到双腿软软的，把共享单车扔在路边，继续往立交桥下走去。她不知道自己还去那里干吗，也不知道自己刚才怎么就突然间胆怯了。

她走到桥下时，M 女孩也刚好跑过来。

救护车把她们拉走了？她问。

苏慧兰没说话。

真是太危险了，太吓人了。女孩说。

是你叫的救护车？苏慧兰问。

女孩点点头，说是，不过是我们店长跟着救护车去医院了，医生说必须得有人跟着。

桥上有一辆重型卡车驶过，发动机轰轰隆的声音很响，桥底隐藏的积水也被震落下来，有几滴刚好掉在苏慧兰的脸上。

如果，你得到她们的消息，一定告诉我一下好吗？苏慧兰抹了抹湿湿的脸说。

女孩M点点头，说：到医院了，应该没事的，刚才我听那个救护人员说，过敏反应并不严重，他们直接就给她打上点滴了。

苏慧兰说了句谢谢，转身又往回走去。她双腿软得像融化的奶油，感觉自己像条蛇一样，蠕动在湿漉漉的路上。

这一夜，她一秒钟也没睡着，脑海里翻来覆去都是些坏念头：小女孩死了怎么办？残废了怎么办？自己要不要去警察局自首？明天要不要去医院看她们？

第一缕阳光从窗帘缝隙里照进卧室。以前，她是多么喜欢这第一束光啊，这是一天真正的开始，这一天有许多她期望的事情等着她去做：吃美味早餐，看电影，去书店喝咖啡，朗诵诗歌，听音乐会……如果哪一天阴天下雨，或者雾霾，没有阳光，她就会懒懒散散，做什么事都打不起精神。可是，今天的秋阳格外地亮眼，她却感到自己身体里空空的、凉凉的，仿佛一个行走的气球人，随时会被一阵小风吹去远方，随时会被谁刺破。

总要起来的。

机器人一样穿上衣服，刷牙洗脸，护肤品都没有抹，然后坐在了马桶上。也许是一夜的焦虑所致，她已经好几年没有过的便秘又出现了。她沮丧极了，希望自己能排出大便，可又知道自己期待的不过是污秽之物。

这时手机传来一条微信。是女孩M。信息很简单：她们没事，只是轻微的过敏反应，不知道谁给了她消炎药，和酒精反应引起的。

苏慧兰长长地出了一口气，眼泪一下涌出眼眶。接下来，她听见马桶里吧嗒一声。这一刻，她感到自己真是恶心极了……但好在她们没事。

她们怎么会喝酒呢？苏慧兰忍不住问了一句。

女孩M回复说：没有喝酒，是她们在垃圾箱里捡了腐烂的水果吃，那些水果已经发酵了，里面含有微量的酒精，小女孩吃了坏水果，又吃了头孢，这才过敏的，完全是个意外。

苏慧兰狠狠地敲了自己的头一下，自己无论如何也没想到这一点。

她又问：她们还在医院吗？我想去看看她们。

女孩 M 说：店长说到医院打了针，很快就好了，那个妈妈吵着要出院，说医院最可怕，有小偷。医院也没办法，看孩子没事，就只好让她们走了。我一直在店里，她们也没来店里，不知道去哪儿了。

苏慧兰说：谢谢你。如果你看到她们回来，一定告诉我。

8

一直到中秋节前，她再也没去过那家麦当劳。那次事件后的第三天，女孩 M 就告诉苏慧兰，那对母女回来了。“一切如常”，她用了这个词语，但是对苏慧兰来说，一切都已改变。

再一次见她们，是一个月后了，天气已冷，深秋的雨里甚至夹杂着薄薄的雪花。一个大清早，女孩 M 少有地拨打她的视频电话，让她马上去店里。苏慧兰不知何事，但清楚一定和流浪母女有关，马上赶了过去。

还不到早餐高峰时间，店里人不多，M 女孩在门口等她。

M女孩说，姐，我实在不知道该找谁了，只能让你过来。

怎么了？苏慧兰问。到这一刻，她心里仍然惴惴的，不知道自己该怎么面对母女二人。

昨天来了一个男人，说跟那对母女一样声调的话，说是她们的家人，要把她们带走。

啊？苏慧兰大吃一惊。

她们一起进店里，看见女人换了一身八成新的衣服，小女孩正在喝一杯可乐，衣服则是全新的。她们旁边，坐着一个清瘦的寸头男人，面色黑紫，穿灰色的旧西装，还戴着一副圆底眼镜。女人的神态很放松，而且在微笑着，确实是一副熟悉的人在面前的表情。但是，不知为何，苏慧兰对这个男人的第一感觉有点儿奇怪，可说不出所以然来。他会说普通话。她和M女孩一起，问了男人一些问题，他从哪儿来，怎么找到她们的，尤其是怎么证明真的是她们的家人。男人一一回答，还掏出了身份证。他说，自己这些年一直在找她们母女，几乎找遍了整个中国，说着说着，眼泪就掉下来了。

你们不相信我是对的，我知道，你们这是为她和孩子好，怕遇见骗子。你看她身上穿的，就是原来的衣服，我一直带在身边，刚刚换的，很合身是不是？男人说。

那身衣服的确很合身，看上去就像是她一直在穿的样子。

孩子的衣服是新买的，毕竟孩子一直在长。他又补充道。

苏慧兰问 M 女孩，你们这里能复印吗？

女孩摇摇头，问：姐你要复印什么？

苏慧兰伸手对男人说：不好意思，为了保险起见，我得复印一下你的身份证。

男人毫不犹豫地掏出来,递给苏慧兰。M 女孩提前接过说，姐我去复印，我知道附近哪儿有复印店。

苏慧兰问一直在旁边笑眯眯的女人：你认识他对不对？她不回答。男人接着对她说了一句，她点了点头。听起来，像是在翻译苏慧兰的问题。

你想跟他回去吗？她继续问。

男人再翻译，女人继续点头。

接下来的问题都是如此，苏慧兰已经没什么可以问的了，关键是她听不懂他们的对话，只能猜，问也是白问。但是看着女人的神态，她和这个男人的确是熟识的，而且是非常亲密的关系。

十几分钟后，M 女孩拿着两份复印件回来了，她和苏慧兰各留了一份，原件递给男人。男人对女人说了几句话，他们就都站了起来，准备离开。

苏慧兰心里总觉得忘记了什么事，可又想不起来，忍不住说了句：等一下。

怎么了？男人说。

苏慧兰说，手机号，你的手机号。

我留了姐，M女孩说。

你记一下我的手机号，苏慧兰说，到家后给我打个电话。

男人说，放心吧，谢谢你一直照顾她们，我听这个姑娘说了。

男人在前，女人拉着小女孩的手，想跟着走出麦当劳。出门的刹那，女人回头看着苏慧兰和M女孩笑了一下。小女孩就在这一刻，突然挣脱母亲的手，冲她们跑过来。苏慧兰和M女孩都以为她是过来拥抱，两人张开手臂，心底的感动和酸楚都涌到鼻子了，却发现小女孩跑到了刚才坐的桌子旁，从一堆包装纸里翻出一个儿童套餐送的小黄人，又跑着去追女人和男人。

她俩对视笑了一下，看着三个人消失在门外的车流人流里。

苏慧兰心里蓦然生出巨大的空虚和失落，还有些说不清道不明的不安。

就这样走了？她像是在自言自语，又像是在问M女孩。

她们终于能回家了。M女孩说，声音哽咽，快要哭出来了。

苏慧兰突然感到胃部一阵轻微的痉挛，她想到自己还没有吃早餐。平常的时候，起床后她总要吃一片面包或几块饼干，既是防止低血糖，也是让胃活过来。今天一路赶来，心情紧张，空腹让她的胃不适，紧张也让她的胃不适。

她去吧台点了一份早餐，狼吞虎咽地吃完了。一抬眼，看到店里贴的派出所的安全告示，忽然明白自己刚才的不安感来自哪里了——如果那个男人是个骗子呢？她把杯子里的可乐吸得呲呲响，可乐已无，只剩下冰块在缓慢融化，那种冰水里掺杂了一丝可乐的味道正像她此刻的心情。她按捺住要跟M女孩说这件事的冲动，说了不过是平添她的焦急，松开已经被咬得瘪瘪的吸管，深呼吸，心里告诉自己冷静，想想接下来该怎么办。

电话，身份证，对，她既然留了那个男人的信息，当然可以去找警察帮忙。

苏慧兰冲出麦当劳店，旁边一大溜共享单车，可是连扫了三个竟然都是坏的。她已无耐心，在辅路上逆行奔跑起来，她知道最近的派出所在哪儿，她要以最快的速度赶过去。

派出所刚开门，一个面容清瘦的实习警官接待了苏慧兰。她气喘吁吁地把整件事说完，那个实习警官说，要查人得有权限，他现在还没有权限。苏慧兰一着急，竟然冲他喊起来：那我白讲这么半天，找你们领导，快点儿啊。小伙子脸色一红，但并没有反驳，开始打电话，半分钟后，放下电话说：你把那个人的身份证复印件给我。苏慧兰赶忙递给他。他拿着进一间办公室，不一会儿出来了，端着一杯水递给苏慧兰。

苏慧兰说，不好意思，刚才我太着急了。

没事，小伙子说，我明白，是我抱歉，我刚来不久，又是实习的，权限很低。我跟领导汇报了，同事已经在查，你放心。

这会儿还早，来办事的人还不多，大都是补办身份证或开户籍证明的。两人在办事大厅一里一外坐得尴尬，苏慧兰想找个话头，说：你是不是还没毕业？

小伙子点点头。

小鲜肉啊，苏慧兰笑说，那你是中国警察学校？

小伙面色又是一红，露出两颗萌萌的小虎牙：姐你知道我们学校？

苏慧兰心里想，这么爱害羞，怎么当警察啊。这时里面出来一人，冲小伙子招手，他赶紧进去。几分钟后，那个人和实习警察，还有一个五十多岁年纪、看起来像领导的人一起出来。

事情麻烦了，那个人的身份证是假的，电话号码也打不通了。但最坏的是，这个电话号码曾经跟一桩婴儿拐卖案有关，警察通过数据库对比，发现他的照片跟一个人贩子的照片相似度达到了百分之八十——因为数据库里的照片还是三年前的，而且不够清晰。

苏慧兰的心一下冰凉，事情竟然陡转到最坏的地步，最坏最坏的地步。她已无力哭泣，双腿发软，几乎从椅子上滑下去，实习警官的手适时扶住了她。

他们是几点走的？那个老警察问。

一个半小时左右。苏慧兰说。

这是我们副所长。实习警察补充了一句。

那他们肯定出不了北京，带着这俩人，应该不会坐火车或者飞机，最大的可能是长途客车或者私家车。小唐，马上汇报给区公安局，请他们申请所有出京路口协查。原来这个实习警察姓唐。

警察们一片繁忙，把苏慧兰丢在大厅里，她也不知道自己该不该走，又担心他们还有事问自己。过了一会儿，小唐出来，叫她跟他一起做一份笔录。她以为要去里面的办公室，原来就是旁边的一台公用电脑。

抱歉，小唐说，最近刚好所里的电脑在升级，有一些还没安装好，只能在这里做了。

没事没事，苏慧兰说。这一会儿，她心里稍微安定了一些，看警察忙忙碌碌，一切都有章法，肯定不是第一次处理类似的情况。

苏慧兰把自己知道的有关流浪母女的一切都跟小唐讲述了一遍，甚至细致到她有些时候的心理活动，听着她讲话，小唐嘴角总是不经意微笑，一笑小虎牙就露出来。她讲得很快，但逻辑清晰，甚至都没有很口语化，这当然得益于从小到大都很好的作文和近几年来做培训的经历，再加上刚才打了半天腹稿。幸好小唐打字速度很快，噼噼啪啪，几乎赶上速记员了。等他们全部录入完，有七八千字，墙上的石英钟已经指向了十一点半。

小唐打印一份，递给苏慧兰：你看一下，有没有要修改的地方。

苏慧兰迅速地看了一遍，除了一些的地得和标点符号，竟然没有一个错别字。这实在让她惊叹。她改动了几处表述有点儿模糊的地方，小唐重新打了一份，她签字确认。

小唐说，本来这种情况，苏慧兰有合谋的嫌疑，但因为她是主动来报案和提供线索的，所以暂不追查，一切等抓到那个人贩子再说。不过，她必须24小时开机，事情有结果之前，不能离开北京。

苏慧兰连连点头，说一定随叫随到。

签完字，她留了电话号码、家庭住址和身份证复印件给小唐，让他有消息随时告诉她。当然，为了方便联系，他们也加了微信。

接下来的几天，她几乎每隔几个小时就会催问小唐：有信儿了没？人抓到没？怎么样了？

小唐的回答简短而清楚：还没有。还没收到消息。没呢。

她在等回答的时间里，心里烦躁焦急，就翻看小唐的朋友圈。他设置了三个月可见，她们加微信那天往前三个月，刚好是他实习的第一天，朋友圈里只有一张他在派出所门口天桥的照片，配了几句文字：接下来的半年，我要每天从这里走过了。身后是清晨的北京。三个月里，小唐发的不多，大都是转发，转发的百分之九十几都是市局、区里、所里的各种通知和文件，跟他个人有关的就是几次出警记录：帮一个老奶奶找一个同样老的猫；半夜接到电话，有人喝醉后躺在路中间，他跟同事一起把醉鬼送到医院；花一整天的时间，帮坐地铁丢手机的女孩找手机；调节夫妻打架……

从苏慧兰见他那天起，他再也没更新朋友圈。苏慧兰也不好总是催问，就只能暗自等待，或者在网上刷相关的新闻。但这些有关拐卖人口的新闻，越看越难过，越看越心惊，也就越着急，她半夜醒来之后，再也睡不着了。苏慧兰的夜醒彻底变成了失眠。

十一假期，苏慧兰老老实实宅在自己的房间里。父母让她回去待几天，她也找借口遮掩过去了。她很清楚，这件事没有结果，她什么都没心思做，也做不好。

假期最后一天，她终于收到了小唐的微信：姐，马上到所里来一趟。

她回了句：是不是找到她们了？

小唐没再回复。她当时才下课，中关村离健德门附近还有段距离，边往外走边在手机上叫车。运气不错，马上有接单的，车也正好停在大厦门口，她直接上车，催着师傅踩油门。十分钟的路程，她心里七上八下，想到了各种可能，甚至最坏的可能。

苏慧兰一进派出所的办事大厅，就看见了那对母女。她们还是穿着离开那天穿的衣服，但已经脏了，而且女人的还有些破，好像是被人撕的。小女孩在吸吮一根粉色的棒棒糖。苏慧兰惊喜地啊了一声，眼泪夺眶而出。女人看见苏慧兰，眼神里竟然是愤怒——她第一次在这双眼睛里看见火焰，仿佛要把她烧掉的火焰。她冲到苏慧兰身边，扯着她的胳膊大喊大叫。小唐去拉她，她猛地甩手，几乎是打了小唐一个耳光。副所长从里面过来，说了几句话，跟女人一样的口音，她才放手，但仍然怒视着苏慧兰。

苏慧兰仍然在震惊和疑惑中，小唐把她拉到旁边。他的脸上，浮现出几个手指印，刚才那一下力气可不小，可见她心里真的很愤怒。小唐看出了苏慧兰的不解，开口说，她这个案子有些复杂。

没抓到那个人贩子，让他跑了？

不是，抓到了。

难道……他侮辱了她？苏慧兰心里本能地浮现出另一个坏情况，还有更坏的她无法问出来，当然是有关小女孩的。

也不是。小唐说。

哎呀，你别吞吞吐吐，我都要急死了。

我现在了解的情况也不多，我就知道人抓住了，或者说，他们根本就没跑，一直在北京郊区的一个废旧厂房里，靠捡垃圾为生。后来因为小女孩跑出来找吃的，一辆车为了躲她，跟另一辆发生了事故，警察来处理事故发现小女孩，我们才顺藤摸瓜找到了她的父母。

苏慧兰长长出口气，说，不管怎么样，人没事就好，这已经是最好的结果了。停顿了几秒钟，她突然从小唐刚才的话里反应出一个重要的信息——她父母——什么意思？

小唐欲言又止，这时走过来一个警察说，小唐，案子还没结，不要随便说。

小唐的脸顿时红了，那几个手指头印就更清晰了。苏慧兰心里又想，这个男孩这么羞怯，怎么当警察啊。正想着，就听见他小声说，对不起，我们有规定，主要是这个案子真的太复杂了，我暂时也说不清楚。

苏慧兰耸耸肩，转念想，只要流浪母女平安就好，她本来也不想管其他事。她只是仍然疑惑，女人为何对她如此愤怒，仿佛她才是那个要把她们拐走的坏人。

小唐站起来，说：我得去忙了。要不你先回去，得到新消息，我微信告诉你。

苏慧兰说，好，那麻烦你了。接着又指着流浪母女说，她们俩怎么办?

小唐说，所里会安排的，放心吧。

苏慧兰点点头。她想去跟那个女人打个招呼，但她一直在不远处愤怒地看着自己，又不敢走过去，怕再激怒她。小女孩的棒棒糖已经吃完了，可是不舍得扔掉那根小木棍，仍然用舌头舔着，努力想再吸吮到一星半点儿的甜味。

回去的一路上，她脑海里都是那根棒棒糖的样子。她想起自己小时候吃棒棒糖，从来不会一点点地舔化，总是咯嘣咯嘣嚼碎了吃。她喜欢那种咀嚼的感觉，更喜欢用力咀嚼后全部的味蕾被甘甜占据的感觉，她一直觉得，这才是吃棒棒糖的唯一正确方式。后来的生物课上，她学到人的味蕾并不是均匀地分布在舌头上，而是苦味一个区域，甜味一个区域，酸味又一个区域。书上介绍说，品尝甜味的味蕾集中在舌尖，也就是说只有舌尖才能尝甜。

真的如此吗？如果是，为什么她吃糖的时候会感到满口都是甜？满心都是甜？

不久后，苏慧兰晋升为资深讲师，而且要带几个新来的老师，生活突然忙乱起来，不知是有意还是无意，她把那对母女和小唐都忘记了。脑袋里每天都是备课、讲课、改作文，还有那些学生 24 小时无穷无尽的无聊问题。她在公司加班越来越多，也就越来越多地在午夜时光顾那家麦当劳店。只是，她再也没有在这里看见那对母女。

有时候，深夜，她坐在空荡荡的餐厅里，看着窗外偶尔驶过的汽车，心里会想：也许，她们都很好吧。她会打开手机，在微信通讯录里搜小唐两个字，蹦出那张露着两颗小虎牙的年轻的脸。但是他的朋友圈再没有更新，或者，他把她屏蔽了。问问他？她每次都有这样的冲动，但每一次又都没有付出行动，她清楚得很，自己害怕得到一个不好的答案。她为自己的脆弱羞愧，可又为这羞愧找到宽慰的理由：毕竟，我什么也做不了，除了请她们吃一个套餐。是的，对她们来说，我不过是个路人。她似乎说服了自己，但心里总有一丝不安抹不掉——她为什么那么愤怒地看着我？

连续三周无休之后，苏慧兰给自己放了两天假。她买好了两天的速食和各种零食，回去关了手机，倒头就睡。这一觉竟然一直睡到第二天傍晚，她很久没有睡得如此舒服了。自从警察找到那对母女，她的失眠有所缓解，加之工作的疲惫，每次回去后都筋疲力尽，她一直能很快入睡。只是偶尔还在凌晨醒来，她会努力半个小时，如果还是睡不着，就打开手机刷剧。

苏慧兰在黄昏中起床，冲了个澡，煮了一盘速冻水饺，就着饭扫光吃罢，然后歪在沙发上又半睡半醒地眯了四十分钟。楼道里踢踢踏踏的脚步把她惊醒，屋子里没开灯，到处都是层层叠叠的暗影，她摸到手机，开机。发现微信有几十条，最多的竟然是小唐发来的，是几张照片。照片上是那个女人，但是没有小女孩。小唐还发了一个定位。

苏慧兰立刻清醒，给小唐打视频电话拨过去，他却始终不接。

过了一会儿，小唐发来一句话：不方便接电话。

苏慧兰问：你在所里值班吗？什么时候碰个头，我请你吃饭。

小唐说：我在路上，本来今天想见你一下，但你一直没回信。我实习结束了，今天去顺义报道，以后就不来这片儿了。

苏慧兰：啊？？？

苏慧兰：她们还在北京是吧？我看那个地址，好像是在昌平。照片里有家店的招牌写着昌平烤肉馆。

小唐：对。你等会儿，我打听到了这个案子的具体情况，等我发给你。

原来，那个男人真的是女人的丈夫，也真的是一个人贩子。几年前，他们带着女儿去医院看病，有人冒充号贩子，说能直接带孩子去看专家，他们信以为真。结果，孩子被人拐走了。夫妻俩伤心欲绝，特别是妻子，精神受了刺激，从此心里只有一个念头，就是寻找女儿。两人变卖家产，四处寻找，苦寻半年无果，丈夫绝望中竟然想到了一个主意：他也要偷一个女儿。在江西乡下，他真的从一户人家偷走了两岁的婴儿，也就是现在这个女孩，带回家去养。妻子视若珍宝，可是因为精神有问题，有时会把孩子当作原来的女儿，有时又会忘记这件事而去苦苦找寻女儿。有一次，丈夫没看住，她离开了家，小女孩也跟着离开了，两人越走越远，再也找不回去。

丈夫找到她们，的确是因为看到了苏慧兰的抖音视频，也因为苏慧兰报警，丈夫被抓，查到了他偷走了这个女孩。现在，小女孩已经被送回江西的家里，跟父母团聚。那个女人再一次失去了女儿，但她的精神却好多了，一直在昌平附近流浪，因为她丈夫正在昌平的一家监狱里服刑。只是，他们丢了的女儿，至今仍没有任何消息。

苏慧兰看得目瞪口呆，她终于明白女人为何会如此恨自己。她发抖音视频，帮助她们夫妻团聚，她报警，又让她丈夫入狱，他们夫妻分离，更让她失去了那个孩子。这一切竟然都是她无意中一手造成。

9

苏慧兰辞职了，就在她二十三岁生日那天。

她想来场说走就走的旅行，而且她的旅行地很特殊，是朝鲜。对，就是那个和我们相邻，我们却几乎不怎么了解的国家。真是奇怪，一个和我们有着这么多年历史渊源的邻国，我们却觉得它比遥远的非洲还要神秘和陌生。正是这种神秘和陌生吸引了苏慧兰。除了经常去打射击比赛的泰国，欧洲她去过，美国她去过，非洲的埃及，她也去过。她对世界的想象已经失去了最初的好奇，现在，只有朝鲜让她还有了解的欲望。

她是在朋友圈看到一个诗人发的消息，然后有了这场旅行的心思的。那是一个女诗人，也是在几年前那次跨年诗会上加的微信，也玩抖音，网名叫吧里吧里。她一直以敢闯荡闻名，苏慧兰后来了解到，她的诗其实水平一般，但很会生活，至少很会表现自己的生活。翻看她的朋友圈，苏慧兰总能看到自己之前的影子，参加各种文艺活动，朗诵，弹琴，去大理的海边走来走去，每天发美颜过的自拍图。但是和一般的文艺青年不同的是，她会偶尔开脑洞般地来一个令人惊诧的行为：徒步五台山，是真徒步，而且是一个人，边走边在抖音上直播。那一次，苏慧兰追看了几天，条件艰苦，女孩的脸上失去了浓妆，几乎变成一个跳广场舞的大妈了。再比如，她挑战吃火锅一百天，海底捞、井格、老重庆……这不是神经病吗？苏慧兰之所以关注她，就是她身上那种伪文艺女青年和中二青年的混合气质，真实又虚幻，也可能是她把虚幻当成了真实，又把真实活成了虚幻。女诗人发了一篇长长的朝鲜旅行记，记载了自己在朝鲜遭遇的一切，某些细节看上去和苏慧兰在媒体上得到的一致，某些又颠覆了她对这块土地的印象。

走，去朝鲜。她给自己辞职找到了恰当的理由。

事实上，苏慧兰几乎把这次旅行当成了某种特殊的仪式。那儿毕竟和其他地方不同，她甚至不敢告诉父母自己要去这里，走之前回家吃饭，她说的是韩国。唯一知道她真实目的地的人是弟弟苏慧伦，他正在美国的大学里做博士后，每天研究尖端的量子物理，其实根本没注意听姐姐到底要去哪儿。姐弟二人已经有一年多没见面了，偶尔拨个视频电话，说说各自的情况，但是却越来越发现，除了童年记忆，他们已经看不懂彼此现在的生活了。

只有在深夜，路过 24 小时开着的麦当劳时，她才会想起那对流浪母女。但也只是一闪而过。她不再允许自己有矫情式的悲情，因为知道那无益且自伤，不过是她少女时代的幻象。经历过那些事，她知道自己已经发生改变，很多青春的冲动和热情，正在渐渐变成带有惰性的笃定。倘若再遇见那对母女，或者跟她们一样的人，她还是会去吧台买一份套餐，但她不会再为自己的行为感到安慰，更不会为了赢得点赞和评论而去录她们的视频。如果说，她在这件事中学到了什么，那就是她终于真正地明白，自己的那点儿自我感动的善意，常常并不可靠，甚至是危险的。这当然不是说不该去做好事，而是简化到去做应该做的事，不必非给它扣一个好事的帽子。她就是过分沉溺于自己在做好事的感动中，才差点儿酿成大错。

找旅行社，办签证，订机票，一切都按部就班，一切也就都顺理成章。圣诞节的前一天，她拎着行李去机场，在坐机场快轨的时候，心里甚至生出了点儿悲壮感，好像她要奔赴战场似的。想想，又觉得自己好笑。

值机后，她发现这班飞机竟然满员，一天居然就有这么多人去朝鲜，这让她有点儿意外。过安检，到了登机口，她扫视了一眼候机的人，跟去别处的没什么两样，唯一的不同好像是西方人多一些。还有些能明显看出是回国的朝鲜人。真奇怪，苏慧兰想，都是东方人，都是黑眼睛黑头发黄皮肤，朝鲜人、韩国人、日本人、中国人，你常常能从人群里一下子分辨出来。人们的骨子里，一定有什么截然不同的东西。

下午两点，她们坐上了飞机，始终没有起飞。到四点钟，乘客的耐心已经耗尽，开始不断询问空姐空乘何时起飞，工作人员只给出了官样回答：在等塔台的消息。又过了半个小时，广播突然通知，本次航班取消了，所有人员下飞机，如果还要去平壤，可以改签明天的航班。机舱内一阵喧哗，但也改变不了这个结果，只能连声吐槽抱怨，寻找着行李排队下飞机。

苏慧兰是最后一个。她拎着行李重新走回候机厅，看同航班的大部分旅客正围着工作人员，询问改签的情况。情况比想象的还要糟糕一点儿，机场并不能保证明天的飞机可以正常飞，似乎是几个小时前，那边进行了一次核试验，国际局势陡转直下。苏慧兰的朝鲜之行可能夭折了，至少要推迟，但是她不想延期，她必须马上去，哪怕是换一种方式。

苏慧兰果断退票，同时买了北京站的高铁票，直接坐地铁去了北京站。行李箱里为去朝鲜准备的各种东西，她全部直接带到了延边朝鲜族自治州。

她在延边待了三天，每天一个人闲逛，吃牛尾汤饭、石锅拌饭。她又去了珲春，那里有一个景点叫一眼望三国，其实就是一座塔楼。在楼顶有两架望远镜，交钱后，可以通过望远镜看到俄罗斯和朝鲜，甚至是日本。她也看了，不过是树木和草地，但有趣的是，国界线竟然能区分大自然，不同国家的同类植物，竟然长出了不同的样貌。为什么呢？她想不通，然后又想起自己和苏慧伦，基因完全相同的两个人，不是一样各有各的人生？又仿佛想通了。

下了塔之后，有招徕游客的本地人围上来，介绍她去看一座桥，据说是这里仅有的景点之一。那是一座中国和朝鲜的界桥。她跟着一群人上了一辆中巴车，行驶一个小时左右，下车，用身份证办理门票。然后又被工作人员开电瓶车送到桥的这端。工作人员数次提醒，一定不要走过中间的界线，那边就是朝鲜国境了。

风险自担，不要惹出国际争端。他最后又强调。

她站在桥上，看见对面的山坡上光秃秃的，而这边的树木很繁盛。正疑惑着，旅行团的导游恰好在跟自己的团员解释这件事，据说原来那边也是森林，但后来被砍伐光了，因为多年前曾有许多朝鲜人借着树林的掩护，夜里过河，偷渡到中国来。没有了森林的掩护，偷渡的人很容易就暴露了。山坡上能看见几栋白色的房子，可是没有人影。有两只羊，一大一小，正在河边吃草。一整片草坡都是它们的，但远远看去，那两只羊还是很瘦。

苏慧兰走到国界边上，也就是这座桥的中间，不过是一条线。她有一种想迈过去的强烈冲动，仿佛要抵消自己没有去成朝鲜的遗憾。就在这时，她听到一个女人的尖叫：回来……你想死吗？是一个母亲拉住了疯跑的差点儿真的跑到朝鲜的小男孩。小男孩并不明白自己犯了什么错误，让母亲如此愤怒。他看了看人群，又看了看桥，哇的一声大哭起来。苏慧兰刚才的那点冲动，也随着小男孩的眼泪流走了。

她靠着桥的铁栏杆，突然发现河里有三只鸭子在顺流游动，但它们并不是直线游动，划了几十下水，就开始往对岸的浅水区游去，似乎那边有它们喜欢吃的虫子。过了一会儿，又游到水中央，再过一会儿，游到中国这边的河岸，蹒跚着上岸，嘎嘎叫着，扑打着翅膀上的水珠。

苏慧兰扑哧一下笑了，对这几只鸭子来说，哪有什么国界，哪有什么密林里持枪的人，哪有什么游客，有的不过是一条河、河的两岸，以及岸上的青草、虫子而已。这一刻，她通体轻松，内心舒畅，她知道，自己终于不再是一个少女，甚至不再是女人，而成了一个人。